이야기식으로 구성한

한국의 전설 해학 야사 기담 전서

편저 대한고전문화연구회

우리의 조상들은 놀랍게도 봉건제도 속에서 살았으면서도 여유있는
유머를 잃지 않았고, 때로는 윤리와 도덕에 대한
그들의 사상을 민담을 통해 적나라하게 나타내기도 했습니다.
아무쪼록 이 한 권의 책이 현대에 사는 여러분에게 커다란 가르침을 주는
길라잡이가 되기를 바랍니다.

법문 북스

시작하면서

이 책자에는 한국의 야담과 전설·해학 등의 내용이 골고루 어우러져 있습니다. 여러분도 잘 아시다시피 우리 선조들이 물려준 설화세계는 세계에 자랑할 만한 문화유산입니다. 갖가지 이야기들이 너무나 재미있고, 구수한 정을 가지고 있으며, 과거와 현재와 미래를 꿰뚫는 재치와 지혜가 곳곳에 녹아 있기 때문입니다.

우리의 조상들은 놀랍게도 봉건제도 속에서 살았으면서도 여유있는 유머를 잃지 않았고, 때로는 윤리와 도덕에 대한 그들의 사상을 민담을 통해 적나라하게 나타내기도 했습니다. 아무쪼록 이 한 권의 책이 현대에 사는 여러분에게 커다란 가르침을 주는 길라잡이가 되기를 바랍니다.

엮은이

차 례

3. 이인(異人)과 기인(奇人)의 기담

4. 야 담

1. 불교 전설

구렁이와 꿩

　강원도 원주에서 조금 올라가다 보면 치악산이 있는데, 이 산은 물 맑고 골짜기가 깊어서 경치가 아름답고, 오래 된 이름난 절들이 많은 곳이다. 옛부터 이 치악산에 전해 내려오는 전설이 있다.

　한 사냥꾼이 치악산으로 사냥을 하러 올라갔다. 그 날은 수확이 많아서 노루 두 마리에다가 꿩을 세 마리나 잡았다.

　저녁때가 되어 신이 나서 산을 내려오는데, 짐이 무거워 산 중턱에 있는 다 허물어져 가는 상원사라는 옛절에서 잠깐 쉬었다 가기로 했다.

　담뱃대에 담배를 담고 불을 붙여 몇 모금 빨고 있으려니까 근처에서 꿩이 우는 소리가 들렸다. 사냥꾼은 그 꿩까지도 잡을 욕심으로 얼른 담뱃불을 끄고 조총에다 화약을 재어 가지고 소리가 들린 곳으로 살금살금 다가갔다.

　그런데 이 꿩은 달아날 생각은 하지 않고 푸드덕푸드덕 날개짓만 하면서, 주둥이로 '꺼끄덕, 꺼끄덕' 하는 소리만 내고 있었다.

　포수는 문득 걸음을 멈추고 귀를 기울였다.

　꿩의 울음소리는 어쩐지 슬픈 것처럼 들렸고 푸드덕거리는 그 날갯짓은 점점 약해져 갔다. 날려고 했지만 힘이 약해져서 날지 못하고 있는 것임에 틀림없었다.

사냥꾼은 무슨 까닭이 있음을 알아채고 급히 그쪽으로 다가갔습니다. 그랬더니 그 꿩 바로 앞의 바위 위에 어마어마하게 큰 구렁이가 도사리고 앉아서 꿩을 잡아먹으려고 혀를 날름거리고 있는 것이 보였다. 꿩은 겁에 질려서 그런지 푸드덕거리기만 하다가 기진맥진한 채 마침내 그 자리에 쓰러지고 말았다.

사냥꾼은 그 광경을 보자 갑자기 꿩이 불쌍하다는 생각이 들었다. 엄청나게 큰 구렁이 앞에 힘이 빠진 채 쓰러져 있는 꿩을 구해 줘야겠다고 생각했다.

사냥꾼이 구렁이를 향해 방아쇠를 당기자 구렁이는 아무 소리도 못내고 죽어 버렸다. 가까이 다가가서 보니 구렁이의 크기는 엄청나게 컸다.

사냥꾼은 꿩을 집어 들었다.

사냥꾼은 지쳐 있는 꿩을 안고 골짜기로 가서 물을 먹이고, 자기가 먹다 남은 밥풀을 주둥이에 억지로 넣어 주었다. 조금 지나니까 꿩은 생기를 되찾았다. 사냥꾼이 꿩을 쳐들어 공중에 날렸더니, 꿩은 좋아라고 산속으로 날아갔다.

사냥꾼은 기껏 손아귀에 들어온 꿩을 자기 손으로 놓아 주었지만 사람으로서의 도리를 다한 것이 기뻐서,

"오늘은 좋은 일을 했구나."

하고 중얼거리면서 집으로 돌아갔다.

며칠 후, 사냥꾼은 다시 치악산으로 짐승을 잡으러 올라갔다. 그런데 그 날은 웬일인지 아무것도 잡지 못했다. 노루·사슴은 커녕 토끼 한 마리도 눈에 띄지 않았다.

사냥꾼은 짐승이 하나도 잡히지 않자 무척이나 화가 났다. 그

래서 자꾸만 산속으로 깊숙이 들어갔지만 결과는 마찬가지였다.

"오늘은 영 재수가 없구나!"

하며 내려오는데 어느 새 날이 저물고 있었다. 산속으로 너무 깊이 들어갔기 때문에 사냥꾼은 오도가도 못하게 되고 말았다.

그제서야 사냥꾼은 춥고 배가 고픔을 느꼈다. 그래서 어디 묵을 데가 없을까 하고 두리번거렸다.

마침내 멀리서 불빛이 깜박이는 것을 보게 되었다.

'옳다! 저기서 묵자. 하늘이 날 살려 주셨구나.'

사냥꾼은 불빛을 향해 걸었다.

얼마 후 어둠을 뚫고 가까스로 그 집 앞에 도착했다.

사냥꾼은 안에다 대고 외쳤다.

"주인 계십니까?"

그러나 안에서는 아무 소리도 나지 않았다. 등잔불이 켜져 있는 것을 보면 누가 있는 것이 분명한데도.

'밤이 깊어서 잠이 들었나?'

사냥꾼은 염치 불구하고 싸리문을 발길로 차서 열고 뜰 안으로 들어가 큰 소리로 다시 외쳤다.

"아무도 안 계십니까?"

그랬더니 그제서야,

"누구셔요?"

하는 소리가 났는데, 젊은 여인의 목소리였다.

사냥꾼은 애원하듯 말했다.

"죄송합니다. 저는 사냥꾼인데, 산속 깊이 들어왔다가 날이 저물었습니다. 염치없는 부탁이지만 하룻밤 묵고 가게 해 주십시오."

“사정은 딱하지만, 이 집은 남자도 없고 여자인 나 혼자만 사는 집인데 어떻게 모르는 사람을 재우겠습니까? 안 됐지만 어서 나가십시오.”

여인은 쌀쌀하게 대답했다. 그러나 사냥꾼은 그 집 말고는 갈 데가 없었기 때문에 끈질기게 졸랐다. 그랬더니 여인은 그 청에 못 이겨서 방문을 열고 들어오라고 했다.

사냥꾼은 방 안으로 들어서면서 그녀의 모습을 보고는 깜짝 놀랐다. 여자는 소복을 입고 있었는데, 두 볼이 불그레한 것이 붉은 진달래 같았고, 어떻게 보면 하늘에서 내려온 선녀인 것 같기도 했다.

사냥꾼은 고맙다는 인사의 말을 하기 전에 먼저 여인이 혼자 산속에 사는 사연부터 알고 싶었다.

“부인께서는 왜 이런 깊은 산속에 혼자 사시게 됐습니까?”

“저는 선비의 딸로 태어나 곱게 자라 혼인을 하게 되었습니다. 남편이 공부를 하기 위해 이 숲속으로 들어와 열심히 책을 보다가, 하루는 잠깐 쉬러 숲으로 나갔었는데 여러 날 동안 소식이 없었습니다. 그래서 사람들에게 시켜 찾게 해 보았더니 글쎄 커다란 맹수에게 물려 죽었지 뭐겠습니까. 남편이 죽은 뒤에 홀로 지내려니까 세상을 살아갈 낙도 없는 것 같아 남편을 죽인 호랑이를 찾아 죽이고 나서, 남편의 뒤를 따를 생각입니다.”

여인은 그렇게 말하며 하염없이 눈물을 흘렸다. 사냥꾼은 여인을 위로했다.

“나는 사냥꾼이니, 언제고 부인의 원수를 갚아 드릴 수 있습니다. 그러니 염려 마시고, 죽는다는 생각은 아예 마십시오. 더 오래오래 사셔야죠.”

마침 건넌방이 있어서 사냥꾼은 거기서 묵기로 하였는데, 주인 과부가 하도 예뻐서 사냥꾼은 몰래 문구멍으로 과부를 훔쳐보았다.

　그런데 자세히 살펴보았더니 여자의 눈에서 여느 사람의 눈빛과는 다른 이상한 광채가 번뜩이는 것이었다.

　사냥꾼은 가슴이 덜컥 내려앉았다. 그는 귀신 따위가 사람으로 변한다는 옛이야기를 기억했다. 그리고 이렇게 예쁜 여자가 산속에서 혼자 산다는 것이 아무래도 이상하다고 비로소 생각했다. 그러자 사냥꾼은 온몸에 소름이 돋는 것 같았다.

　그는 살며시 방문을 열고 나와 망태와 총을 들고는 그 집에서 빠져 나가려고 했다. 그 순간, 안방문이 활짝 열리면서 여자가 재빠르게 뛰어나와 사냥꾼의 앞을 가로막았다.

　"이놈아, 어딜 가려고 하느냐! 내가 누군지 알겠느냐? 나는 전날 네게 억울하게 죽은 그 구렁이의 아내다. 남편의 원수를 갚기 위해 벼르던 차에 네가 제발로 걸어왔길래 잘 되었다 하던 참인데, 가기는 어디로 가느냐?"

　다음 순간, 사람의 모습은 온데 간데 없고 그 자리에는 커다란 구렁이 한 마리가 송곳 같은 이빨을 드러내고 있었다.

　사냥꾼은 도망칠 수가 없어서 구렁이에게 한 번 사정을 해 보았다.

　"내 말을 좀 들어 보시오. 당신 남편과 나는 원한을 진 적이 없소. 하지만 그 때 당신 남편이 꿩을 잡아먹으려고 하는 걸 보고, 꿩이 불쌍해서 구해 주느라고 그렇게 되었소. 이건 부처님의 뜻이니 이제 나를 죽이면 부처님의 뜻에 어긋나는 일이 될 것이오."

그러자 구렁이는 눈 깜짝할 사이에 다시 여자로 바뀌었다.

사람으로 변한 구렁이는 사냥꾼에게 말했다.

"이제부터 내기를 해서 내가 이기면 널 죽일 것이고, 네가 이기면 살려 주겠다. 저 너머에 있는 상원사의 종 소리가 끊어진 지 오래인데, 지금부터 한 시간 안에 종 소리가 나게 하면 너를 살려주고, 소리가 안 나면 잡아먹겠다."

그래서 사냥꾼은 당장 죽음을 당하지 않게 되었으며 한 시간이라는 여유가 생겼다는 생각에 그러자고 약속했다.

사냥꾼은 마음 속으로 간절히 부처님께 빌었다. 시간은 자꾸 흘렀지만, 아무도 살지 않는 절의 종을 울리게 할 수는 없었다.

어느덧 시간이 다 되었다. 여인은 기세가 등등해서 다시 구렁이로 변하더니 새빨간 혀를 날름거리며 사냥꾼을 잡아먹으려고 했다.

바로 그 때였다. 멀리 상원사에서,

"뎅 뎅 뎅……"

하고 종 소리가 은은히 들려 오기 시작했다. 그러자 구렁이는 갑자기 미친 듯이 몸을 꿈틀거리다가 제 머리를 돌에 찧어 죽고 말았다.

이윽고 날이 밝아오자, 사냥꾼은 어찌 된 일인지 궁금해서 상원사를 향해 올라갔습니다. 도착해서 보니 절의 종 아래에 꿩 한 쌍이 머리가 피투성이가 된 채 죽어 있었다.

어찌 된 일인지 생각해 보니 그 꿩은 사냥꾼이 살려 주었던 꿩이었고, 다른 한 마리는 그 꿩의 짝인 것이 틀림없는 것 같았다. 둘이서 사냥꾼에게 입은 은혜를 갚기 위해 죽을 힘을 다해서 종을 쳤던 것이다.

사냥꾼은 고마움의 눈물을 흘렸다. 그는 그 두 마리 꿩을 산에 묻어 주고 비석에다 「꿩무덤」이라고 써 주었다.

그 후부터 꿩 무덤이 있는 그 산을 「치악산」이라고 일컫게 되었는데, 「치」는 꿩 치(雉) 자이고 「악」은 뫼 악(岳) 자이다.

염라 대왕 앞에 다녀옴

신라 때 망덕사(望德寺)에 선율(善律)이라는 중이 있었다.

선율은 시주를 받아 대반야경(大般若經) 600권을 간행하려고 하였으나 뜻을 이루지 못하고 죽어 남산 동쪽 기슭에 묻히게 되었다.

선율은 죽어서 염라대왕 앞에 끌려나갔다.

"그대가 망덕사의 중 선율인가?"

"예."

이 세상에 살아 있었을 때 한 일에 대한 업적과 죄를 따지는 차례가 되었다.

"그대는 인간 세상에 있었을 때 무엇을 하였던고?"

"빈도(貧道)가 별로 한 일은 없었습니다. 다만 말년에 대반야경을 완성하려고 하였사오나 이루지 못하고 이곳에 이르게 되었습니다."

염라대왕은 고개를 끄덕끄덕하며 기특하게 여겼다.

"좋은 일이다. 그대는 수명이 이미 다해서 여기에 온 것이나, 그 하던 일이 끝나지 않았다니 특별히 그대를 살려 다시 인간 세상으로 보낼 것이니 대반야경을 완성하도록 하여라."

"예."

염라대왕의 특별한 배려로 선율은 다시 인간 세상으로 돌아오게 되었다.

그가 얼마쯤 걸어오는데 앞에 한 여인이 꿇어 엎드려 울면서 호소했다.

"소녀도 신라 사람입니다. 스님께서 이제 다시 인간 세상으로 돌아가신다니 부디 소녀의 괴로움을 덜게 하여 주십시오."

선율은 합장하고 염불을 외며 애처로워하는 눈으로 그녀를 바라보았다.

"그런 힘이 나에게 있다면 어이 구하지 않으리오. 어찌 된 사연인지 이야기나 들어봅시다."

"예, 소녀의 부모는 잘못된 생각으로 금강사 소유의 논을 부정하게 한 뙈기 차지하여 버린 일이 있었습니다. 이 죄가 적지 않아 먼저 저승에 온 소녀가 부모의 죄를 대신하여 벌을 받게 되었습니다. 이 고통이 실로 참기 어렵고 힘드니 부디 죄를 벗게 하여 주십시오."

"그럼 어떻게 해야 되는 거요?"

"스님께서 인간 세상에 돌아가시거든 소녀의 부모를 만나 이유 없이 차지한 논 한 뙈기를 다시 금강사에 돌려 주도록 말씀하여 주시면 더 큰 은혜가 없겠습니다."

"알았소이다."

여인은 수없이 고마워하다가 울면서 다시 말을 계속했다.

"또 하나 청할 일이 있사옵니다."

"말해 보시오."

"소녀가 인간 세상에 있을 때 집 안의 마루밑에 참기름 단지를 묻어 두었고 또 제가 쓰던 잠자리에는 피륙이 간직되어 있습니다. 그러니 기름은 부처님 앞에 등불 밝히는 데 쓰고 피륙은 팔아서 경문을 완성하는 데 쓰십시오. 그렇게 해 주신다면 그 은혜 잊지 않겠습니다."

"관세음보살. 그래 집이 어디에 있소?"

"예, 소녀의 부모는 사량부(沙梁部) 구원사(久遠寺)의 서남쪽 마을에 있습니다.

"잊지 않으리다."

선율은 고개를 끄덕여 승낙하였는데 갑자기 정신이 맑아짐을 느꼈다. 인간 세상으로 다시 돌아왔기 때문이었다.

숨을 돌리기는 하였으나, 이미 죽은 지 열흘이 넘은 때여서 그는 무덤 속에 묻혀 있는 상태였다. 무덤 속은 어둡고 답답하였으나 밖으로 나갈 방법이 없었다.

"좀 열어 주오."

선율은 목이 터지도록 외쳤다. 계속해서 몇 번이고 외쳤다.

마침 그 곳을 지나가던 소를 모는 아이들이 그 이상한 소리를 들었다.

"이게 어디서 들려 오는 소리일까?"

"꼭 땅 속에서 들려 오는 것 같지?"

귀를 기울이고 들으니 새로 만든 무덤 속에서 들려 오는 것이었다.

"허, 어인 일일까?"

"가서 알려야겠군. 이것은 망덕사의 스님 선율의 무덤인데……"

소를 모는 아이들은 급히 망덕사로 달려갔다.

"선율 스님의 무덤에서 이상한 소리가 들려 오고 있습니다."

"괴이한 일이로군."

"어서 가 보세요."

망덕사의 중들이 달려가 보니 과연 무덤 속에서 외치는 듯한 소리가 희미하게 들려 오고 있었다.

"파 보세!"

"그래야 무슨 일인지 알지."

무덤을 파고 관을 열자 선율이 기지개를 켜면서 일어섰고, 중들은 기절할 것처럼 놀랐다. 선율은 죽은 지 열흘 만에 다시 살아나, 무덤 속에서 외친 지 나흘 만에야 밖으로 나오게 된 것이었다.

모든 사람들의 놀라움이 대단하였기에 선율은 자기가 경험한 바를 자세하게 이야기해 주었다. 그리고는 사량부 구원사의 서남쪽 마을로 갔다. 죽어 염라대왕에게 갔다 돌아오는 길에 만난 여인의 소원을 풀어 주기 위함에서였다. 집은 쉽게 찾을 수 있었습니다.

"댁의 따님이 죽었지요?"

"예, 그렇습니다만……"

주인은 한숨을 몰아 쉬더니 아득한 지난 날을 헤아려 보는 얼굴이 되었다.

"벌써 10년이나 되는군요. 그런데 어떻게 이 곳에 오셨는지……?"

하고 물어 보자, 선율은 자신이 죽었다가 살아난 것과 여인에게서 들은 이야기를 자세히 말해 주었다.

"그래요?"

그는 너무나 놀라운 일이라 쉽게 믿어지지 않는 듯 고개를 갸우뚱거리기만 했다.

"마루 밑을 파 보십시오."

"하지만 십 년이란 세월이 흘렀는데 무엇이 있겠습니까?"

"어쨌든 한 번 파 보기나 하십시오."

선율의 간곡한 청으로 주인은 괭이를 들고 나와 마루 밑을 파기 시작했다. 얼마 파지 않아서 단지가 나타났다.

"허, 있긴 있구먼……"

"열어 보십시오."

단지를 열어 보니 참기름이 가득히 들어 있었다. 십 년이란 세월이 지났건만 참기름은 조금도 변하지 않은 채 그대로 있었다.

"놀랍군요."

"그 긴 세월 동안 어찌 변하지 않고 있었을까?"

주인은 그제서야 선율의 말을 믿게 되었다. 올이 가는 피륙도 그가 가르쳐 준 장소에서 나타났다.

"스님, 한때 잘못 생각한 탓으로 딸자식이 기나긴 세월 동안 저승에서 고통을 받고 있다니, 어이하면 좋습니까?

주인은 합장하고 선율 앞에 고개를 숙였다.

"고인이 지시한 대로 하시고 명복을 빌도록 하십시오."

"예."

주인은 그 길로 논 한 뙈기를 금강사에 다시 돌려주었으며, 기름은 부처님 앞에 등불 켜는 것으로 바쳤다. 또 피륙은 팔아서 경문을 만드는 데 보태서 쓰게 했다. 또한 딸의 명복을 비는 마음으로 많은 것을 절에 기증하였고 정성으로 제를 올렸다.

그같은 소문이 퍼지자 너도 나도 모두 선율에게 후한 시주를 했다. 대반야경을 완성하는데 조금이라도 도움이 되고자 해서였다.

   그렇게 되어 이룩된 대반야경은 후세에까지 남아 있었다고 한
다.

각황전(覺皇殿)

전라남도 구례군 마산면에 지리산 화엄사(華嚴寺)가 있다.

이 절은 지금으로부터 1,400여년 전 신라의 진흥왕(眞興王) 때 창건되었는데 조선 시대의 선조 때 이 강산을 침범한 왜군들에 의해 불타 모두 소각되었었다. 지금 남아 있는 건물들은 16대 인조 왕 이후에 차례로 중건된 것이다.

특히 그 중에서도 각황전(覺皇殿)은 순목조(純木造)로서 동양 3국에서 으뜸가는 건물로 널리 알려져 있는데 이 웅장하고 화려한 건물이 태어나기까지에는 많이 알려지지 않은 처절한 사연이 있다.

임진왜란 때 화엄사가 불타 버리자 주지 스님은 절을 다시 짓겠다고 굳게 다짐하고, 열심히 염불을 했다. 이 스님은 일반 신도들은 물론 속세의 세인들에게까지 덕망이 높고 어질기로 이름난 분이었다.

평소에 불심이 지극하고 법력이 높았던 이 스님은 복구에의 염원을 부처님께 열심히 기구했다. 그 일념이 어찌나 간절했던지 하루는 스님의 꿈에 도승(道僧)이 나타나 말했다.

"주지 승, 듣거라."

"네!"

스님은 놀란 목소리로 대답하면서 도승 앞에 몸을 도사렸다.

"내일 아침에 일찍 아랫 마을로 내려가도록 하라. 내려가는 도 중에 맨 처음으로 만나는 사람이 있을 것인즉 그분에게 네 뜻을 말하고 간절히 부탁하라. 그러면 그분이 네 정성과 뜻을 가상히 여겨 네가 생각한 대로 절을 지어 줄 것이니라."

"네! 하온데 맨처음에 만날 분이 어떤 분입니까? 도사님."

주지 스님은 도승에게 그 사람이 누구냐고 물었다.

"서두르지 말라. 시키는 대로만 하면 되느니라. 허허허……"

하고 말한 도승이 사라지자 주지 스님은 퍼뜩 잠에서 깨어났다. 자기의 정성이 꿈에 나타난 것이라고 생각되었지만 알 수 없는 노릇이었다. 도승이 일러 준 절을 지어 준다는 분은 도대체 어떤 사람일까.

"나무관세음보살……"

주지스님은 도승이 말한 대로 내일 아침 새벽에 마을로 내려가 야겠다고 마음 먹고 다시 자리에 누웠다.

새벽 예불 종소리가 끝나자, 스님은 정장을 하고 산기슭 아래 에 있는 마을을 향해 걸어가기 시작했다.

어둠이 채 걷히지 않은 새벽이었다. 스님은,

'내가 너무 서두른 것이 아닐까?'

하고 생각하며 걱정스러워했다. 마을에 거의 다다를 만큼 왔는데 도 사람의 기척은 없었기 때문이었다. 아무도 만날 수 없게 되자 스님은 초조와 실망감을 동시에 느끼며 동네로 접어들었다. 하지 만 들리는 것은 개가 짖는 소리뿐, 마을은 깊은 적막 속에 빠져 있었다.

'아, 내가 한낱 꿈속에서의 일을 가지고······'

스님이 쓸쓰레하게 웃으면서 맨 마지막 모퉁이를 마악 돌아설 때였다. 눈 앞에 사람의 모습이 보였다. 와락 몰려드는 기쁨에 들뜬 스님은 그의 앞으로 걸음을 옮겼다.

한데, 스님은 이내 실망하지 않을 수 없었다. 잔뜩 기대를 걸었던 스님이었다. 하지만 뜻밖에도 그 사람은 몸둘 곳이 없어 절에 드나들며 부엌일을 돕고 심부름이나 해 주면서 목숨을 이어가는 공양주 할멈이었기 때문이다.

하지만 스님은 일단 도승의 말을 믿어 보기로 했다.

"소승 문안드리오."

하고 공손히 허리를 굽히고 인사를 했다. 할멈은 뜻밖에도 주지 스님의 인사를 받게 되자 아연실색했다.

"아, 아니 주지 스님께옵서······ 스님······ 쇤네는 공양주 할멈이옵니다. 스님!"

할멈은 어쩔 줄 몰라 하면서 안절부절 못했다. 그럴 수밖에 없는 것이 그녀는 주지 스님이 사람을 잘못 보고 실수를 한 것으로 알았기 때문이었다.

그러나 스님은 그 자리에 꿇어앉아 몸을 더욱 조아리며 장삼 속에서 설계도를 꺼내 놓고는 한 번 더 머리가 땅에 닿도록 절을 했다. 그리고 간절히 애원했다.

"소승의 소망은 불타 없어져 버린 절을 다시 복구하는 것이옵니다. 하오니 절을 지어 주시옵소서."

할멈은 갈수록 태산이었다. 한낱 집도 없는 늙어빠진 여자에게 절을 지어 달라니.

"스님! 쇤네는 공양주옵니다."

답답해진 할멈은 몸을 일으킨 스님에게 재차 자기가 누구라는 것을 강조했다. 하지만 그래도 스님은 다시

"부디 절을 지어 주시옵소서!"

하고 간청했다. 그리고는 옷을 여미고 절을 향해 걸어가기 시작했다. 그 자리에 멍하니 서 있던 할멈은 헐레벌떡 스님을 따라가면서 중얼거렸다.

"아이고…… 나처럼 천해 빠진 늙은 계집이 주제넘게 주지 스님의 절을 받다니 말이나 되는가…… 나 같은 천한 중생이 절을 받다니, 안 돼지! 안 돼."

하지만 그녀는 잰 걸음으로 걸어가는 스님의 뒤를 따를 수가 없었다.

숨이 찬 할멈은 따라가기를 포기하며 넋두리를 해댔다.

"다 늙은 것이 주지 스님에게 욕을 뵈었으니, 어떻게 해야 좋단 말인가. 이젠 죽는 수밖에 없지! 난 죽어야 해. 아무 데도 쓰지 못할 이 하찮은 몸을……"

죽기로 작정한 할멈은 당장에 근처에 있는 강가로 갔다.

참으로 어처구니없는 비극이었다. 할멈은 스스로 느낀 죄책감 때문에 짚신을 바위 위에다 가지런히 벗어 놓고는 강에 몸을 던져 자살해 버렸다.

한편, 주지 스님은 절을 복구하게 된다는 일념으로 간절히 염불을 하던 중, 공양주 할멈이 죽은 것을 뒤늦게 알게 되었다.

'아! 내가 꾼 꿈은 허무맹랑한 것이었도다! 공연히 불쌍한 할멈만 죽게 만들었으니, 이 일을 어찌하면 좋단 말인가. 이것으로 나의 불도(佛道)는 한계에 도달했도다.'

하지만 때는 이미 늦은 것, 스님은 번민에 휩싸여 버렸다. 스님의 처절한 흐느낌은 조용하게 흘러나왔으며 언제까지나 그칠 줄을 몰랐다.

그런데 그러한 소문은 삽시간에 지리산 주변의 고장 일대에 퍼졌으며 마침내 관가에까지 알려지게 되었다. 또한 스님은 살인범으로 간주되어 벌을 받게 되었다. 살인범은 능지처참을 면할 수 없는 것이 인간 세상의 법도였기에 스님은 멀리 피신하기로 작정했다.

스님은 할 수 없이 바랑을 짊어지고 두만강을 건너 청국 땅으로 들어갔다.

스님의 새로운 고행은 그렇게 시작되었다.

그 무렵, 청나라 황제는 후사가 없어 늘 외롭게 지내던 중, 나이 60줄에 들어 뜻밖에도 공주를 얻게 되었다.

황제의 외로움을 알고 있던 백성들은 공주가 탄생했다는 소식을 듣자 모두들 기뻐했으며 그녀의 만수무강을 바랐다. 온 나라 안이 기쁨으로 들떴으며, 궁중에서는 큰 잔치가 벌어졌다.

하지만 그같은 기쁨은 잠시 동안만 계속 되었다. 크게 고민하지 않을 수 없는 엉뚱한 일이 생기고 말았다. 세상에 나오면서 울기 시작한 공주가 무슨 이유에선지 한 달이 지났을 때까지 잠시도 울음을 그치지 않는 것이었다. 쉬지 않고 계속해서 울어대기만 했다. 때문에 황후는 물론 황제까지도 이상하게 생각하며 걱정을 했다.

그 후에도 도무지 울음을 그칠 기미를 보이지 않자 황제는 그만 화가 났다. 그래서 그는 신하들을 불러서 말했다.

"모처럼 얻은 공주가 한 번 시작한 울음을 그치지 않으니, 짐은 심히 괴롭도다. 그러니 궁궐 밖의 대로상(大路上)에 다락을 짓고 공주를 그 곳에 두도록 하라."

"폐하, 공주를 어찌 큰 길가에다 버려 두라고 하십니까?"

황후가 비통해하면서 묻자 신하들도 일제히,

"폐하, 노여움을 푸시고 영을 거둬들이심이 가할 줄 아뢰오."

하고 간청했다. 그러나 한 번 영을 내린 황제는 명령을 거두어 들이기는커녕,

"듣기 싫다! 어서 공주를 다락에 넣어 두고 이름 있는 의원들을 불러 우는 병을 고치도록 하라!"

하고 크게 화를 냈다. 아무래도 그의 뜻을 돌이킬 수 없다는 것을 알게 된 황후는 엎드려서 심하게 흐느껴 울기만 했다.

그같은 소문을 전해 들은 스님은 호기심이 생겼으며 한 번 가서 구경해 보고 싶다는 생각을 갖게 되었다. 스님이 중국으로 건너와 떠돌아 다닌지 1년이 되었을 무렵의 일이었다. 그는 장안을 향해 발길을 옮겼다.

마침내 그는 대궐 앞에 이르렀으며, 공주가 앉아서 울고 있는 다락 아래를 지나게 되었다.

"불쌍한 내 딸!"

마침 황후가 밖으로 나와 우는 공주를 달래고 있었다. 그런데 묘한 일이 벌어졌다. 태어난 이래 한 번도 울음을 그친 적이 없었던 공주가 울음을 딱 그치는 것이 아닌가.

"응……? 아니, 공주가 울음을 그쳤구나!"

황후는 깜짝 놀라지 않을 수 없었으며 그같은 사실을 신하들에게 알렸다. 공주는 울음을 그쳤을 뿐 아니라 방실방실 웃기까지

하고 있었다.

"공주!"

황후는 희한하게도 방실방실 웃어 대는 공주를 보고 기뻐서 어쩔 줄 몰라 했다.

달려나온 황제도 역시 공주를 안으며,

"핫하하…… 공주가 웃는구나!"

하고 기뻐하면서 번쩍 쳐들었다. 그런데 공주는 웃고만 있는 것이 아니었다.

"어머? 공주가 손가락으로 누군가를 가리키며 웃고 있사옵니다. 폐하!"

"허어! 정말 그렇군!"

황제와 황후는 주위를 훑어보았다.

"폐하! 저기에 있는 저 중을 가리키고 있사옵니다."

"응? 중을?"

모든 사람들의 시선이 주지 스님에게로 쏠렸다. 그러자 스님은 급히 그 곳에서 떠나려고 했다. 주위에 있는 사람들의 눈길이 모두 자기에게 쏠리자, 문득 조선에서 지었던 죄가 생각났기 때문이었다.

한데 계속해서 또 이상한 일이 벌어졌다. 스님이 돌아서자 방실방실 웃던 공주가 다시 울음을 터뜨리는 것이 아닌가.

"여봐라! 저 스님을 이리 모시도록 하라!"

뭔가 이상하다고 깨달은 황제는 급히 신하들에게 분부했다.

황제 앞에 부복한 스님은 얼떨떨할 뿐이었다. 자기의 죄상을 알고 잡는 것으로 착각한 그는 본국에서 지은 죄를 낱낱이 고했다.

"폐하! 저는 죽어야 할 몸입니다. 응분의 벌을 내려 주시옵소서!"

스님은 눈물을 흘리면서 말했는데 끝까지 그의 죄상을 들은 황제는,

"알겠소! 짐이 이제야 비로소 크게 깨닫게 된 바가 있도다."

하고 대꾸하고는 두 눈을 지그시 감으며 중얼거렸다.

"내가 일찍이 부처님의 영험을 알지 못하고, 크고 작은 죄를 많이 범하였으나 스님께서는 과히 허물치 말아 주시오!"

"무슨 말씀이시오니까, 소승, 몸둘 바를 모르겠사옵니다. 폐하!"

"공주가 스님을 알아 보고 울지 않는 것은 필시 전생에 스님과 깊은 인연이 있음을 뜻하는 것이오. 인연이 있다고 함은 스님과 함께 화엄사에 있던 공양주 할멈이 공주로 환생한 것을 말하는 것이오. 짐이 곧 스님을 도와 절을 복구할 테니 어서 조선국으로 돌아가도록 하시오!"

스님은 뜻밖의 장소에서 뜻밖의 일로 엄청나게 큰 힘을 얻게 되었다. 황제의 말대로 물에 빠져 죽은 할멈이 공주로 환생했던 것이다. 스님은 그것을 깨닫자, 너무나 감격하여 몸을 더욱 조아리며 감사의 뜻을 표했다.

"황은이 망극하여이다."

어전에서 물러나온 스님은 서둘러 조선으로 돌아왔다. 스님은 화엄사로 돌아오자마자 곧 복구 사업에 착수했다. 꿈에 나타난 도승의 말은 결코 헛된 것이 아니었던 것이다.

공양주 할멈이 공주로 환생함으로써 스님의 오랜 숙원을 청나라 황제가 이루어 준 것인데 그것은 물론 주지 스님의 피나는 정성과 시련이 아울러 만들어 준 결과였다.

화엄사 법당의 각황전(覺皇殿)이라는 이름은 황제를 깨닫게 하여 절을 지었다는 뜻에서 지어졌다고 한다.

노힐부득과 달달박박

세상의 모든 것을 버리고 고행 수도의 길에 오른 노힐부득(努肹夫得)과 달달박박(怛怛朴朴)은 많은 세월을 보내며 오직 반열의 정토를 회구하고자 하는 일념에만 몰두하고 있었다.

백월산 무등곡 골짜기에 판방(板房)을 짓고 들어가 앉아 염불을 외우고 있던 박박은 불쑥 찾아온 시장기를 느끼면서 부엌으로 나갔다. 도토리묵이라도 쑤어 먹으려는 생각에서였다. 그는 산속에 들어온 지 여러 해가 바뀌는 동안 미식(美食)과 미색(美色)을 잊고 있었다.

박박이 도토리묵을 만들려고 불을 지피고 있을 때 누군가 문을 두드리는 소리가 들려 왔다.

"누구시오?"

"지나가던 여인입니다."

박박 스님이 문틈으로 밖을 내다보았더니 목소리의 주인은 스무 살 정도 되어 보이는 젊은 여자였다. 박박은 못볼 것을 본 것처럼 얼른 고개를 돌렸다. 참으로 아름다운 여인이었다. 더욱이 피곤해 보이는 여인의 헝클어진 머리카락이 바람에 나부끼는 모습은 말할 수 없는 매력을 풍기고 있었다.

'속세를 완전히 잊은 몸이로다.'

라고 생각하고 있었던 박박이었다. 하지만, 청춘기를 아직 넘지 못한 박박은 안에 숨겨져 있던 욕망이 자기도 모르게 뭉클하고 엄습해 오는 것을 느꼈다. 바로 그 때 여인이 웬 종이 조각 하나를 박박에게 펴 보였다. 한 수의 시가 쓰여져 있었다.

갈 길 더딘데 해는 져서
먼 산에 어둠이 내리니
길은 막히고 성은 멀어
인가도 아득하네
오늘 이 암자에서 자려 하오니
자비스런 스님은 화내지 마소서.

박박 스님은 한동안 그 시를 들여다본 후, 그 종이를 도로 여인에게 내주었다. 그리고 차가운 한 마디를 내뱉었다.

"이 암자는 수도승(修道僧) 홀로 사는 곳이라 젊은 여인을 들일 수가 없소이다. 미안하지만 다른 곳으로 가십시오."

그러나 밖에 선 여인은 더욱 애절하게 간청했다.

"스님, 하룻밤만 자고 가게 해 주세요. 이 어둡고 험악한 산 속에서 더군다나 짐승들까지 득실거리는데 어디로 가란 말입니까?"

"그래도 안 됩니다. 할 수 없소이다."

"하지만 스님, 하룻밤만…… 네?"

여인의 애틋하고 간절한 목소리가 박박 스님의 구곡간장을 녹였지만 애써서 털어버리려고 고성으로 염불을 외웠다.

"나무아미타불, 나무아미타불……"

정욕을 잊으려는 염불 소리만 깊은 골을 울렸다. 그의 가슴 속에서 맹렬히 타오르는 젊은 여인에 대한 성욕은 자꾸만 나무아미타불 속으로 흘러들어가고 있었다. 그는 결국 두 귀를 틀어막으며 애절한 여인의 부르짖는 소리를 외면했다.

얼마나 지났을까. 귀를 틀어막고 있던 박박은 문 밖을 내다보았다. 어둠 속에 서 있던 여인이 보이지 않았다. 그러나 박박의 가슴 한 구석에 파고든 아쉬움을 쉽게 덜지 못했다.

박박 스님에게 거절당하고 길을 재촉하던 젊은 여인은 다시금 암자가 보이자 서둘러서 걸어갔다. 그 곳에서 별로 멀지 않은 곳에 부득이 살고 있었던 것이다. 어두운 산협(山峽)에 굴곡진 초로(樵路)를 헤치면서 여인은 암방(岩房) 가까이로 다가갔다.

부득 스님도 역시 마악 저녁 공양을 끝내고 예불(禮佛)한 후 입정(入定)하고 있었는데 밖에서 여인의 목소리가 들려 왔다. 밖은 이미 칠흙 같은 어둠에 쌓여 있었다.

"지나는 손이 하룻밤 지새고 갔으면 하오니 문을 열어 주십시오."

"당신 같은 여인이 이 밤중에 어디서 왔소이까?"

부득 스님이 문을 열면서 묻자 여인은 대답했다.

"맑고 고요하기가 우주의 근본 뜻과 같거늘 어찌 보고 감히 경계가 있겠습니까? 저는 오직 스님의 뜻이 깊고 덕행이 높다는 풍문을 들었기에 한 번 뵈옵고 설법(說法)을 듣고자 하여 부끄러움을 무릅쓰고 찾아 왔습니다."

그리고는 다음과 같은 게송(偈頌:부처의 공덕을 찬미하는 노래)을 읊었다.

날이 천산 길에 저물었는데
가도 가도 인가는 보이지 않네.
대나무와 소나무 그늘은 그윽하기만 하고
시내와 골짜기에 물 소리 더욱 새로워라.
길 잃어 잘 곳 찾는 게 아니고
존사(尊師)를 인도하려 함일세.
원컨대 내 청을 들어 주시고
길손이 누구인지 묻지 마오.

　부득 스님은 그 게송을 듣고 내심으로 크게 놀라며 여인의 얼굴을 다시 바라보았다.
　그 여인은 참으로 곱지 않은 곳이 없는 아름다운 여인이었다. 또한 볼록한 가슴 아래로 흐르는 풍부한 굴곡은 부득 스님의 모든 관능을 단번에 자극하고야 말았다.
　부득은 이미 세상과의 인연을 완전히 청산한 위인이었다. 그러나 그처럼 아름다운 여인을 보자 원래부터 가지고 있던 세욕(世慾)이 다시 고개를 들고 일어나는 것이었다.
　그 여인을 방 안에 들였다가는 무슨 일을 저지를 것만 같았다.
　그 순간이었다. 그는 좀더 다르게 생각했다.
　'아니다. 위대한 해탈은 오히려 계박 속에서 얻을 수 있을지도 모른다. 억누를 수 없는 무지한 욕심과 정면으로 충돌하여 그것을 능히 이겨 내는 것만이 진정한 해탈이요, 득력(得力)일 것이다. 내가 오늘 밤에 기어이 그것을 얻으리라.'
하고 마음먹은 후 그 여인에게 말했다.
　"이 곳에서는 원래 여인을 금했습니다만 하룻밤만 묵고 가십시오. 그 대신 날이 밝으면 떠나셔야 합니다."

여인은 다소 수줍은 듯 고개를 숙인 채 단칸방인 암자로 들어왔다. 그녀가 방 안으로 들어오자 홀아비가 혼자 살고 있던 방안에는 야릇한 향내가 가득 찼다. 때문에 그는 먼저 코라는 도둑놈을 타도해야만 하였다. 만일 코라는 도둑이 없었다면 그가 여인의 고운 향내를 맡지 못했을 것이기 때문이었다.

진동하는 여인의 채취에 무심하려고 애쓰면서 그는 혼자 덮는 이부자리를 여인에게 양보하고는 방의 한 귀퉁이에 웅크리고 누웠다.

하지만, 좁은 방 안에 아름다운 여인이 누워 있으니 어찌 무심할 수 있을 것인가? 어쩔 수 없이 고조되는 흥분은 부득으로 하여금 현기증을 일으키게 하였다.

여인이 약간씩 움직일 때마다 풍겨 오는 강렬한 체취는 부득 화상의 온몸을 단번에 마비시키고 말 것만 같았다. 더욱이 그는 여인을 사랑해 본 경험이 있는 남성이었다. 여인이 감추고 있는 온갖 비밀을 모조리 알고 있는 그였기에 더욱 괴로웠다. 여인이 이따금 몸을 뒤척일 때마다 그의 몸에 이불이 스쳤다.

그는 잘못하다가는 자기가 파 놓은 함정에 스스로 빠져 들어갈 것만 같았다.

'구원해 주시옵소서. 나무 관세음보살 마하살……'

고요히 깊어 가는 밤 만큼이나 그의 괴로움도 한없이 깊어졌다. 흥분은 고조되고 감정은 절정에 도달해 갔다.

그는 어느덧 온몸을 떨고 있었다. 더 이상 참을 수 없을 지경이 되고 말았다.

'보살 마하살…… 빨리 날이 밝게만 해 주시옵소서.'

하고 그는 결사적으로 기도하였다. 그러나 그 날 따라 유난히도 밤이 긴 것 같았다.

삼경이 훨씬 넘은 듯한 깊은 밤이었다. 그런데 바로 그 때 여인이 갑자기

"아이구 배야…… 아이구 배야……"

하고 괴로워하면서 배를 움켜쥐고 몸부림치기 시작했다. 여인이 몸을 움직일 때마다 이불이 펄럭거렸고, 그럴 때마다 풍겨 오는 더욱 강렬한 여자의 체취는 부득 스님의 영혼까지도 불태워 버릴 것만 같았다. 자기도 모르게 최후의 한 선을 넘어 사음계(邪婬戒)를 범할 것만 같았다. 그는 이윽고 벌떡 일어났다. 그리고는

"손님, 왜 그러시오? 어디가 많이 아프십니까?"

하고 묻고는 그녀에게서 가능한 한 조금이라도 더 먼 자리에 있으려고 뒷걸음질쳤다.

"아이구 배야 아이구. 대사님 복통이 몹시 납니다. 미안하지만 배를 조금만 문질러 주세요."

"예?"

실로 큰일이 나게 만들 요청이었다. 그렇지 않아도 당황해있는 판인데, 더구나 배를 쓸어 달라고 하니 그것은 차마 못 할 일이었다.

하지만 여인은 다 죽어가는 소리를 내면서 신음하고 있었다. 부득 스님은 할 수 없이 드디어 그녀를 요 위에 반듯이 누이고는 배와 명치 끝을 주무르기 시작했다. 하얀 살결이 주는 보드라운 감촉이 그의 모든 신경을 자극하였다.

그는 쉬지 않고 치솟는 욕정을 이를 악물며 억눌렀지만 주무르

기 시작한 손이 가슴에서 배꼽 아래로 훑어내려갈 무렵이 되자 그만 정신이 몽롱해지지 않을 수 없었다. 보드라운 살결과 따뜻한 온기…… 몽클몽클한 젖가슴의 탄력은……

그러나 그는 필사적으로 정신을 가다듬으면서 여인이 아프다는 곳을 쓸어주었다. 일심으로 염불을 외우면서 음욕을 정복하려고 애썼다.

그는 마치 정신이 나간 것처럼 여인의 가슴과 배와 등을 쓸었다. 그럴 때마다 여인은 긴 한숨을 쉬며 몸을 꿈틀거리는 것이었다. 그러다가 갑자기 부득 스님의 목을 얼싸안고 늘어지기도 했다. 그뿐만이 아니었다. 한 손으로 남자의 손을 잡고 배를 쓸게 하다가 급기야는 더 아래로 당겨 남의 손이 닿아서는 안 될 마지막 곳까지 주무르게 했다.

부득 스님은 그 때마다 숨이 막히며 말할 수 없는 음심(淫心)이 마음 속에서 소용돌이 쳤다.

"아아, 이것이 해탈에 이르는 길이리라. 이 고비를 넘으면 피안(彼岸)의 언덕이 보일 것이다."

그는 참기 어려운 욕망을 견디기 위하여 더욱 강하게 이를 악물었다.

"이제 좀 어떠시오?"

하고 물었더니 여인이 정말로 황당하게도,

"스님, 저는 곧 죽을 것만 같아요."

하면서 그를 끌어안았다. 그리고는 부득 스님을 이불 속으로 끌어들이는 것이었다.

염불을 외울 때 졸리우면 쓰고 있는 뾰족한 송곳으로 허벅지를 찔렀다. 허벅지에서 한 방울 두 방울 피가 흐르기 시작했는데 그것을 보면서 부득 스님은 전에 없었던 이상한 법열을 느끼곤 했다.

그의 입에서

"휴우……"

소리가 저절로 터져나왔다. 이 세상에 그같은 고행(苦行)과 난행(難行)은 다시 없을 것 같았다.

그런데 바로 그 때 그 여인이 몸을 흔들면서 말했다.

"스님에게 입은 은혜는 태산 같습니다. 덕분에 이 몸은 겨우 위기를 면했습니다만, 이제 또다시 복통이 일어나지 않을까 걱정됩니다. 이럴 때마다 저는 목욕을 했습니다. 목욕을 하지 않으면 또다시 복통이 일어나니까요. 그러니 목욕을 시켜 주세요. 저는 목욕을 할 기운이 없어서……"

부득 스님은 너무나 어이가 없어서 입만 크게 벌렸다. 손바닥만한 좁은 방에서 여자가 목욕을 하겠다는 것만도 기가 막힐 일인데 더욱이 목욕을 시켜 달라는 것이었다. 이제는 정말로 눈을 어지럽게 만들 수 있는 벌거벗은 몸, 보드라운 살결, 흰 곡선의 엉덩이, 젖가슴…… 그것들을 부득 스님에게 씻겨 달라는 것이었다.

부득 스님은 한참 동안 망설이다가 그녀의 말에 응했다.

"그래 씻겨 주자. 아직까지 참고 견뎠으니 이제 무슨 유혹인들 못 참을 것인가. 이 경지(境地)를 넘기기만 하면 무슨 궁극(窮極)이 나를 기다리고 있을 테지……"

부득 스님은 부엌으로 나가서 불을 지피고 물을 끓였다. 커다란 함지박에 뜨거운 물을 하나 가득 담아가지고 방으로 들어왔더니 여인은 기다리고 있었다는 듯이 옷을 훌훌 벗었다. 마침내 속옷까지 모조리 벗은 그녀는 아무렇지도 않다는 듯이 함지박 속으로 들어갔다.

여인은 한동안 몸을 씻더니,

"스님…… 여기 등을 좀 밀어 주세요."

고 말했다.

"예……"

부득 스님은 여인이 씻어 달라는 곳을 골고루 다 씻어 주었다. 여인은 별의별 곳을 다 씻어 달라고 했지만 조금도 사양치 않고 모두 씻어 주었다. 하지만 그는 그 온기 있는 여체에 손이 닿을 때마다 새로운 전율과 공포가 몸을 휘감았다. 젖가슴을 씻다가 그 몽클한 탄력에 그는 그만 정신이 몽롱해졌다.

'과연 아름답고 신비스러운 물건이로고!'

부득 스님이 마음 속으로 중얼거리자

"호호호……"

하고 여인은 자지러지게 웃어 댔다. 하지만 부득 스님은 그저 기계적으로 여인의 전신을 주무르고만 있었다.

"스님, 여기를 좀 주물러 주세요. 아랫배가 더 아파요. 아랫배에 더운 물을 끼얹고 좀 더 주물러 주세요."

그는 아무런 대답도 없이 그 여인이 요구하는 대로 이곳 저곳을 계속해서 씻어 주었다.

밤이 무척이나 깊었는지 산 속은 괴괴하고 바람 소리조차 적적했다. 이윽고 여인이 목욕을 거의 다 끝낼 무렵이었다.

바로 그 때였다. 어디선가 풍기기 시작한 고귀한 향내가 온 방에 가득 차기 시작했다. 그것은 인간 세계에서는 맡아 보지 못한 향내였다. 만당에 풍기는 그윽한 향내…… 코를 찌르는 이 이상하고 야릇한 향내 때문에 부득은 저으기 놀라지 않을 수 없었다.

몸과 마음이 단번에 평화로워지며 모든 잡념이 이슬처럼 사라지기 시작했기 때문이었다.

"……?"

그는 눈을 번쩍 떴다. 그 뿐만이 아니었다. 여인이 들어앉아 있는 함지박과 그 속의 물이 어느샌가 누런 황금빛으로 변해 있었다. 한순간에 벌어진 일이었다. 그의 모든 잡념과 번뇌와 망상은 모두 가을 하늘의 구름처럼 어디론가 사라져 조금도 남아 있지 않았다.

온화하고 부드러운 그 무엇인가가 그의 온몸을 휩쌌다.

부득 스님은 이윽고 그 여인을 다시 보라보았다. 조금 전까지도 그의 마음을 그처럼 괴롭게 하던 여인이었건만 아무런 괴로움도 주지 않고 있었다. 그녀는 다만 아름다운 한 폭의 그림일 뿐이었다.

그런데, 여인의 희디 흰 몸도 아래로부터 점점 금빛으로 바뀌고 있었다. 여인이 고운 입을 열고 고요히 말했다.

"스님, 어서 옷을 벗고 이 안으로 들어오세요."

아까만 같아도 옷을 벗고 그리로 들어갔다가는 사음계를 범할 것 같아 미리 겁을 먹었을 주문이다. 하지만 부득 스님은 이미 모든 것을 초월한 경지에 들어서 있었다. 그는 옷을 훌훌 벗고 함지박 안으로 들어갔다. 고요한 마음도 그녀의 곁에 가서 앉자 마음이 더욱 맑아졌다. 바로 그 순간이었다.

"활짝……"

하고 그의 새로운 눈이 트였다. 온갖 천삼라 지만상(天森羅 地萬像)이 그대로 반짝이는 황금빛 세상이 눈에 보였다.

"허어, 진실로 아름다운 세상이어라."

"거룩하고 위대한지고! 우주의 법칙이여…… 큰 진리여……"

부득 스님이 스스로 자기의 법열에 도취하여 중얼거리고 있을 때 여인은 함지박 안의 물을 부득 화상의 몸에 끼얹어 발랐다. 그러자 그의 육신도 금세 황금빛으로 변했다. 부득 스님이 경겁하며 놀라는 동안 그의 곁에 연꽃 좌대가 하나 솟아났다.

'아아 이것이 도대체 무슨 일일까?'

부득 스님이 경탄하며 황홀한 기분에 싸였는데 그 여인이 갑자기 그를 이끌어 일좌의 연대(蓮臺) 위에 올려 앉히고는 낭랑한 음성으로 말했다.

"오오, 거룩하여라! 나는 관음 보살의 화신이오. 그대를 시험하기 위해 나타난 거요."

"예?"

부득 스님이 놀라는 순간 그녀의 모습은 꺼지는 것처럼 사라지고 말았다.

다음 날, 박박 스님은 날이 밝자
'부득이 지난 밤에 필시 계를 범했겠지. 가서 비웃어 줘야지.'
하고 생각하며 찾아왔다.

그런데 이게 어찌 된 일인가.

부득 스님은 미륵 존상이 되어 연화좌 위에 앉아 빛을 발하고 있는 것이 아닌가.

박박 스님은 자기도 모르게 머리를 조아려 절을 하며 물었다.

"어떻게 해서 이리 되셨습니까?"

부득이 그간의 사정을 말하자 박박은 자신의 미혹함을 탄식했다.

"나는 마음에 가린 것이 있어 부처님을 뵙고도 만나지를 못했구려. 먼저 이룬 그대는 부대 옛 정을 잊지 말아 주시오."

"통 속에 아직 금물이 남았으니 목욕을 하시지요."

덕분에 박박도 목욕을 하고 무량수(無量壽)를 이루었다. 그 소문을 들은 마을 사람들이 다투어 모여 감탄을 연발하자 두 생불은 그들에게 불법의 요지를 설한 뒤 구름을 타고 하늘로 올라갔다.

훗날 경덕왕이 즉위하여 그 이야기를 듣고는 백월산에 큰 절 남사(南寺)를 세워 금당에 미륵불상을 모시고 아미타불상을 강당에 모셨는데 아미타불상에는 박박이 목욕할 때 금물이 모자라 얼룩진 흔적이 그대로 있었다고 한다.

노파와 온양 온천(溫陽溫泉)

아득한 옛날 충청도 땅에 아주 가난한 절름발이 노파가 삼대독자 아들과 함께 살고 있었다.

어려운 살림에 불편한 몸을 이끌고도 노파는 아들을 키우는데 온 정성을 다했다.

어느덧 아들이 혼기를 맞게 되자 하루빨리 손주 보고 싶은 마음이 간절해진 노파는 매파를 놓아 사방팔방으로 혼처를 구했으나 자리마다 고개를 저었다.

가문도 볼 것이 없고, 살림도 넉넉치 못한데다 시어머니마저 절름발이이니 누구도 선뜻 딸을 내주려고 하지 않았다.

노파는 절름거리는 자신의 다리를 원망하면서도 실망하지 않았다.

이러한 노파를 측은히 생각한 중매쟁이는 좀 모자라는 처녀라도 그냥 며느리로 맞자고 다짐을 받고는 아랫마을 김 첨지 집으로 달려갔다.

그 집에는 코찡찡이 딸이 있었기에 말만 꺼내면 성사가 될 것으로 믿었다.

그러나 김 첨지는 다짜고짜 소리부터 질렀다.

"그런 소리 입 밖에 두 번 다시 내지도 마슈. 원 아무리 사윗감이 없기로서니 홀어미에다 절름발이 시어머니 집에 딸자식을 보내겠소?"

"원 영감님두, 그 노인이 다리 하나 저는 게 흠이지 아들이야 인물 좋고 부지런하고 어디 나무랄 데가 있습니까?"

"아 듣기 싫다니까요."

김 첨지는 버럭 소리를 질렀다.

"홍! 까마귀똥도 약에 쓰려니까 칠산 바다에 찍 한다더니 코찡찡이 꼴에 꼴값 하네."

중매쟁이는 그렇게 퍼부으면서 이번엔 황 영감 집으로 발걸음을 옮겼다.

팔을 제대로 못 쓰는 그 집 딸에게는 노파의 아들이 오히려 과분할 것 같아 자신만만하게 달려갔다.

"가만있자! 내 딸과 정혼을 하자구요?"

한동안 눈을 껌벅이며 뭔가를 골똘히 생각하던 황영감은 이윽고 고개를 흔들었다.

"아니 왜 너무 황송해서 그러시유?"

"그게 아니구요. 팔을 못 쓰는 내 딸이 그 집으로 들어가면 그 집엔 반편들만 모였다고 남들이 얼마나 놀리겠소?"

"원 그렇게 따지다간 따님 환갑 맞겠소. 환갑."

이제 더 이상 알아 볼 곳이 없다는 중매쟁이의 말을 들은 노파는 서글프기 짝이 없었다.

노파는 마지막으로 부처님께 기도를 올리기로 결심하고는 불편한 다리를 끌고 산사(山寺)를 찾았다.

"관세음보살. 관세음보살. 하나뿐인 우리 아들의 짝을 정해 주옵소서. 나무아미타불 관세음보살."

온 정성을 다해 불공 드리기 백 일째 되던 날 밤이었다. 깜박 잠이 들은 노파 앞에 관음보살이 나타났다.

"쯧쯧! 정성은 지극하나 순서가 틀렸으니 이 일을 어이할까."

"순서가 틀렸다 하심은 무슨 말씀이신지 상세히 일러 주옵시면 다시 기도하도록 하겠습니다."

"그대의 아들이 장가를 못드는 까닭을 모르지는 않을 텐데…"

"그야 어미 된 제가 한쪽 발을 못쓰는 탓이옵니다."

"그렇다면 자네의 두 발을 온전히 쓰도록 빌어야 하지 않겠느냐?"

"하오나 무슨 수로 이 늙은 것의 다리를 고칠 수가 있겠습니까?"

"지성이면 감천이니, 지극한 정성으로 못 이룰 일이 있겠느냐."

그렇게 말한 관세음보살은 어느덧 바람처럼 사라졌다. 꿈을 깬 노파는 예사로운 일이 아니다 싶어 관음보살께서 일러 준 대로 다시 불공을 시작했다.

"관세음보살. 제발 이 몸의 다리를 고쳐 주옵소서."

다시 백 일째 되는 날 밤. 난데없이 허공에서 우렁차고 경건한 목소리가 울려 왔다.

"내가 그대의 정성에 감복하여 그대의 소원을 들어 주리라. 내일 마을 앞 들판에 다리를 절름거리는 학 한 마리가 날아와 앉을 것이니 그 모양을 잘 살펴보면 다리 고치는 비법을 알게 되리라."

필시 기도의 영험이 나타날 것으로 믿은 노파는 그 길로 캄캄한 산(山)길을 더듬어 내려왔다.

이튿날 저녁 해가 기울 무렵, 하얀 학 한 마리가 어디선가 휠

휠 날아와 논 가운데 앉았는데 정말로 다리 하나를 절고 있었다.

그 학은 이상하게도 앉은 자리 근처를 뱅글뱅글 돌면서 껑충껑충 뛰기도 했다.

그렇게 하기를 사흘이 지나자 학은 언제 다리를 절었느냐는 것처럼 두 발로 빠르게 걷더니 힘껏 땅을 박차고 하늘로 치솟아 휠휠 날아가 버렸다.

그 모양을 지켜보던 노파는 하도 신기해서 급히 학이 뛰면서 맴돌던 논둑으로 달려갔다.

논에서는 물이 펄펄 끓고 있었다.

괴이하게 생각한 노파는 발을 물 속에 담궈 봤다.

"앗 뜨거! 아이 뜨거워! 옳지 이 물에 발을 담그면 낫는 모양이구나."

노파는 뜨거운 물에 발을 담근 채 이를 악물었다. 점차 시간이 흐르면서 몸이 시원해지기 시작했다. 노파는 신이 나서 열심히 발을 담구었다. 그렇게 10일이 되던 날 신통하게도 노파의 절룩거리던 발은 씻은 듯이 완쾌됐다.

노파는 너무나 기뻐서 아들을 부둥켜안고 덩실덩실 춤을 추며 울었다.

마을에선 부처님의 축복을 받은 집이라 하여 혼인말이 빗발치듯 했고 그 아들은 예쁘고 가문 좋은 색시를 맞아 어머니를 모시고 잘 살게 되었다.

그 소문이 널리 퍼지자 뜨거운 물에 병을 고치기 위해 사람들이 사방에서 몰려들었다. 이곳이 바로 오늘의 온양 온천이다.

호로병의 신비

"대선(大善)아."

"네, 스님."

"너 아랫마을에 내려가 호로병 5개만 구해 오너라."

"갑자기 호로병으로 뭘 하시려구요?"

"쓸 데가 있느니라. 어서 사시 마지(巳時麻旨) 올리기 전에 다녀오너라."

대선 사미가 마을로 내려가자 원효 스님은 동해가 내려다 보이는 큰 바위 위에 가부좌를 하고서 참선에 들었다.

'어떻게 할까? 그들이 순순히 듣지 않으면……'

지긋이 눈을 감은 원효 스님은 몇 번에 걸친 자문자답 끝에 자기 희생쪽을 택하기로 했다. 왜구들이 말을 듣지 않을 경우 5만 왜구를 살생시키겠다고 각오했다. 그는 가능하다면 신라 백성도 구하고 왜구들도 죽이지 않을 방법을 생각하고 있었던 것이다.

5만 명 살생이란 큰 죄를 스스로 짊어지겠다는 결심이 서자 원효 스님은 자기 집착에서 벗어나 후련하다는 듯이 두 눈을 크게 떴다.

저 멀리 수평선에 까만 점들이 하나 둘 떠오르기 시작했다. 이

옥고 그 점들은 배로 변하며 바다를 까맣게 덮었다. 왜구의 대병선(大兵船)들이었다.

때는 신라 신문왕 원년이었다.

대마도를 거점으로 한 왜국의 해적들은 해마다 신라의 동해안 지방에 침입하여 약탈과 방화, 살인을 자행했다.

그럴 때마다 태평세월을 보내던 신라인들은 막대한 피해를 입곤 했다. 그들을 막기 위해 신라 조정에서는 배를 만들고 군사를 길렀다. 그러자 왜구는 몇 년 동안은 나타나지 않았다. 왜구의 침입이 뜸해지자 신라는 다시 안일해졌다. 그 틈을 노려 왜구의 대병선단이 물밀듯이 들이닥친 것이었다.

5만 대군으로 쳐들어온 왜구는 일로 서라벌을 향해 진격할 준비를 했다. 그들은 동래와 울산 앞바다에 배를 대고 첩자를 풀어 놓았다. 원효 스님은 이러한 왜구의 움직임을 이미 다 헤아리고 있었다.

스님은 눈을 감았다. 그의 나이는 어느덧 60여 세. 그가 이제 하는 일이 자신의 생애에 있어서의 마지막 보살행이 될 것이라고 생각하니 파란많았던 지난날의 일들이 주마등처럼 머리 속에 떠올랐다.

20살 젊은 나이에 구도길에 올라 중국으로 가던 중 해골에 고인 썩은 물을 마시고 홀연 자성을 깨달은지 어언 40여 년. 공주와의 사랑, 도둑떼와의 생활 등 온갖 만행과 행각을 겪었으나 지금처럼 어려운 때는 일찍이 없었다.

'5만의 목숨을 살릴 수 있는 다른 방법이 없을까?'

원효 스님은 신라 장군기를 바위에 세워 놓고 암자로 돌아왔다. 그의 눈은 빛나고 입은 굳게 다물어져 있었다.

"대선아, 너 저 아래 마을 어구에 가면 길손 두 사람이 있을 것이다."

"있으면 어떻게 할까요. 스님?"

"그냥 가 보면 알게 될 것이니라."

마을 어구에 당도한 대선 사미는 뱃사람들을 발견했다. 등을 보이고 있는 그들이 스님께서 말한 길손인가 싶어 가까이 다가갔더니 그들은 작은 소리로 이야기를 나누고 있었다.

"장군기가 펄럭이는 걸 보니 필시 신라의 군대가 있을 것일세. 그냥 돌아가세."

"이봐, 저 성벽 안에 신라의 군대가 있다면 저렇게 조용할 수가 없지 않은가? 길에 군사가 지나간 흔적도 없고, 마을 사람들 얼굴이 평안하기만 하니 성벽 안에 군대가 있을 리 없네. 하지만 저 장군기는 뭔가 곡절이 있어서 세워져 있는 것 같으니 올라가 알아 보세."

두 사람은 이윽고 산을 오르기 시작했다. 사미승은 그 뒤를 따랐다. 산 중턱쯤에 오른 그들은 길을 잃었다. 주위를 살피던 그들은 저만치에 서 있는 사미승을 발견하고는 손짓해서 불렀다.

"우리는 뱃사람인데 길을 잃었구나. 저기 장군기가 있는 곳으로 가려는데 안내를 좀 해 주겠느냐?"

"그러지요. 저 절은 제가 살고 있는 미륵암예요. 함께 가시죠."

"고맙다. 그런데 저 깃발은 무슨 깃발이지? 저 근처에 군사들이 있는 거냐?"

"아뇨."

그들이 왜구의 첩자라고 생각한 대선은 조심스럽게 대답했다.

"그럼 저 뒷산 성벽 안에도 군사들이 없니?"

"글쎄요, 그건 저도 잘 모르겠는데요. 아마 없을 거에요."

"봐라, 내가 없다고 했잖아. 이제 그만 돌아가자."

"그…… 그럴까……"

두 녀석이 스윽 돌아서서 산 아래로 마악 다시 내려가려는데 장군기가 세워져 있는 바위 위에서 원효 스님이 우렁찬 목소리로 말했다.

"여보시오. 두 분 길손은 잠깐 들렀다 가시오."

"저어, 스님. 저희들은 바빠서 그냥 돌아가렵니다. 다음 날 찾아뵙지요."

"어허, 모처럼 오셨는데 그냥 가시다뇨. 대선아 어서 모셔 오너라."

"이봐, 그냥 달아나는 게 어때?"

"아냐, 달아나면 의심을 할 테니 구경이나 해 보자."

작은 소리로 속삭이던 두 녀석은 천천히 원효 스님 앞으로 다가왔다.

그들을 뚫어지게 바라보던 스님이 다시 입을 열었다.

"어디서 오셨소?"

"기장에서 왔습니다."

"기장? 그럼 왜구를 보았겠군."

"왜구라뇨? 못 봤는데요."

"못 봤다니? 너희가 바로 왜인이 아니고 무엇이냐?"

스님이 호통을 치자 한 녀석이 재빨리 품속에서 비수를 꺼내 휘둘렀다. 그 순간,

"네 이놈!"

하는 대갈 일성과 함께 원효 스님의 주장(朱杖)이 그의 어깨를

때렸다. 그는 짧은 비명을 토하면서 고꾸라지며 정신을 잃었다.

그것을 본 나머지 한 녀석은 소스라치게 놀라며 살려 달라고 목숨을 빌었다. 이윽고 쓰러졌던 녀석이 정신을 차리자 스님은 그들 앞에 호로병 5개를 나란히 놓고는 말했다.

"너희가 내 말을 들으면 무사할 것이나 만약 듣지 않으면 너희들은 물론 5만 명의 도둑들이 모두 죽음을 면치 못할 것이니라."

스님은 붓을 들어 호로병 두 개의 목에 동그랗게 금을 그었다. 그랬더니 두 녀석이 목을 감싸쥐면서 고통스러워했다. 놀랍게도 그들의 목에는 호로병에 그려진 것과 같은 핏멍울진 붉은 동그라미가 만들어져 있었다. 그들은 공포에 떨면서 엎드려 목숨을 살려 달라고 빌었다. 스님은 남은 호로병 세 개의 목에 동그라미를 그어 그들에게 주었다.

"자 이것을 갖고 가서 너희 대장에게 주면서 말해라. 만약 이 밤이 지나도록 돌아가지 않으면 죽음을 면치 못할 것이라고."

두 녀석은 즉시 대장에게 가서 호로병을 내보이면서 원효 스님이 했던 말을 그대로 전했다.

"뭐가 어째? 이따위 호로병을 갖고 나를 놀리는 거냐?"

화가 치밀어 오른 대장은 장검을 뽑아 호로병의 목을 쳤다. 한데 호로병의 목이 잘리는 순간 대장도 목이 꺾이고 피를 토하며 숨졌다. 때문에 왜구들은 크게 놀랐으며 급히 닻을 올리고 도망치기 시작했다.

지금도 동래 범어사가 있는 금정산 중턱에 가면 원효대 바위가 있고 당시 장군기를 세웠던 자리라는 움푹 파인 곳을 볼 수 있다. 거기서 5리 쯤 올라가면 미륵암이 있고 그 뒤로 성벽이 있어 원효 스님의 신비한 신통력을 다시 한 번 생각하게 만든다.

호랑이 처녀의 비련(悲戀)

신라 38대 원성왕 8년 사월 초파일. 청년 김현은 영험이 있기로 소문난 흥륜사 앞뜰 5층탑 아래에서 밤이 깊도록 탑돌이를 하고 있었다.

"나무아미타불 관세음보살, 나무아미타불 관세음보살……"

얼마 동안 탑을 돌면서 기도를 하다가 그만 돌아가려던 김현은 움찔하면서 놀랐다.

'아니, 이 밤에……'

뒤를 돌아다본 김현은 벌린 입을 다물지 못 하고 있었다. 너무나 아리따운 여인이 뒤에서 따라오며 탑돌이를 하고 있었기 때문이었다. 성(城) 안에서 처음으로 보는 미녀였다. 김현은 그녀에게 말을 걸고 싶었으나 그 모습이 어찌나 조용하고 정결했던지 감히 접근하지 못 했다.

'음, 내일 밤에 다시 와야지.'

다음 날 밤, 삼경을 알리는 인경 소리가 울리자 김현은 흥륜사 경내로 들어섰다.

그녀는 벌써 와서 탑돌이를 하고 있었기에 김현도 따라서 돌기 시작했다.

그는 기도보다는 낭자의 뒷모습에 온 정신을 다 팔고 있었다.

얼마 후 그녀가 3배를 올리고 탑에서 떠나려고 하자 김현은 급히 쫓아갔다.

"낭자."

"……"

"실례인 줄 알지만, 나는 성 안에서 사는 김현이란 사람이오. 낭자는 뉘시길래 밤마다 탑돌이를 하시는지……"

"아사미라고 하옵니다."

여인은 방긋 웃으며 이름만을 말하고는 그냥 발길을 옮겼다.

"낭자~."

김현은 여인의 팔을 잡으며 그녀의 얼굴을 똑바로 보았다.

"낭자. 나는 어젯밤에 낭자를 본 순간부터 지금까지 낭자 생각만 하고 있었소."

그는 목청을 다듬어 이어서 말했다.

"한 번 얼굴을 보게 된 것도 인연이니, 이는 필시 하늘이 준 연분인가 보오. 낭자 사랑하오."

"이 몸은 도련님의 뜻을 받을 수 없는 몸이옵니다."

"그대가 아무리 피하려고 해도 나는 오늘 그대를 따라가리다."

"아니 되옵니다. 소녀의 집은 가난하고 병석에 누운 어머니가 계셔 모실 곳이 못되옵니다."

"낭자, 내 마음을 거절하지 마시오. 낭자."

잠시 후, 아사미는 결국 김현의 넓은 가슴에 얼굴을 파묻게 되었다.

그들은 이윽고 함께 걸어가기 시작했는데 그녀의 집은 제법 먼 곳에 있는 것 같았다. 산을 몇 구비나 돌아 삼경이 넘어서야 조그만 촌막에 이르게 되었다.

"도련님, 잠깐만 여기에 계시와요. 안에 들어가 어머님께 말씀 드리고 나오겠어요."

잠시 후 방문이 방긋 열리며 그녀가 나왔다. 방 안에서 그녀의 어머니인 듯한 노파가 밖을 내다보았다.

"도련님, 소녀의 어미예요."

"갑자기 찾아와 실례가 많습니다. 낭자의 고운 자태에 정신을 빼앗겨서 그만 불문곡직하고 찾아왔습니다."

"이왕 오셨으니 안으로 모셔야겠으나 성질이 포악한 아사미의 세 오라비가 곧 돌아와 당신을 해칠 지도 모르니 어서 몸을 피하시지요."

노파는 근심스러워하는 표정을 짓고 있었다.

그 때였다. 어디선가 호랑이의 울음소리가 우렁차게 들려 왔고 아사미는 그만 질겁을 했다.

"어머나…… 도련님, 어서 몸을 피하세요."

그녀는 김현을 헛간에 숨겼다.

"어머니, 다녀왔습니다."

"앗~."

헛간 문틈으로 밖을 내다보던 김현은 자기도 모르게 외마디 소리를 질렀다. 초막 앞에는 남자가 아닌 커다란 호랑이 세 마리가 서성거리고 있었다.

"저놈들이 사람 냄새를 맡고 있구나. 이거 야단났네."

그 때 처녀의 목소리가 들렸다.

"안 돼요, 그쪽으로 가면……"

소녀는 호랑이들의 앞을 가로막았다.

"제발, 사람은 없으니까 방에 들어가서 쉬세요."

호랑이 세 마리는 방으로 들어갔다. 그처럼 해괴한 광경을 숨어서 본 김현은 망연자실해질 수밖에 없었다. 밤이 깊었다. 김현이 인기척에 놀라 눈을 떠 보니 처녀가 옆에 와 있었다.

"오, 낭자~."

"도련님."

두 사람은 그 밤을 헛간에서 함께 지냈다. 날이 훤히 밝자 소녀는 살며시 일어나 문 밖으로 나갔다. 그러나 뜻밖에도 호랑이세 마리가 문 앞에 도사리고 앉아 소녀를 해치려고 했다. 때문에, 김현은

"앗!"

하고 놀라며 먼저 헛간 밖으로 나와 처녀를 등 뒤에 감췄다.

호랑이는 적을 만난 것처럼 몸을 일으키더니 큰 소리로 포효했다.

김현은 사시나무 떨듯 떨고 있을 뿐 속수무책이었다. 그 때 어디선가 갑자기 위엄있는 목소리가 들려 왔다.

"이놈들, 내가 너희 형제를 세상에 내 보낼 때 산중을 평정하라고 했거늘, 어찌 포악과 횡포를 일삼고 있느냐. 벌을 받아 마땅할 일이니 어서 썩 물러가거라."

추상같은 호령에 호랑이들은 어깨를 떨어뜨리고는 어디론가로 사라져 버렸다. 한참 뒤에 정신을 차린 김현은 처녀에게 물었다.

"낭자, 도대체 어떻게 된 일이요?"

"아무 말도 묻지 마세요. 낭군님은 어서 돌아가십시오."

김현은 구슬피 울기만 하는 처녀를 달래다가 후일을 기약하고 성 안으로 돌아갔다.

다음 날 성 안은 발칵 뒤집혔다. 큰 호랑이 한 마리가 나타나 사람과 가축을 해치는 바람에 인심이 흉흉해졌다.

큰 변괴가 날 것이라는 유언비어가 떠돌자 경주 부중에선 「호랑이를 잡는 사람은 벼슬과 상금을 후하게 내린다」는 방을 붙였다.

김현은 급히 말을 몰아 아사미의 초막으로 달려갔다.

"낭자~."

"……"

"낭자~."

몇 번인가 급히 불렀더니 방문이 열리고 처녀가 나왔다.

"어머나, 도련님."

처녀는 근심어린 표정으로 말을 이었다.

"도련님, 저는 죄가 많은 계집입니다. 어서 소녀를 죽이시고 벼슬과 상을 받으십시요. 저는 하룻밤이나마 도련님의 정을 받은 몸이니, 도련님을 위해서 죽으렵니다."

말을 마친 그녀는 갑자기 김현의 칼을 뽑아 자기의 배를 찌르고 쓰러졌다.

"낭자~."

쓰러진 소녀는 큰 호랑이로 변했다.

"아니……? 이게 무슨 변인고."

그제서야 김 현은 전후 사정을 확실하게 알 수 있었다.

소녀는 호랑이가 둔갑한 것이었으며 오빠들을 대신해서 처벌을 받고, 김현에게 벼슬을 주기 위해 자기는 스스로 목숨을 끊은 것이었다.

김현은 영웅으로 받들어지고 큰 벼슬을 받았다.

그 후 김현은 호랑이의 원을 풀어 주기 위해 절을 세우고 크게 제사를 지냈다. 그 절이 바로 경주에 있던 호원사(虎願寺)인 것이다.

묘(墓)를 쓰다가 생긴 이변

눈발이 희끗희끗 날리고 바람이 세차게 부는 무척이나 추운 겨울날의 점심 때였다.

아름드리 소나무들이 무성한 얕은 산(山)에 화려하게 치장한 상여 하나가 도착했다. 관이 내려지자 상제들의 곡성은 더욱 구슬퍼졌다.

땅을 치고 우는 사람, 관을 잡고 우는 사람 등 각양 각색으로 슬픔을 못이기고 있었는데 이상하게도 만상제만은 슬픈 기색조차 전혀 보이지 않았다. 40세쯤 되어 보이는 그는 울기는커녕 뭔가를 감시하는 것처럼 연방 사방을 둘러보며 두 눈을 번득였다. 마을 사람들과 일꾼들은 의아해하는 눈으로 그를 쳐다보며 수군대기 시작했다. 그 때 만상제가 불쑥 말했다.

"죄송합니다. 오늘 장례식에서는 떡 한 쪽, 술 한 잔도 드릴 수가 없습니다. 또 새끼 한뼘, 거적 한 장도 가져가서는 안 됩니다. 그 대신 일꾼 여러분에게는 장례식이 끝난 뒤 마을에 내려가 품삯을 곱으로 드리겠습니다."

곡도 하지 않고 두리번거리기만 하던 상주가 당연히 나눠 먹을 음식을 줄 수 없다는 까닭 모를 말을 하자 사람들은 머리를 갸우뚱하며 술렁대기 시작했다. 하지만 그에게는 그럴 민한 사연이 있었다.

지난 밤이었다. 돌아가신 부친의 시신 옆에서 꼬박 이틀밤을 새운 그는 매우 피곤해서 잠시 졸았다. 그 때 그의 꿈 속에 나타난 선조인 듯한 백발의 노인 한 분이 다가와 앞에 보이는 산을 가리키며 말했다.

"맏상제는 명심해서 듣거라. 그대 부친의 묘 자리는 길흉이 함께 앉아 있는 곳이니 잘 하면 복을 누리고 잘 하지 못 하면 패가망신하게 될 것이니라."

깜짝 놀란 그는 노인에게 매달리며 물었다.

"어떻게 해야 길함을 얻을 수 있을까요?"

"내 말을 잘 듣고 명심해서 실천하면 되느니라. 좀 어려운 일이겠지만 너 혼자서 처리해라. 남들에게 이야기하지 말고……장례를 지낼 때 무슨 일이 있어도 술 한 잔은 물론 물 한 모금도 남에게 줘서는 안 되느니라. 만약 새끼줄 한 토막이라도 적선하게 되면 가세가 기울고 대가 끊길 것이며 이르는 대로 잘 지키면 가세가 번창할 것이다."

단단히 일러 주고 노인은 사라졌다. 맏상제는 아무에게도 그같은 사연을 공개할 수가 없었다. 행여 누가 음식을 먹을까 아니면 새끼 한 토막이라도 집어갈까 열심히 주위를 살피기만 할 뿐이었다.

주린 배를 움켜쥐고 부지런히 삽질을 하는 일꾼들은 아무래도 무슨 곡절이 있나 보다며 수군거렸다.

그 때 걸인들 한 패가 몰려왔다. 하지만 떡 한 쪽 얻지 못하게 되자 그들은 욕설을 퍼붓기 시작했다.

"세상에 막걸리 한 잔 안 주는 초상집은 생전 처음이구만. 어디 요놈의 집구석 잘 사나 보라. 에이 퉷."

하지만 상주는 못들은 척 했다. 혹시 걸인들이 행패라도 놓으며 음식을 먹지 않을까 하고 걱정하는 그는 불안해서 견딜 수가 없었다. 그는 음식을 모두 집으로 가져가게 하고는 머슴에게 단단히 일렀다. 아무도 음식에 손을 대게 해서는 안 된다고. 그 광경을 본 걸인들은 욕설을 퍼부으면서 돌아갔다. 그제서야 만상제는 한결 마음이 놓였다. 하지만 그는 다시 걱정이 시작됐다.

"머슴이 제대로 전하지 않아 집으로 보낸 음식을 누가 남은 음식인 줄 알고 퍼 가거나 먹으면 어쩌나."

그는 더이상 참을 수가 없었다.

"내가 품삯은 세 곱, 네 곱, 아니 그 이상이라도 줄 테니 묘를 다 쓰거든 거적과 새끼줄, 지푸라기 하나 남지 않게 모조리 태워 주시오."

"아무래도 말못할 깊은 사연이 있으신가 본데, 염려하지 마십시오. 어차피 물 한 모금 안 먹고 시작한 일이니 부탁대로 잘 해드리리다."

두 번 세 번 다짐을 받은 만상제는 황급히 집으로 달려갔다. 그가 마악 대문안으로 들어서다가 보니 아낙들과 걸인들이 시비를 하고 있었다. 만상주는 미친 듯이 두 팔을 내저으며 그들을 내몰았다.

한편 산에서는 묘가 다 되자 썩은 새끼 하나 남기지 않고 흩어진 새끼줄을 긁어모아 태우기 시작했다.

바로 그 때였다. 어디서 나타났는지 깡마른 거지 소년 하나가 달달 떨며 모닥불 곁으로 다가왔다.

"이녀석아, 저리 비켜라."

"에이 아저씨, 거지는 모닥불에 살이 찌는 걸 모르시는군요."

"잔소리 말고 어서 저리 비켜!"

일꾼 하나가 맏상제의 부탁이 생각나 거지아이를 떠밀었다. 아이는 맥없이 땅바닥에 나자빠지며 뒹굴었다. 그리고는 큰 소리로 울어 댔다.

"불쌍한 아이를 말로 쫓을 것이지 밀기는 왜 미나?"

"글쎄, 가엾군."

거지소년은 일꾼들이 달래 주자 더 소리 높여 울더니 마악 불이 붙으려는 거적을 하나만 달라고 애원했다.

"추워 죽겠어요. 그 거적 태우지 말고 나 주세요, 아저씨."

"안 된다."

"태워서 없애는 것보다는 내가 덮으면 좋잖아요. 네? 아저씨."

마치 사시나무 떨듯이 몸을 움츠리면서 사정하는 거지아이를 보다 못해 일꾼들은 맏상주와의 약속을 저버린 채 인정을 베풀고 말았다.

"얘야, 이걸 갖고 사람들이 보지 않게 저 소나무 숲으로 빠져 나가거라. 누가 보면 우린 큰일난다. 알았지?"

"네, 이 은혜는 오랫동안 잊지 않겠습니다."

거적을 뒤집어 쓴 거지소년은 쏜살같이 소나무 숲으로 달아났다.

일꾼들은 적선을 했다는 기분 때문에 흐뭇해진 얼굴이 되어 연장을 챙기기 시작했다.

바로 그 때였다. '꽝' 하고 천지를 진동시키는 폭음이 들려 왔다.

바로 거지소년이 사라진 소나무 숲에서 난 소리였다. 놀란 일꾼들이 소나무 숲으로 달려가 보니 참으로 묘한 광경이 펼쳐져 있었다. 거지아이는 간 곳이 없고 숲 속에는 보지 못했던 절 한 채가 우뚝 솟아나 있는 것이 아닌가. 일꾼들은 겁을 먹고 마을로 내려왔다.

그 후 묘를 쓴 집안은 날로 가세가 기울기 시작했다. 그러나 어찌 된 일인지 거지에게 거적을 주었던 일꾼들은 차차 살림이 나아지면서 큰 부자들이 되었다.

마을 사람들은 소나무 숲에서 솟아난 절을 송림사(松林寺)라고 불렀고 가난한 이웃에게 적선을 베풀었을 때만 복을 받는다는 교훈을 되새기면서 서로 도우며 화목하게 살았다.

대구에서 안동으로 가는 국도를 따라 30리쯤 가면 경북 칠곡군 동명면에 이르게 되는데 그 곳에서 동쪽으로 오 리쯤 가면 신라 내물왕 때 창건됐다는 송림사(松林寺)가 자리잡고 있다.

벌거벗은 스님

"내가 오길 잘 했지. 만약 그 나이 어린 사미승이 왔더라면 이 눈 속에서 어떻게 했을까?"

허리를 굽히고 바삐 걷던 노스님은 잠깐 걸음을 멈추고 어두운 하늘을 올려다보며 중얼거렸다. 거센 눈보라가 스님의 얼굴을 때리고 있었다.

사방은 죽은 듯이 고요했다. 더욱이 황룡사로 가는 길은 아직 초저녁인데도 인적이 끊어져 있었다. 군데군데 있는 인가에서 불빛이 새어나오고 있었지만 대문은 모두 굳게 닫혀 있었다.

그것은 신라 애장왕이 13살 어린 나이에 즉위하자 숙부 언승이 섭정의 난을 일으킨 뒤 인심이 흉흉해지고 밤이면 도적떼들이 횡행했기 때문이었다.

노스님은 '삼낭사(三浪寺) 주지 스님이 자고 떠나라고 잡을 때 그 곳에서 그냥 묵을 걸 잘못했다'고 뒤늦게 후회하며 다시 걸음을 재촉했다.

바로 그 때였다. 스님의 발길에 뭔가 뭉클한 느낌으로 채이는 것이 있었다. 내려다보았더니 검은 고양이 한 마리가 웅크리고 있었다. 스님이 앉아서 머리를 쓰다듬어 주자 고양이는 '야옹야옹' 하면서 음산한 소리로 울어댔다.

스님이 일어서자 고양이도 움직이며 따라왔다. 스님이 주장으로 고양이를 쫓았으나 고양이는 달아나려고 하지 않았다. 때문에 스님은 그대로 내버려 뒀다.

길이 더욱 험해지자 스님은 입 속으로 염불을 외우며 발목이 넘는 눈길을 걸었다. 고양이를 품에 안은 채.

천엄사(天嚴寺) 가까이 왔을 때였다. 바람결에 아기가 우는 소리가 들렸다. 자기가 안은 고양이 소린가 싶어 귀를 기울였으나 그렇지 않았다.

"괴이한 일이로구나."

인가라곤 보이질 않았다. 노스님이 주장에 몸을 의지하며 다시 귀를 기울였으나 찬바람이 그의 귓전을 때릴 뿐이었다.

눈발 속에 천엄사의 모습이 보였다. 스님이 마악 천엄사 담을 끼고 돌아 대문 앞으로 가는데 담장 밑에서 끊어질 듯 끊어질 듯 이어지는 탈진한 아기 울음소리가 들렸다.

노스님은 고양이를 내려놓고는 급히 다가갔다.

금방 해산을 했는지 흰눈을 붉게 물들인 채 실신한 여인이 아기의 탯줄을 쥐고 있었다. 노스님은 황급하게 아기의 탯줄을 끊고는 대문을 두들겼다. 그러나 거센 바람 소리와 눈보라 때문인지 안에서는 아무런 반응이 없었다. 당황한 스님은 더욱 크게 소리를 지르며 세차게 대문을 두들겼다. 그러던 스님은 갑자기 돌아서서 아기를 안았다. 여인의 엷은 치마에 잠긴 아이의 살은 얼고 새파랗게 질려 있었다. 아기를 품에 안은 스님은 아기의 몸을 문지르며 염불을 외우다가 때때로 대문을 두들겼다. 스님은 다시 여인 쪽으로 눈길을 돌렸다.

"여보시오. 정신을 차려요."

스님이 허리를 굽혀 여인을 흔들었으나 그녀는 말은 커녕 신음 소리도 내지 않았다. 발가벗은 여인에게선 피비린내가 물씬 풍기고 있었다.

스님은 얼어붙은 여인의 몸을 주무르기 시작했다. 자신이 출가 사문이란 것도 잊은 채 오직 꺼져 가는 생명을 살려야 한다는 일념으로 염불을 하면서 여인의 전신을 주물렀다.

노승은 또 그녀의 코와 이마, 그리고 뺨을 문지르며 자신의 입김을 계속해서 불어넣었다.

아기는 그의 품속에서 잠들어 있었다. 스님은 두루마기를 벗어 아기를 감싸 여인의 옆에 눕혔다.

종 소리가 은은하게 들려 오기 시작하고 있었다.

절에서 잘 시간을 알리는 종 소리였는데, 그 소리를 들은 스님은 새삼스럽게 피로를 느꼈다. 동시에 여인의 몸이 갑자기 무거워졌다.

스님은 더 빨리 염불을 외웠다. 염불이 빨라지자 손놀림도 빨라졌다. 팔목이 시큰하게 아려왔다. 스님은 손을 눈 속에 묻었다 꺼냈다. 한결 시원했다. 하지만 시간이 흐르면서 스님은 자기도 모르게 긴 하품을 했다. 온 몸이 나른해지며 졸음이 왔다. 노승은 손등으로 눈을 비비며 정신을 차렸다. 그리고 여인의 풍만한 젖가슴을 의식하면서 그녀의 얼굴을 자세히 살펴보았더니 거지 여인이었다. 악취가 노승의 코를 찔렀다. 노승은 여인을 슬그머니 눈위에 눕혀 놓고 일어서려고 했다.

순간 스님의 머리에 한 생각이 번개처럼 스쳤다. 스님은 거침없이 바지와 저고리를 벗어 여인에게 입혔다.

노스님은 벌거숭이가 되었다. 벌거벗은 스님은 주장을 짚고 일어서려다 다시 한 번 여인을 내려다봤다. 체내에 온기가 도는지 여인은 가느다랗게 숨을 몰아쉬며 신음 소리를 내고 있었다. 스님은 다시 여인의 몸을 비비기 시작했다. 여인의 온몸에 따스한 기운이 퍼지기 시작했다.

여인은 눈을 가늘게 떴다. 스님이 여인의 뺨을 세게 때리자 그녀는 비명을 지르며 깨어났다. 그녀는 환히 웃고 있는 스님의 얼굴을 올려다보았다.

"보살, 이제 정신이 드시나?"

"스님께서 저를…… 스님 아기는 어떻게……"

여인은 눈물을 흘리면서 말을 제대로 잇지 못했다.

"아기는 잘 자고 있네. 한데 어인 일로 이 산골에서……"

"아기 낳을 곳이 없어 천엄사를 찾아오다가 그만 스님께 폐를 끼쳤습니다. 죄송하옵니다."

"죄송할 것 없네. 살아났으니 다행이야. 자 그럼 난 가 봐야겠네. 어이 추워."

"스님, 옷을 입고 가셔야지요. 이 눈 속에서 어찌하시려고 그냥 가세요?"

"아냐, 난 살 만큼 살았네. 아기나 잘 보살피게. 관세음보살……"

노스님은 벌거벗은 채 염불을 외우며 황룡사로 향했다. 살을 에이는 눈보라 속을 걸어 황룡사에 이르렀을 때 스님은 드디어 혼수 상태에 빠지기 시작했다. 절의 문을 두들기려고 팔을 들었으나 팔이 제대로 말을 듣지 않았다. 노스님은 그 자리에 풀썩 쓰러지고 말았다. 안간힘을 쓰며 다시 일어나려고 했으나 몸이 천근이었다.

그런 와중에도 안고 있었던 고양이가 그의 품 속으로 파고들었다. 스님은 고양이를 끌어안았다가 놓더니 문을 밀고 들어가 엉금엉금 기어가기 시작했다. 고양이가 '야옹~ 야옹~' 하고 울면서 그 뒤를 따라가고 있었다. 이윽고 일주문을 돌아 헛간으로 찾아든 스님은 거적을 당겨 몸에 감고 고양이와 함께 누웠다.

고양이의 체온이 거적과 함께 노승의 몸을 녹이기 시작했다. 그로부터 잠시 후 노승은 잠이 들었다.

날이 밝자 스님의 이야기가 서라벌 장안에 퍼지게 되었다. 그 이야기를 들은 애장왕이 스님을 궁내로 맞아 국사로 봉하니 그 분이 바로 정수국사(正秀國師)이시다. 그 때부터 사람들은 이 스님을 관음보살의 화현으로 믿었다.

윤회의 굴레

머리가 파뿌리처럼 흰 노파 하나가 염라 대왕 앞에 끌려나왔다.

"그래 너는 어디서 뭘 하다가 왔느냐?"

"예, 신라 땅에서 농사를 지으며 살다 왔사옵니다."

"신라 땅이라니, 그 넓은 땅 어디에서 살았단 말이냐?"

"예, 경주라는 고을이옵니다."

"평생 동안 뭘 하고 살았는지 재미있는 세상 이야기를 좀 해 봐라."

"예, 분부대로 아뢰겠습니다."

노파는 허리를 굽실거리며 이야기를 시작했다.

"저는 일찍이 남편을 여의고 어린 딸과 아들 하나를 키우느라고 평생 동안 고생을 하면서 살았습니다."

"그래, 혼자서 자식들을 키웠단 말이냐?"

"예, 시집 장가보내 놓고도 줄곧 집에만 있었기에 말씀드릴 만한 별다른 이야기는 없사옵니다."

노파의 말에 염라 대왕은 싱겁다는 듯이 좌중을 한 바퀴 돌아보고는 다시 물었다.

"그러니까, 집 밖 세상은 제대로 구경도 못 했단 말이냐?"

"그러하옵니다. 저는 집만 지켰기에 방귀신이나 다름없사옵니다."

"뭐 방귀신? 이 늙은이의 입이 매우 사납구나."

염라 대왕은 화가 머리끝까지 올라 큰 소리로 말했다.

"여봐라! 이 늙은이는 집만 지키는 방귀신이었다니 개새끼가 되어 아들의 집이나 지키게 해라."

염라 대왕의 불호령이 떨어지자 나졸들은 노파를 끌고 나가 개로 만들었다.

이승에 있는 노파의 아들 박씨(朴氏)집에서는 개 한 마리를 기르고 있었는데 갑자기 배가 불러지더니 새끼 한 마리를 낳았다.

"어쩌면 꼭 한 마리만 낳았을까?"

아내가 예뻐서 어쩔 줄 몰라 하자 남편도 곁에서 맞장구를 치며 좋아했다.

"고거 참 귀엽게도 생겼군! 아무래도 보통 강아지가 아닌것 같구려."

그렇게 내외의 사랑을 받으면서 강아지는 날이 갈수록 건강하게 무럭무럭 자랐다.

강아지가 커서 중개가 되자 박(朴)씨 내외는 집안을 개에게 맡겨 두고 온종일 들판에 나가 일을 했다. 대낮에 도둑이 든 적이 있었는데 개가 어찌나 사납게 덤비며 물고 늘어지는지 혼비백산하여 짚신마저 팽개치고 달아나고 말았다. 하지만 신통하게도 동네 사람에게는 꼬리를 흔들며 더없이 얌전하고 친절하게 굴었다. 그래서 동네 사람들은 그 개를 영물이라고 부르며 귀여워했다.

그러던 어느 날 삼복 더위 속에서 밭일을 마치고 돌아온 박

(朴)씨는 갑자기 개를 잡아먹고 싶어졌다.

'저걸 그냥 푹 삶아 놓으면 먹음직하겠구나. 거기에다 술 한잔을 곁들이면 그 맛이……'

박씨(朴氏)는 생각만 해도 군침이 돌았다. 그는 다음 날 아침 동이 트는 대로 개를 잡아야겠다고 마음먹었다. 개를 잡으면 혼자만 먹을 것이 아니라 오랫동안 고기 구경을 못한 마누라도 포식 좀 하게 하고, 건너 마을에 있는 누이 집과 고개 너머에 있는 딸네 집에도 다리 하나씩을 보내야겠다고 생각했다.

그런데 자고 나서 아침에 보니 개가 기척도 없이 자취를 감춰 버린 것이었다. 마을 어디엔가 있으려니 싶어 아내를 내보내 찾도록 한 박씨(朴氏)는 콧노래를 부르며 숫돌에 칼을 갈았다. 그런데 칼날을 세워 놓고는 아무리 기다려도 개를 찾으러 나간 아내가 돌아오지 않았다. 점심때까지 기다리다가 지친 박씨(朴氏)는 그만 화가 나서 아내를 탓하며 자기도 찾아 나서려는데 마침 아내가 마당으로 들어섰다.

"아니 여보, 개는 어떡하고……"

"아무리 찾아도 흔적조차 없네요."

"원 빌어먹을……"

아내를 나무라며 개를 찾아 나선 박씨(朴氏)도 역시 해질녘에 빈손으로 돌아왔다. 누구 하나 보았다는 사람도 없었기에 그는 매우 이상하게 생각하고 있었다.

한편 고개 너머에서 살고 있는 박(朴)씨 딸은 그 날 새벽에 짓다가 성큼 부엌으로 들어오는 개를 보고 깜짝 놀랐다.

자세히 보니 친정집 개였다. 반가워서 다가가 쓰다듬어 주었더니 개는 눈물을 주룩주룩 흘리면서 숨겨 달라는 듯한 시늉을 했다. 아무래도 뭔가 이상하다 싶어서 그녀는 우선 밥을 준 뒤에 마루 밑에 자리를 마련해줬다. 개는 다시 눈물을 흘리며 마루 밑으로 들어가더니 꼼짝도 하지 않았다.

그로부터 며칠 뒤, 박씨(朴氏) 집에 스님 한 분이 들렀다.

스님은 문 앞에 선 채 말없이 박씨의 얼굴을 뚫어지게 쳐다봤다.

"아니 스님, 왜 그리 쳐다보십니까?"

"허허, 큰 잘못을 저지르려고 하는구려."

"스님, 도대체 무슨 말씀이신지요?"

"댁에 분명히 개 한 마리가 있었지요?"

"아니 그걸 어떻게 아십니까?"

"그 개가 며칠 전에 자취를 감췄지요?"

박(朴)씨는 신기한 일도 다 있다고 생각하며 스님을 안으로 모셨다. 천천히 걸음을 옮겨 마루에 걸터앉은 스님은 뭔가 골똘히 생각하더니 다시 입을 열었다.

"그 개는 바로 돌아가신 당신의 어머니입니다. 당신 집을 지켜주려고 개로 환생해서 오셨는데 잡아먹으려고 하다니, 쯧쯧쯧."

"아니 뭐, 뭐라구요? 그 개가 저의 어머니라구요? 마, 말씀을 좀 자세히 해주세요."

기겁을 한 박씨는 스님의 장삼자락을 잡으며 어쩔 줄 몰라 했다. 스님은 눈썹 하나 까딱하지도 않고 말을 이었다.

"그 개는 지금 재 너머에 있는 당신 딸네 집에 숨어 있으니 얼른 모셔다 효성을 다하도록 하시오. 그렇지 않으면 대대로 가운

(家運)이 멸할 것입니다."

뒤통수를 얻어 맞은 듯 넋을 잃고 서 있던 박씨는 부랴부랴 누이네 집으로 달려갔다. 그 사연을 들은 누이도 크게 놀라며 펄쩍 뛰었다. 두 사람은 다시 개가 있다는 딸네 집으로 줄달음쳤다.

"어머니 어디 계시냐?"

숨이 턱에 차도록 몰아쉬면서 박시가 다급하게 묻자 딸은 영문을 몰라 어안이 벙벙했다.

"아 네 할머니 말이다. 할머니."

"할머니라뇨?"

"응, 저기 계시구나! 어머님, 어머님!"

박씨는 마루 밑으로 기어 들어가며 울부짖듯이 「어머니」를 외쳤다. 고모를 통해 자초지종의 사연을 들은 딸도 그제서야 눈물을 흘렸다.

"어머니, 전생에 못한 효도 이제라도 해 드리겠습니다."

박씨는 개를 등에 업고 팔도 유람을 시작하여 이름난 명승고적과 명찰을 두루 살폈다.

그러던 어느 날이었다. 고향 근처에 다다른 박씨는 잠시 쉬다가 자기도 모르게 잠이 들었다. 그런데 잠깐 졸다가 깨 보니 등에 개가 보이지 않았다. 그래서 찾아보았더니 개는 앞발로 흙을 긁어 작은 웅덩이를 마련해 놓고 자는 듯이 죽어 있었다.

박씨는 슬피 울며 그 곳에 묘를 쓰고 장사를 지냈다. 그 후 박씨 일가는 가세가 번창하여 부자가 됐다. 경북 월성군 내남면 이조리 마을엔 아직도 그 무덤이 남아 있다고 한다.

동자승(童子僧)의 기지(奇智)

산신령이 금강산을 만들고 있을 때였다. '어떻게 해야 이 땅에서 가장 아름다운 산을 만들 수 있을까?' 하고 며칠 동안이나 궁리하던 신령은 묘안을 하나 생각해 냈다. 1만 2천 개의 봉우리들을 그 모습이 각각 다르게 만들면 더없이 아름다운 산이 될 거라고 생각했다.

하지만 금강산에는 그 정도로 많은 바위들이 없었다. 그래서 신령은 전국 각지의 산에다 큰 바위는 모조리 금강산으로 보내도록 엄명을 내렸다. 큰 바위들은 모두 금강산을 향하여 길을 떠났다. 그러자 경상도 울산 땅에 있던 큰 바위도 누구에게 뒤질 세라 행장을 차려 금강산 여정에 올랐다.

원래 덩치가 크고 미련한 이 바위는 걸음이 빠르지 못해 진종일 올라왔으나 어둠이 내릴 무렵에야 가까스로 지금의 설악산에 당도했다.

날은 저물고 다리도 아프도 몸도 피곤해 더 이상 가고 싶지가 않았다.

"에라 이왕 늦은 김에 이 곳에서 하룻밤 쉬어 가자."

큰 바위가 편히 쉬고 다음 날 아침 금강산으로 떠나려고 마악 움직이기 시작하는데 금강산 신령이 보낸 파발이 헐레벌떡 달려

왔다.

"금강산은 어젯밤 자정에 이미 1만 2천 봉을 다 채웠으니 오지 말라는 분부요."

"뭐…… 뭐라고?"

바위는 너무나 기가 막혀서 말도 나오지 않았다. 어찌나 분하고 섭섭했던지 그만 엉엉 울고 말았다. 다시 고향으로 돌아가자니 길도 아득할 뿐 아니라 체면도 말이 아닐 것 같았다.

한참 동안 넋을 잃고 우는 바위의 모습을 지켜보던 금강산 사자는 몹시 딱했던지 바위의 등을 어루만지면서 위로했다.

"이 설악산이 금강산만은 못하지만 울산 땅보다야 나을 것이니 여기에 그냥 머무는 것이 어떠하겠소."

그 말을 들은 바위는 그럴 듯한 말이라고 생각되어 그 자리에 그냥 머물러 있기로 했다.

이 바위가 「울산바위」라고 불리우게 된 것은 이 때부터였다. 울산에서 왔으니 그렇게 부르자는 설악산의 공론에 따른 것이며, 지금도 바위 밑에서 맑게 흐르는 물은 그 때 바위가 흘린 눈물 때문에 생겼다고 한다.

이런 일이 있은 후 몇천 년이 지나 배불숭유 정책을 쓰던 조선 시대가 되어서였다.

울산 바위 얘기를 우연히 듣게 된 울산 원님은 은근히 배가 아팠다. 울산 바위를 뺏긴 것도 억울한데 설악산이 금강산 다음으로 아름답다니 무척이나 억울하다는 생각이 들었다. 며칠 동안 끙끙거리던 원님은 어느 날 묘책을 머리 속에 떠올렸다. 설악산 신흥사를 찾아가 스님들을 골탕먹이자는 계획이었다. 유생들이

득세하던 때였기에 스님 몇 명 골려먹는 것은 어렵지 않은 일이었다.

어느 날 해가 으스름할 무렵 신흥사 뜰에 교자 한 채가 놓였다.

"여봐라, 울산 고을 원님의 행차시다. 주지 계시느냐?"

포졸이 거드름을 피우며 주지 스님을 불러 댔다. 신흥사 주지는 때아닌 손님의 방문에 놀라 방으로 맞아들였으나 원님은 인사가 끝나기도 전에 불호령을 내렸다.

"이 방자한 녀석들아, 너희 설악산에 우리 고을의 바위가 서 있는 데도 모른 척하는 거냐?"

아닌 밤중에 홍두깨 격이어서 스님은 어안이 벙벙해졌다. 그런데 원님의 다음 말은 더욱 뜻밖이었다.

"금년부터 바윗세를 바치도록 해라. 만일 세를 내지 않을 경우에 너희 절은 폐찰을 면치 못할 것이니라."

엄청난 액수의 요구였으나 신흥사에서는 그 때부터 울며 겨자 먹는 격으로 해마다 꼬박꼬박 바윗세를 원님에게 바쳤다. 때문에 절(寺)의 살림은 점차 어려워졌다. 새로 부임한 주지는 이처럼 부당한 관례를 깨기 위해 노심초사했으나 묘안이 떠오르지 않았다.

주지 스님은 식음을 전폐하고 궁리에 몰두했다. 그러던 어느 날 한 동자승이 그의 안색을 걱정하며 물어왔다.

"스님, 요즘 무슨 걱정이 있으신지요?"

"너는 알 일이 아니다."

"소승에게서 혹시 좋은 방안이 나올지도 모르지 않습니까?"

동자승이 캐묻자 주지 스님은 자초지종을 설명해 줬다.

동자승은 그런 일 쯤 가지고 무슨 고민을 하시느냐며 바윗세를 받으러 오면 자기에게 보내라고 장담을 했다.

드디어 그 해 가을에도 원님 행차가 당도했다. 주지 스님은 동자승의 말이 하도 당돌했던지라 슬며시 그 아이를 불러 대답을 대신 하도록 했다. 그랬더니 동자승은 천연덕스러운 얼굴로 말했다.

"우리 절에선 울산 바위가 아무런 쓸모가 없소. 그 바위가 없었더라면 우리는 그 자리에 곡식을 심어 수확을 올리기라도 할 텐데, 울산 바위 때문에 매년 손해가 큽니다. 그러니 세를 받기로 한다면 오히려 우리가 받아야지 당신네가 받아야 할 일이 아닙니다. 금년부터 세를 내지 않으려면 바위를 당장이라도 파 가시오."

동자승의 말이 한 치의 빈틈도 없이 조리에 맞자 기세가 당당하던 원님은 말문이 막혔다. 그러나 그냥 지고 말 수는 없는 입장이었다.

"그러면 네 말대로 바위를 파 갈 테니 내가 시키는 대로 만들어 놓아라."

"원하는 대로 해 줄 테니 꼭 가져가기나 하시오."

"좋다. 새끼를 태운 재로 바위를 묶어 놓아라. 그러면 한 달 후에 와서 끌어갈 것이니라."

주지 스님의 얼굴은 어두워졌다. 아무리 생각해도 새끼를 태운 재로 둘레가 십 리나 되는 바위를 묶는다는 것은 불가능했다. 하지만 동자승은 생글생글 웃으며 걱정할 필요가 없다는 표정을 지었다. 그러더니 이튿날 마을 장정들을 수십 명 사서 새끼를 꼬게 했다. 스무날쯤 지나 새끼가 산더미처럼 쌓이자 동자승은 소금을 몇 섬 물독에 풀어 새끼에다 염국을 들이게 했다.

그리고 나서 청년들을 데리고 울산 바위에 올라가 바위 둘레를 새끼로 매는 것이었다. 그리곤 이삼 일 후 다시 바위에 올라가 새끼에 돌기름을 바르더니 거침없이 불을 붙였다. 기름 묻힌 새끼줄은 잘 탔지만 소금물에 절였으므로 겉만 그슬려 꼭 재처럼 보였다. 동자승의 기지는 실로 놀라웠다. 감쪽같이 불에 탄 재로 그 큰 바위를 묶었으니.

'제놈들이 감히 그 문제를 해결할 수 있을까.'

원님은 약속된 날 바윗세를 받아 갈 마발이까지 끌고 왔다. 그런데 새파랗게 질려 세를 바칠 줄 알았던 시흥사 측에서 어서 바위를 끌어가라고 말했기에 원님은 놀라지 않을 수 없었다.

"이놈들 거짓말을 해도 분수가 있지 나를 놀리려 드느냐."

"가 보시면 아실 것입니다."

원님은 망신당할 것을 각오하고 울산바위 앞으로 갔다. 그랬더니 이게 도대체 어찌 된 일인가? 그 커다란 바위가 정말로 불에 탄 새끼로 칭칭 감겨져 있는 것이 아닌가. 그는 감탄하면서 중얼거렸다.

"허, 그놈들 꾀가 대단하군. 그나저나 이제 바윗세 받긴 다 틀렸구나."

그 때부터 신흥사는 지긋지긋하던 바윗세를 물지 않게 되었다.

염라 대왕의 분부

아주 아득한 옛날에 있었던 이야기이다. 염라 대왕이 명부로 사람들을 불러들여 살아 있을 때 그가 지은 죄를 심판하고 있었다. 죄를 많이 진 사람은 지옥으로 보내고, 착한 일을 많이 한 사람은 극락으로 보내는 것이었다. 한데 염라 대왕 앞에 불려나온 사람들은 한결같이 자기는 죄를 조금도 짓지 않고 좋은 일만 했다고 자랑을 늘어놨다. 염라 대왕은 생각다 못해 사람의 한평생을 환히 들여다볼 수 있는 거울을 만들게 했다.

누구든 그 거울 앞에 서기만 하면 자기가 살아온 한평생이 환히 나타나는 것이었다.

그러니 제아무리 좋은 일을 많이 했다고 우겨도 거울 앞에 서기만 하면 사실 여부가 드러나게 마련이었다.

그러던 어느 날, 한 비구니 스님이 염라 대왕 앞에 서게 됐다. 그런데 이상하게도 그 스님은 옷을 입지 않은 발가숭이였다. 염라대왕은 그 해괴한 모습에 눈쌀을 찌푸리며 호통을 쳤다.

"어이하여 그대는 옷을 입지 않았는고?"

"……"

고개를 떨군 채 묵묵히 염주만 굴릴 뿐 스님은 말이 없었다.

"어찌하여 옷을 벗은 것이냐?"

염라 대왕이 다시 소리를 지르자 스님은 조용히 고개를 들어 입을 열었다.

"아뢰옵기 부끄럽사오나 소승은 평생 동안 게을렀던 탓으로 몸 가릴 옷 한 벌 없이 여기까지 왔습니다."

"게을러서…… 아무래도 무슨 사연이 있는 게로구나. 여봐라 판관! 게 있느냐."

"예~."

"저 여승에게 필시 무슨 곡절이 있을 것 같으니 거울 앞에 나 서게 하여 잘 살펴보도록 해라."

비구니 스님은 시키는 대로 거울 앞에 섰다.

그러자 거울 속에 웬 거지 여인이 속살이 드러난 낡은 옷을 걸 친 채 세찬 눈보라 속에서 떨며 몸둘 바를 몰라하는 광경이 나타 났다. 이어서 그녀를 발견한 비구니 스님이 자신의 승복을 벗어 주면서 기운을 차리라고 격려하는 모습이 나타났다.

"스님, 정말 감사합니다. 이 은혜를 어떻게 갚아야 좋을런지 요."

여인은 흐느끼며 고마와했다.

그 광경을 본 염라 대왕은 기분이 좋아지면서 껄껄 웃었다.

"허허 그러면 그렇지. 승려의 몸으로 곡절없이 옷을 벗었을 리 가 있겠느냐. 여봐라, 엄동설한에 떠는 걸인에게 자기의 옷을 모 두 벗어 준 이 여승은 극락으로 드실 분이니 비단옷을 내어드리 고 풍악을 울려 길을 안내토록 하라."

"예이~."

그렇게 되어 발가벗은 비구니 스님은 비단옷을 입고 풍악이 울 리는 가운데 극락으로 들어갔다.

그런 일이 있은지 며칠 후, 열두 사자가 지금의 고성인 안창 땅에서 이름난 부자 하나를 염라 대왕 앞으로 데리고 왔다.

"네가 그 유명한 안창 땅 부자렷다?"

"그러하옵니다."

"그래, 네 평생 동안 좋은 일은 얼마나 했으며, 죄는 얼마나 지었는지 상세히 말해 보아라."

"저는 평생 동안 죄라고는 털끝 만큼도 지은 적이 없사옵고, 좋은 일은 말로 다 할 수 없을 정도로 많이 했습니다."

"허허 그래? 그럼 어디 너의 선행(善行)에 대해서 들어 보자."

"헤헤, 저의 인심이 어찌나 후했던지 나라 안의 거지들은 모두 제 집으로 모였습니다. 그 행렬이 20리도 넘게 줄을 섰다면 대왕님께서도 가히 짐작하시리라 믿습니다."

"네 말에 한 치의 거짓도 없으렷다."

"어느 안전이라고 거짓을 아뢰겠사옵니까."

"판관은 이 부자를 거울 앞에 세우고 그 행적을 살피도록 해라."

다음 순간, 거울 속에 걸인 두 사람이 굳게 닫힌 대문을 마구 두들기며 고래고래 소리를 지르는 모습이 나타났다.

"이 못된 부자놈아, 동냥은 못줄망정 왜 사람을 때리고 문을 잠그느냐?"

"야 이놈아 동냥을 안 줄려면 쪽박이나 내놔라."

걸인들은 대문을 발길로 차면서 욕설을 퍼부었다. 부자는 그만 얼굴이 새파랗게 질려 부들부들 떨고 있었다.

"음 괘씸한 놈 같으니라구. 여기가 어딘 줄 알고 감히 그런 허무맹랑한 거짓말을 늘어놓았느냐. 다음 일을 보여 줄 테니 꼼짝

말고 서 있거라."

염라 대왕이 노하여 벽력같이 소리를 치자 판관은 분부대로 부자를 거울 앞에 다시 세웠다. 거울 속에 소와 말들이 구슬프게 소리내어 울면서 눈물을 뚝뚝 흘리는 광경이 나타났다.

"저것은 어찌 된 장면이냐?"

"예, 이것은 이 부자가 소와 말을 부려 먹을 때만 풀죽을 쑤어 먹이고 놀릴 때는 굶겨 놓은 탓으로 저렇게 슬피 울다가 죽은 것이옵니다."

염라 대왕은 화가 나서 사자들에게 명을 내렸다.

"여봐라, 이자는 더 이상 비춰 볼 것도 없으니 냉큼 끌어다가 등짝에 지옥 도장을 찍어 떨어뜨려라."

부자는 뻔뻔스럽게도 억울하다면서 발버둥질쳤으나 열두 사자들이 달려들어 불이 활활 타는 지옥으로 떨어뜨렸다.

그 후 염라 대왕은 '어떻게 해야 인간들이 죄를 짓지 않도록 경각심을 불러 일으킬 수 있을까' 하고 곰곰히 생각했다.

사람이 죽으면 심판을 받고, 평생 동안 했었던 일이 그대로 비치는 거울이 있다는 것을 알려 주고 싶었다.

그래서 염라 대왕은 궁리끝에 신하들을 불러 놓고 인간 세상에다 심판하는 모양을 만들어 보여 주는 것이 어떻겠느냐고 물었다.

판관들도 사자들도 모두 찬성했다

"그러면 조선의 명산 금강산에다 심판하는 모양을 바위로 만들어 인간들에게 경각심을 일깨워 줄 것이니라."

그리하여 염라 대왕은 금강산 장안사 남쪽에 냇물을 만들고, 이승에서 저승으로 건너가는 냇물이라 하여 화천강이라고 이름을 붙였다.

그리고는 그 냇물 위에 앞뒤의 모양이 똑같은 거울 모양의 큰 바위를 세웠으니 그 바위가 바로 명경대인 것이다. 그 앞에는 염라 대왕봉이 버티고 서 있고 그 옆에는 소머리 모양의 우두봉이 있다. 그것은 짐승도 역시 죄를 짓지 말라는 뜻에서 세운 것이며, 그 좌우에 죄인봉, 판관봉, 사자봉들이 줄줄이 늘어서 있는데 그 것들의 모양이 꼭 심판하는 광경을 그대로 옮겨 놓은 듯하여 누구나 그 곳에 가면 마음이 엄숙해진다고 한다.

며느리 바위

　아주 먼 옛날. 황해도 옹진군 부민면(富民面) 부암리(婦岩里)라
는 마을에 만석꾼인 김 부자 영감이 살고 있었다. 그는 성품이
교활했을 뿐만 아니라 인색하기로 소문이 난 사람이었기에 동네
아이들까지도 그를 「딱정쇠 영감」이라고 놀려 댔다.
　한가위가 지나고 추수도 끝난 어느 가을날. 육간 대청에 삼중
대문이 있는 큰 집에 살고 있는 김 부자는 광에 가득 쌓인 볏섬
들을 둘러보며 매우 흐뭇해하고 있었다.
　그 때 대문 밖에서 목탁 치는 소리가 들려 왔다. 시주하러 온
탁발승에게 쌀톨이나 내 놓을 김 영감이 아니었는데 그는 그 날
따라 유난히 목탁소리가 귀에 거슬렸던 모양이었다.
　"안에 누구 없느냐?"
　"……"
　"게 아무도 없느냐?"
　안에서 아무런 대답이 없자 김 영감은 화가 머리끝까지 치솟았
다. 얼른 대령해도 시원치 않을 텐데 몇 번이나 찾았는 데도 아
무런 대답이 없으니 그럴 만도 했다.
　낯을 붉히며 언성을 높여 다시 소리를 질렀더니 얼마만에 안으
로 통하는 장지문이 열리며 며느리가 나왔다.

"다들 뭘 하길래 네가 나오느냐?"

"아범은 밖에 나가고 돌이 어멈은 산에 올라갔습니다."

"음~."

김 영감은 매우 못마땅한 표정을 지으면서 말했다.

"밖에 거지가 온 모양이다. 가서 줄 것이 없다고 말해서 돌려보내라."

"아버님 거지가 아니오라 시주를 얻으러 온 스님입니다."

"스님? 스님은 무슨…… 아무튼 저 목탁과 염불 소리가 듣기 싫으니 어서 물러가라고 일러라."

김 노인은 장죽을 몇 번 빨더니 며느리에게 역정을 냈다.

"아니, 왜 멀거니 서 있는 거냐?"

"아버님, 시주를……"

"시주를 해야 한다는 거냐?"

"네."

김 부자 영감은 며느리 말을 듣고는 한동안 장죽만 뻑뻑 빨다가 무슨 생각이 떠올랐던지 무릎을 탁 치면서 말했다.

"옳지 그래. 추수를 무사히 끝냈으니 시주를 할 만도 하구나. 이왕 할 바에야 듬직하게 해야 할 것이 아니냐! 애 아가, 너 외양간에 가서 쇠똥을 잔뜩 긁어 오너라."

"아버님, 쇠똥을 어디에 쓰시려구요?"

"다 쓸 데가 있느니라."

"아버님 혹시……"

"글쎄 어디에 쓰던 간에 넌 어서 쇠똥이나 긁어오도록 해라. 어흠~."

김 영감은 큰 기침을 하며 재떨이에 장죽을 탕탕 쳤다.

며느리 윤 부인은 마음에 짚이는 바가 없지 않았으나 시아버지의 분부를 거역할 수가 없었다. 외양간에서 나는 역한 냄새가 코를 찔렀으나 그녀는 코를 막은 채 쇠똥 한 삼태기를 담아 대청 앞 댓돌 아래에 가져다 놓았다.

"아버님, 쇠똥을 긁어 왔습니다."

김 영감은 김이 무럭무럭 나는 쇠똥을 보더니 회심의 미소를 지으며 큰 쌀자루에 그것을 담았다. 그러고는 그 자루를 들고 대문 앞으로 나갔다.

스님은 그 때까지 염불을 외우고 있었다.

"여보슈, 어디서 온 스님이오?"

"예, 구월산 월선사(月仙寺)에서 온 시주승이요."

"먼 길 오시느라고 고생이 많으셨소. 자, 이건 내 정성이니 받으십시요."

"감사합니다. 나무관세음보살."

스님은 쇠똥이 들어 있는 쌀자루를 받아 들더니 천천히 동구 밖으로 사라졌다.

그 모습을 지켜보던 윤 부인은 심한 죄책감을 느꼈다. 그녀는 급히 광으로 가서 쌀을 두 되쯤 퍼 들고 급히 스님을 쫓아갔다.

"스님~, 스님~, 저 좀 보셔요."

"왜 그러시오? 부인."

"그 쌀자루는 저를 주시고 대신 이 자루를 받으세요. 아까 그 쌀자루 속엔……"

"허허, 이미 다 알고 있습니다."

"아셨군요. 스님, 용서하세요. 아버님은 본래 나쁜 분이 아니라 장난을 좋아하시다 보니 그렇게 되었습니다. 대자대비하신 부처님의 관용으로 용서하여 주옵소서."

"김 부자댁 내에 이토록 고매한 분이 계셨다니……"

윤 부인의 덕스런 인품에 감탄을 한 스님은 그녀를 도와 주겠다며 다음과 같이 말해 주었다.

"오늘 저녁 때 이 마을에 큰 재앙이 있을 것입니다. 큰 비가 내리기 시작하면 식구들에게 알리지 말고 곧 집에서 나와 앞산으로 올라가십시오. 가는 길에 뒤에서 무슨 소리가 나도 뒤돌아보면 안 됩니다. 산에 다 오른 뒤에는 상관없지만 도중에 절대로 뒤돌아보면 안 됩니다."

말을 마친 스님은 입 속으로 염불을 외우면서 산모퉁이를 돌아 사라졌다.

윤 부인은 그같은 말에 얼떨떨했으나 스님의 말에 따르기로 결심을 했다. 그 날 저녁.

하늘에 검은 비구름이 덮이더니 폭우가 쏟아지기 시작했다.

윤 부인은 낮에 스님에게 들은 이야기를 식구들에게 알릴까 망설이다가 그대로 집에서 나와 앞산으로 향했다.

"우르릉 쾅!"

번개와 천둥이 마치 천지를 개벽하는 것만 같았다.

"사람 살류~."

"여보, 나 좀 살려 줘."

마을 사람들의 아우성 속에 남편의 소리도 들리는 듯했으나 윤 부인은 스님의 말대로 뒤를 돌아보지 않은 채 산을 올랐다.

윤 부인이 산중턱까지 왔을 때였다. 마을 한 부분이 무너지는 소리와 함께 남편과 시부모의 비명이 그녀의 귓전을 스쳤다.

"얘, 아가야 아가야~."

"여보~. 나 좀 살려 줘."

그 소리는 처절한 울부짖음이었다. 순간 윤 부인은 스님의 당부도 잊은 채 고개를 돌려 마을 쪽을 내려다봤다.

"어머, 우리 집이……"

마을은 황톳물 바다가 되어 있었다.

"여보~, 아버님~."

그녀가 목이 터지게 남편과 시아버지를 불렀으나 어느새 사람의 소리는 간 곳이 없었다.

윤 부인은 아픈 가슴을 어쩌지 못한 채 다시 위로 발길을 돌리려 했다. 그 순간 부인은 갑자기 발이 무거워지며 감각이 둔해지는 것을 느꼈다.

발을 내려다본 윤 부인은 그만 '아악~!' 하고 비명을 지르지 않을 수 없었다.

그녀의 발은 바위로 변하고 있었다. 그러더니 순식간에 온몸까지도 바위로 변하고 말았다.

착한 마음으로 시아버님의 죄를 씻으려던 윤 부인은 산을 오르다 뒤를 내려다보는 모습 그대로 바위가 되어 세월의 풍우에 시달리고 있다. 그 후 이 마을은 며느리 바위 동네라고 불리우고 있다.

스님과 미인 과부의 내기

엣날 어떤 마을에 과부가 살고 있었다. 무척이나 아름답게 생긴 여인이었다.

어느 날 그 동네에서 가까운 곳에 있는 절에서 한 스님이 시주를 얻으러 동네에 내려왔다가 이 과부집에 들르게 되었다.

"나무아미타불, 시주를 바랍니다."

"예, 대사님 조금만 기다리세요."

아름다울 뿐만 아니라 목소리까지 옥이 쟁반에 구르는 것 같았기에 스님은 그만 정신을 잃을 지경이 되었다. 어떻게 시주를 받았는지도 모른 채 절에 올라와서는 이내 병이 나고 말았다. 이 스님은 힘도 세고 도술도 뛰어나 웬만한 일에는 눈하나 깜짝하지 않는 당당한 사람이었다. 그런데 그만 아리따운 이 과부에게 마음을 빼앗겨 생병을 앓게 된 것이다.

누구에게 하소연도 하지 못하고 끙끙 앓던 이 스님은 병을 어느 정도 추스른 다음에 동네에 내려와서는 멀찌감치 서서 우물가를 바라보고 있었다. 그 과부가 물을 길러 오면 사랑을 고백하려는 것이었다.

드디어 과부가 나타나자 스님은 자연스럽게 접근하여 물 한 모금을 청했다. 그 과부가 알아보고 가볍게 인사를 했기에 침을 꼴

깍 삼키고 나서,

"수도자로서 할 말은 아니오나……"

하고 입을 열자 과부는 얼굴을 붉히면서 작은 소리로, 하지만 단호하게 잘라서 말했다.

"더 이상 말하지 마세요. 무슨 말씀인지 알겠습니다. 하오나 저는 수절하는 과부이옵니다."

"알고 있습니다. 하오나 저는 시주댁을 처음으로 본 순간부터……"

"하지만, 대사님…… 우리 두 사람은 도저히 맺어질 수가 없는 신분입니다."

"하오나……"

과부는 눈을 감고 한참 동안 뭔가 생각하는 얼굴이 되었다. 그녀는 이윽고 눈을 뜨더니 뜻밖의 말을 했다.

"정 그러시다면 이렇게 하시지요. 제가 알기로는 대사께서 도승이라 못 하는 일이 없다고 들었습니다. 이 고을 사람들은 조금만 가뭄이 들어도 농사를 짓지 못하여 모두들 속상하니 보(洑)를 하나 쌓아 주십시오. 그렇다면 대사님의 뜻에 따르겠습니다."

"아, 그런 일을 하는 건 어렵지 않지요. 그럼 시주댁에서는 내가 보를 쌓는 것을 지켜보기나 하십시오."

"아닙니다. 저도 약간의 재주가 있기에 그것을 보여 드릴까 합니다. 저는 저 삼밭에서 삼을 베어다가 자아서 베를 짜 장삼옷을 지어 놓고 진짓상을 차려 드리겠습니다."

"그렇다면 결국 누가 빨리 끝내는지 내기를 하자는 이야기가 아닙니까?"

"그렇습니다. 대사께서 먼저 보를 쌓는다면 이 몸을 가지십시오. 하오나……"

"아, 알겠소이다."

그렇게 되어 흔치 않은 내기가 시작되었다. 대사가 하는 일은 물론 혼자 보를 쌓는 것이다. 힘이 든다. 이만저만한 공력이 드는 것이 아니다. 과부는 엉뚱하게도 자기 몸을 내걸고 동네에 유익한 사업인, 오래 전부터 쌓고 싶었던 숙원의 공사를 그 스님에게 부탁한 것이다. 과연 누가 이런 의견을 낼 수 있다는 말인가?

온 동네와 절간에서는 목숨을 건 이 내기를 주시하였다.

치열한 내기는 드디어 막바지에 이르렀다. 과부는 어느덧 베틀에서 내려와서 삼베를 말아서 옷을 마들기 시작했다. 장삼 한 벌이 순식간에 지어졌다. 이어서 그녀는 불을 때서 밥을 짓고 상을 주섬주섬 보았다. 스님이 보를 다 쌓았는지 아직 못 쌓았는지 알아보려고도 하지 않았다. 어서 중을 이겨서, 수절도 할 수 있고 동네에 정말로 요긴한 보도 쌓겠다는 생각만 하고 있었다.

그런데 스님은 어찌되었던가? 그도 쌓기를 다 끝내고 있었다. 나무랄 데가 하나도 없는 멋지고 튼튼해 보였다. 이만하면 과부를 색시로 맞이하면서 동네에 좋은 일도 해 준 것이라고 생각하니 너무나 기뻐서 눈물이 날 지경이었다.

그런데 한쪽이 좀 부실해 보였다. 돌 하나만 갖다가 올려 놓으면 되는 것이었다. 그렇게 하지 않아도 되기는 하였으나 이왕이면 완전무결하게 끝내고 싶어서 근처에 있는 적당한 돌 하나를 둘러메고 다가서고 있었다. 이제 보에 올려놓기만 하면 되는 것이었다. 그런데 바로 그 때,

"대사님, 진짓상 가져왔습니다."

라고 말하는 소리가 들려 왔다. 과부가 밥상을 들고 그의 눈 앞

에 나타난 것이다.

스님은 아찔해지는 현기증을 느끼며 마음 속으로 탄식했다.

'아, 내가 졌단 말인가?'

그가 메고 있던 커다란 돌이 갑자기 무거워지며 그의 몸이 짜브러지고 있었다. 정신이 흐려져 도술이 풀렸기 때문이었다.

"악!"

스님은 메고 있던 돌에 눌리고 말았다. 과부는 들고 있던 밥상을 놓고 그에게 달려갔다 스님은 사랑하는 마음과 원망하는 마음이 섞인 눈으로 과부를 올려다보다가 숨을 거두었다.

"아, 내가 경솔했구나. 나 같은 아녀자의 절개가 중하다면 저 대사의 목숨 또한 중하거늘. 나 혼자만 어이 살리."

과부는 스님이 메고 오던 그 바위를 불끈 들어올렸다. 그 과부도 천하장사였다. 그런데 다음 순간 힘을 뺀 그녀도 또한 그 돌에 눌려 죽고 말았다.

이 보는 그 후에 보를 다시 쌓았다고 하여서 중보라고 하는데, 전라남도 광양군 옥룡면 죽천리에 있는 중보거리의 내력담이 되었다.

2. 해 학

바보 사위의 글풀이

딸 삼 형제가 함께 자랐다.

위의 두 언니들은 운이 좋아 훌륭한 남편을 만났지만, 셋째 딸만은 팔자가 사나워서 바보 같은 남편을 만나게 되었다.

어느 날,

세 사위들은 장인의 회갑 잔치에 불려 가게 되었다.

위의 두 딸은 남편들이 똑똑하기 때문에 걱정이 없었지만 셋째 딸은 남편이 바보 같았기 때문에 걱정이 태산 같았다.

'어떻게 하더라도 이번에는 남편의 위신을 좀 높여 주어야겠어!'

하고 벼르면서 잔치 전날 밤에 남편을 불러 놓고 교육을 시켰다.

"내일 처가에 가시면 반드시 정원 가운데 있는 정자에 걸려 있는 액자를 읽어 보라고 할 거예요. 그것을 읽는 법을 가르쳐 드릴 테니 나가서 버들가지를 하나 꺾어 오세요."

그런데 남편은 버드나무 한 그루를 통째로 뽑아 왔다.

아내는 하도 어이가 없어 가벼운 비명을 질렀다.

"어머나! 누가 이렇게 큰 나무를 뽑아 오라고 했어요? 가느다란 가지로도 충분한데……"

그녀는 버드나무에서 가는 가지 한 개를 꺾어 들었다.

그리고는 말했다.

"자아! 그럼 내 말을 들어 보세요. 내일 아버지가 액자에 무슨 글자가 쓰여 있느냐고 물으시거든 나의 행동을 잘 보고 대답하세요. 그 액자에는 방화의류(傍花衣柳)라는 네 글자가 쓰여져 있어요. 그러므로 아버지가 첫 번째 글자를 가리키시면 내가 슬쩍 당신 옆에 가서 설 테니 '곁 방(傍)'이라고 대답하세요. 그리고 두 번째 글자를 가리키면 내가 머리에 꽂고 있던 꽃을 만질 테니 '꽃 화(花)'라고 대답하고……"

"그 다음엔 어떻게 하지?"

"잠자코 내 말을 들으세요. 셋째 글자를 가리킬 때는 내가 치맛자락을 잡아 당길 테니까 '옷 의(衣)'라고 대답하고, 그리고 넷째 글자를 가리킬 때는 내가 허리춤에 손을 집어넣겠어요. 곧 내 허리춤에 꺾은 버들가지가 들어 있으니, '버들 류(柳)'라고 대답하세요."

과연 회갑 잔칫날, 장인이 바보 사위를 보더니 액자의 글을 읽어 보라고 했다.

그는 한 자, 두 자, 세 자까지는 무난히 대답했다.

그러나 마지막 글자에 이르러서 대답이 막혀 버렸다. 지난 밤에 배운 것을 까맣게 잊어버렸기 때문이었다.

옆에서 보고 있던 아내는 안타까워서 부산하게 손을 놀려 허리춤을 만졌다.

그래도 남편은 알아차리지 못하고 멍청하게 서 있었다.

드디어 아내는 화가 나서 두 손으로 가슴을 찧었다.

그러자 남편은 갑자기 생각났다는 듯이,

"유방(乳房) 유자입니다!"

하고 대답해 버렸다.

아내가 하도 어이가 없어 소리를 질렀다.

"여보! 어젯밤에 당신이 꺾은 것이 무엇이었지요?"

"아아! 그래. 무릎이야. 무릎!"

신랑 선택

　최봉달의 딸 성례는 인품이 순하고 인물이 곱기로 온 마을에 소문이 났다. 어느덧 나이가 차서 혼기가 되자 먼 곳 가까운 곳에서 소문을 듣고 찾아드는 매파들의 치맛자락 때문에 문턱이 닳을 지경이 되었다.

　그런데 최봉달은 술을 몹시 좋아하는 위인이었다. 더구나 그의 술버릇은 유명했다. 술에 취하기만 하면 무엇이든지 안 되는 일이 없었다. 누구에게나 호언장담 큰소리를 쳤는데, 술이 깨면 그 모든 것을 하나도 기억해 내지 못했다.

　이런 술버릇을 잘 알고 있는 동네 총각들은 최봉달을 만날 때마다 술집으로 이끌어 취하게 하고는 그의 기분이 최고조에 이를 즈음에 으레 성례와의 혼사를 졸랐다. 그러면 최봉달은,

　"그래? 좋아! 오늘부터 자넨 내 사위야, 암, 둘도 없는 내 사위고 말고."

하고 총각의 등을 두들겼다. 그러나 그 이튿날이면 그 사실을 까맣게 잊어버리고 또 다른 총각에게 술을 얻어 먹고는 똑같은 호언장담을 하곤 했다.

　이렇게 술 한 번 얻어 먹을 때마다 사위가 하나씩 늘어나 결국 최봉달은 동네 장인(丈人)이 되고 말았다. 일은 난처하게 되었다.

길을 걸을라치면 만나는 총각마다, '장인 어른', '장인 어른' 하고 매달려 택일을 하자고 조르니, 자신의 버릇을 누구보다도 잘 아는 최봉달은 슬그머니 걱정이 되었다.

딸 성례가 가만히 보니, 근간에 아버지가 기운이 없고 늘 침울한 기색이 있어 그 까닭을 물었다. 최봉달은 딸에게 자초지종을 이야기해 주었다.

그 말을 들은 성례는 웃으면서 말했다.

"그런 일로 심려하시다니요. 아버님의 술버릇을 악이용한 그들이 나쁘지 아버님께서 잘못하신 건 없습니다. 제게 한 생각이 있으니, 어느 날이고 아버님께서 약속하신 총각들을 모두 불러 주시겠습니까?"

최봉달은 분주하게 뛰어다니며 총각들을 불러 모았다. 두근거리는 가슴을 안고 최봉달의 집에 모여든 총각들은, 성례가 앉아 있는 사랑방 앞에 열을 지어 늘어섰다.

이윽고 성례의 낭랑한 음성이 흘러 나왔다.

"첫 번째 분 들어오세요."

맨 앞에 서 있던 총각이 심호흡을 하고 들어갔다.

성례는 눈을 내리깔고 단정히 앉아 질문을 했다.

"무엇으로 저를 기쁘게 해 주시렵니까?"

총각은 있는 지혜를 다 내어 대답을 했으나 성례는 쌀쌀하게 고개를 흔들었다.

총각은 얼굴이 시뻘개져서 낭패한 표정으로 방에서 나갔다. 이런 식으로 10여 명의 총각들이 낙담하여 돌아가니 문 앞에는 이제 어느 집 머슴으로 잔뼈가 굵은 장사 돌쇠만 남게 되었다.

그는 마지막 사람으로 사랑방의 문턱을 넘으며 화가 잔뜩 났다. 돈 많고 재주 좋은 총각들도 다 싫다고 돌려 보낸 성례에게 머슴살이나 하는 자기가 눈에 차겠는가? 그런 열등감의 반작용 때문이었을까, 그는 알 수 없는 오기가 불끈 솟아 가슴이 팽팽해졌다.

들어오는 돌쇠를 보며 성례가 또 물었다.

"무엇으로 저를 기쁘게 해 주시겠습니까?"

한동안 입을 꾹 다물고 묵묵부답으로 서 있던 돌쇠는 무슨 생각이 들었는지 바지를 홀렁 내리며,

"내가 가진 것은 이것뿐이오!"

하고 퉁명스럽게 내뱉었다.

그러자 성례의 얼굴이 발갛게 물들더니, 조그만 목소리로 대답했다.

"바로 제가 찾던 분입니다. 당신이 바로 제 낭군입니다. 평생 동안 정성을 다해서 섬기겠습니다."

얼떨결에 바지를 치켜올리고, 바지춤을 잡은 채 엉거주춤하면서 성례를 내려다보던 돌쇠는 한참 동안 입을 다물지 못했다.

가난이 유죄

나라의 녹을 먹는 벼슬아치나 글 읽는 선비에게는 옛날부터 가난이 흉이 되지 않았다. 오히려 청렴하다고 하여 높이 칭송되어 왔다.

배포가 유하기로 이름난 백문선도 가난에 쪼들려 굴뚝에서 연기가 나는 날이 드물었다. 하지만 그렇긴 해도 별로 불편한 줄 모르고 살았는데, 딸이 장성하여 혼기가 되니 여간 걱정이 되는 것이 아니었다.

택일을 해 놓은 날이 다가올수록 백문선 내외는 그 일로 인해 다투는 날이 많았다.

그러나 다행히도, 아무것도 없어도 좋으니 얌전한 것만 믿고 딸을 데려가겠다는 신랑감이 나섰다.

백문선 내외는 반가운 중에도 걱정이 되었다. 아무리 없는 살림이라도 혼인날 딸에게 헌 옷가지를 입혀서 보낼 수는 없는 일이었다.

그런 중에도 낙천적인 백문선이,

"에라 모르겠다. 가난뱅이인 줄 뻔히 알고 데려가는 것인데 무슨 군말이 있을라구!"

하고 말하자, 아내는 혀를 차며

"어째 당신은 그렇게 맘이 편하슈? 그래 딸이 시집가는데 벌거 벗겨 보내겠단 말씀이에요?"
하면서, 등을 대고 돌아앉곤 했다.

그런데 다행히도, 신부집 가세가 말이 아님을 알고 있는 신랑 집에서 사주단자를 보낼 때 신부의 혼수감까지 미리 보냈으므로 걱정은 덜었다. 그러나 또 한 가지 걱정이 남았다. 후행으로 따라 가야 할 백문선의 의복꼴이 남루하기 짝이 없었던 것이다. 조각 조각 기운 저고리는 두루마기를 걸치면 대강 감출 수 있다고 해 도, 아랫바지가 아무래도 걱정이었다. 너덜너덜 해어지고 때에 찌 들어 그 추레한 형용이 이루 말할 수 없을 지경이었다.

두 내외는 마주 앉아 한숨만 지었다. 결혼날을 하루 앞둔 날, 두 내외가 그 일로 걱정을 하고 있었는데, 문득 아내가,
"옳지, 좋은 수가 있어요!"
하며 일어서서 부시럭거리면서 속고쟁이를 벗었다. 그리고는 백 문선 앞으로 밀어 주며,
"당신 바지보다는 이게 낫겠어요. 이걸 입으시고 대님만 묶으 면 감쪽같을 거예요."
하고 말했다.

다음 날, 백문선은 아내의 속고쟁이를 입고 대님을 묶었다. 그 러고 나니, 별로 꼴은 안 나도 사돈의 눈을 속이기에는 문제 없 을 것 같았다. 일어나서 한 발자국을 내디디려니 밑이 좁아서 불 편하기는 했으나 그것을 탓할 경황이 없었다.

문을 나서는 백문선에게 아내가
"제발 술은 삼가시고, 두루마기는 절대로 벗지 마세요."
하고 신신당부를 했다.

그러나 천성이 유한 백문선은, 걸음을 옮길 때마다 실밥 터지는 소리가 났으나 성큼성큼 걸었다.

한데, 일은 사돈집 문지방을 넘으면서부터 시작되었다. '우드득' 소리가 나면서 아랫도리가 서늘해졌다.

'까짓 것, 보이지만 않으면 되지.'

그는 두루마기를 꼭 여미며 태연히 사돈과 마주 앉았다.

사돈은 두루마기를 벗으라고 권했으나 그는 더욱 앞을 꼭꼭 여미며,

"예(禮)가 아닌 줄 아오만, 전 절대로 벗지 않는 버릇이 있어서…… 허허허."

하고 얼버무렸다.

괴이한 버릇도 다 있구나 하고 생각한 사돈은 더 권하지 않고 술상을 봐 오라고 일렀다.

술상이 나왔는데, 새 사돈을 위해서 특별히 담갔다는 향내가 코를 찌르는 동동주를 내놓았다. 백문선은 어느 새 코가 벌름거리고 침이 고였다. 그러나 아내의 당부도 있고 해서 조금만 먹으리라고 마음 먹었으나, 목으로 동동주가 넘어가자 그의 결심은 한 순간에 흩어져, 한 잔 또 한 잔, 동이가 비는 줄 모르고 마시게 되었다. 술상을 물린 그는 사돈의 부축을 받으며 문지방을 넘었다.

또 한 번 '우드득' 소리가 들리더니 아랫도리가 더욱 썰렁해졌다. 두루마기조차 밤바람에 휘날려 밑으로 찬 바람이 들어왔으나, 취흥에 도도한 그는 그것도 몰랐다.

어느 때 어떻게 잠들었는지, 한밤중에 몹시 더워 잠이 깬 백문선은 더듬더듬 대님을 풀고 바지를 벗어 발길로 밀쳐 버렸다.

그리고 또 잠이 들었다.

　높은 성에 올라 통쾌하게 웃으며 장안을 향해 소변을 보는 꿈을 꾸다가 잠이 깬 백문선은 윗목으로 기어가 요강을 찾았으나 없었으므로 버럭 소리를 지르려다가 움찔하면서 입을 다물었다.

　'아차, 여긴 사돈댁이지!'

　그는 문을 열고 밖으로 나왔다. 달빛도 없는 캄캄 칠야였다. 그는 그 때까지도 아랫도리를 벗은 것조차 의식하지 못할 만큼 취중이었다.

맛이 달라

옛날 어느 곳에 두 과부가 살고 있었다. 하나는 오십 줄에 든 시어머니요 또 하나는 갓 스물을 넘긴 며느리였다.

시어머니는 나이 불과 열 여덟에 남편을 잃고 육십 평생 동안 사내를 멀리 하고 곧게 살아왔기에 열녀라는 칭찬이 인근에 자자했다.

이러한 시어머니 밑에서 지내는 어린 과부 며느리는 자기도 시어머니의 본을 받아 정절 있는 여자로서의 일생을 보낼 결심을 해 보고는 했지만 밤마다 독수 공방이 서러워 눈물을 지었다.

무덥게 찌는 솥처럼 더웠던 어느 날, 과부 며느리는 냇가에 나가 빨래를 했다.

불덩이 같은 해가 바로 머리 위에 떠있는 데다가 이불 홑청 같은 큰 빨래를 하다가 보니 며느리의 온몸은 땀으로 흥건하게 젖었다.

"무슨 날씨가 이렇게 덥담."

적삼도 속바지도 생각 같아서는 훌훌 벗어 던지고 싶었지만 대낮에 차마 그와 같이 할 수는 없었기에 어린 과부는 철썩 들어붙은 옷 위에 물을 끼얹고 다시 방망이질을 시작했다.

"아이구 더워라. 땀은 왜 이리 쏟아지누?"

더 이상 참을 수 없다고 느낀 과부는 빨래를 멈추고 일어나 사방을 둘러보았다. 산으로 둘러싸인 으슥한 곳이었기에 사람의 그림자 같은 것도 비치지 않았다.

"에라, 모르겠다. 한 겹 벗고 보자."

하면서 겉옷을 벗고 나니 한결 서늘해졌다.

"진작 이럴 것을 괜시리……"

그 때 마침 나무꾼 하나가 산 언덕을 넘어 내려와 찬 냇물에 세수를 하려다가 보니 속옷 바람인 웬 아낙 하나가 빨래를 하고 있는데, 그녀가 움직일 때마다 열려진 속옷 속에 있는 무성한 음모가 보이는 것이 아닌가?

속옷을 통해 비치는 아낙의 살갗과 인물도 또한 아담했기에 도리깨 같은 침이 단번에 나무꾼의 목구멍을 메꾸었다.

나무꾼이 타오르는 음욕에 가쁜 숨을 몰아 쉬며 과부에게 다가갔으나 빨래에 열중한 과부는 미처 그 기척을 알아차리지 못 했다.

젊은 나무꾼이 과부를 뒤에서 껴안으며

"한 번만 봐 주시오."

하고 달려들자 과부는 깜짝 놀라며 말했다.

"어느 놈이 이렇듯 무례하단 말이요? 당장 물러가지 못하겠소? 내가 소리칠 것이요."

"소리를 지르려면 질러요. 그렇지만 옥문을 드러낸 당신의 죄는 당신이 더 잘 알 것이요."

과부는 이미 밑이 터진 속옷밖에 입은 것이 없었기에 나무꾼이 볼일을 보는 데 있어서 아무 장애도 있을 수 없었다. 젊은 나무꾼이 황소가 밭을 갈듯 한 차례 난리를 치르자 과부는 남자의 힘을 당하지 못하는 데다가 빠르게 사지가 노곤해져 저항하지 못하고 몸을 맡긴 채 내버려 두었다.

일을 마친 나무꾼은 후환이 두려웠는지 바지춤을 잔뜩 움켜쥐고 달아나기 시작했다.

과부는 노곤한 단꿈에서 비로소 깨어나

"내가 이게 어찌 된 일인고?"

하면서 벌떡 일어났으나 나무꾼은 이미 꽁지야 빠져라 하고 저만큼 달리고 있는 중이었다.

그러자 과부의 머리에 먼저 떠오른 것은 눈을 하얗게 흘기는 무서운 시어머니의 모습과 동네 사람들의 무서운 입이었다. 후환이 두려워진 과부는 벌떡 일어나 옆에 있던 빨래 방망이를 꼬나쥐고 나무꾼을 쫓아가며 소리쳤다.

"이 짐승 같은 놈아, 개만도 못한 놈아, 네가 그래도 인간이라면 그 자리에 냉큼 서지 못하겠느냐?"

그 말을 들은 나무꾼은,

"아주머니 너무 노하지 마시오, 그 짓을 한 게 어디 제 물건입니까. 사실은 이 손가락으로 한 번 그래 본 것 뿐입니다. 손가락이 무슨 죄가 되오. 한 번 장난해 본 것이니 그만 용서하시오."

하고 말하고는 다시 달려가 길 모퉁이로 꼴깍 사라져 버리고 말았다.

그러자 여인은, 더욱 방망이를 흔들어 대면서 다시 소리쳤다.

"요 앙큼한 놈아 , 내가 네 말에 속을 것 같으냐? 이놈아 그 짓을 치른 게 네 손가락이라면 아직까지 뜨끈뜨끈하고 짜릿한 이 맛은 대체 무엇 때문이란 말이냐?"

동상 이몽

"영감님, 동네의 젊은 것들이 사랑방에 모여 앉아, 숫색시가 좋다느니 과부가 좋다느니 서로들 우기면서 떠들고 있는데, 과연 여자란 어느 쪽이 제일 맛이 좋을까요?"

"그것은 예로부터 이르기를 '일도 이비 삼기 사첩 오처'라고 했네."

"그게 무슨 말인뎁쇼?

"일도란 남의 계집을 잠깐 훔친다는 뜻일세."

"뭐요! 무슨 그런 소리를…… 난 태어날 때부터 남의 것이라곤 거들떠보지도 않는 성미인 뎁쇼."

"알았어 알았어. 자네가 정직하고 깨끗하다는 것은 천하가 다 아는 일이네 . 어흠, 본론에 들어가 이비는 계집종이고, 삼기는 돈으로 사는 계집 즉 기생이나 유부녀 따위지."

"흐흥 기생이 세 번째구만요."

"사첩은 남의 첩을 간음하는 것이고 오처는 제 마누라일세."

"아니, 그렇다면 제 여편네가 제일 하치구만요. 하지만 남들은 그럴지 몰라도 우리 집 사람은 그렇지도 않은 것 같은데……"

"아따 이 사람아. 제 마누라를 추켜세우는 건 팔불출 중의 하나라는 걸 모르나."

"하긴 그렇구만요. 근데 기생이 세째라는 건 아무래도 마음에 내키질 않는구만요. 저 신개루라는 유곽에 있는 달래라는 색시는, 정말 쓸 만한 아이입디다. 영감님이 몰라서 그렇지 그녀의 몸매랑 하는 짓은 양귀비 뺨칠 정도이굽쇼. 또 그리구……"

"아니 이 사람이 웬 넋두리인가?"

"그 나긋나긋하고 물컹물컹한 몸이라니……어휴, 난 못 참아, 난 정말 못 참겠구만요'

"한다는 소리가 점점……"

"그 가냘픈 팔에서 어떻게 그런 힘이 나올 수가 있을까 싶을 만큼 저를 으스러지게 끌어안고는……"

"점점 가경(佳境)에 들어가는군."

"그 즐거운 기분이란 옆에서 누가 죽는다고 해도 모를 정도입죠."

"이제 어지간히 해 두게. 공연히 남의 마음을 들뜨게 하지 말고……"

"그래서 전 그 달래가 최고라고 생각하는뎁쇼. 셋째라니 섭섭하구만요. 그래서 만나고 싶어도 돈이 없을 때는 할 수 없이 불을 끄고 여편네를 달래라고 생각하면서 하곤 했습죠."

"그건 죄일세."

"죄라니요?"

"아암 죄지, 죄구 말구, 그걸 동상이몽이라고 하지. 곧 한 잠자리에서 딴 꿈을 꾼다는 건 잘못이네. 마누라는 마누라로서 사랑하고 귀여워해야 하는 법이거늘, 마누라를 품으면서 딴 계집을 그리다니 될 법이나 한 말인가. 만일 자네 마누라가 자네와 그일을 하면서 딴 사내를 생각하고 있다면 자네 마음은 어떻겠나?

그걸 생각해 보게."

"그렇다면 살려 둘 수 없죠."

"그것 보게. 그러니 더 이상 죄를 짓지 말고, 동상이몽은 아예 생각지도 말게."

"알았어요, 알았어."

이 팔불출은 부리나케 집으로 돌아와 문 앞에서부터 마누라를 찾았다.

"여보 이제 돌아왔소!"

"에그, 오늘은 웬일로 이렇게 일찍 들어오시는 거죠? 난 먼저 자리에 눕겠으니, 당신은 술이나 한잔 드시고 주무시구료."

"흥, 서방이 왔는데도 일어날 생각은 않고…… 참 뭐라든가? 옳지, 일도 이비…… 아니야, 그게 아니지 삼처, 사처 ,오처라……."

"삼치라니요? 당신이 하도 알량해서 삼치 구경을 한 지도 오랜데, 웬 삼치 타령을 자꾸만 하고 있죠?"

"흐흐흐…… 이 오처야."

"아아니, 지금 당신 뭐랬어요? 오처라니……"

"오처란 다섯째가 마누라라는 거야."

"뭐요? 당신, 내게 장가 들기 전에 벌써 네 년이나 여편네가 있었군요?"

"웃기지 마. 어흠, 오처란 제 마누라를 일컫는 말이야. 이 멍청아."

"에그, 실없긴…… 그런 못난 소릴랑 작작하고 어서 자기나 해요."

불을 끄고 자리 속으로 들어간 이 팔불출, 한잔 마신 김에 기분이 도도해져 넌지시 마누라를 끌어당겼다.

마누라는 불감청이언정 고소원이라 엉덩이를 오리궁둥이처럼 흔들며 아양을 떨었다. 그러나 팔불출은, 마누라의 배 위에 올라타면서도 신개루의 달래 모습을 그리고 있었다.

마누라는 한창 기분이 나는 판인데, 넋이 나간 듯한 얼굴이 되어 일을 멈추곤 하는 남편의 꼬락서니가 석연치 않아, 무슨 까닭이냐고 묻지 않을 수 없었다.

팔불출은 영감과 했던 이야기를 넋이야 신이야 하며 말해 주었다.

이윽고 쾌미가 최고조에 이를 즈음, 마누라는 신음 속에서도 이렇게 더듬거리며 중얼거리는 것이었다.

"아아…… 동…… 상…… 이…… 몽을 어쩔고……"

일거 양득

나그네 하나가 시골길을 가는데 어느 새 날이 어두워졌다. 하지만 가까운 곳에 주막도 보이지 않고 산길이 험하여 하룻밤을 새우는 일이 걱정스러웠다. 걸음을 재촉하여 얼마를 더 가니 오두막집 한 채가 눈에 들어오기에 마음 속으로 크게 다행스럽게 여겨 주인을 부르니 잠시 후에 한 늙은이가 천천히 나오기에,

"소인은 서울 사람으로 길을 가던 중 날이 저물었습니다. 그러나 인가는 멀고 앞으로 더 갈 길도 난감하니 청컨대 하룻밤 묵어가게 해 주십시오!"

하고 말했더니 주인 늙은이가 대꾸했다.

"사정은 안 되었습니다만 보시다시피 우리 오막살이집은 안방이 하나 있을 뿐 방이 또 없으니 객을 묵게 할 수가 없소이다."

"이미 날은 저물어 산길이 험한 데다 짐승들이 나타나니 이제 굳이 허락지 않으신다면 난처하기 이를 데 없습니다. 이는 바로 사람이 물에 빠진 것을 뻔히 보고서도 구해 주지 않음과 같다고 하겠으니 아무데서나 이 밤을 새게 해 주십시오. 날씨가 매우 찹니다."

그처럼 나그네가 애원하자 주인 노인은 할 수 없이 방에 들라고 했다.

과객이 다시,

"혹시 저녁밥을 얻어 먹을 수 없겠습니까?"

하고 물었더니,

"밥 한술 주기가 뭐가 어려울 게 있겠소."

하고 저녁밥을 대접했다.

과객이 저녁밥을 배불리 얻어 먹고 그 집의 사정을 살펴보니 식구는 늙은이와 늙은 할미,. 그리고 젊은 며느리와 젊은 딸이 있었다.

"노인장께서는 자녀를 몇이나 두시었소?"

"아들 하나에 딸 하나, 아들은 성가하고 딸애는 과년하나 아직 시집을 보내지 못 했소."

"그러면 아드님은 어디 있나요?"

"며칠 전에 먼 길을 떠났는데 아직 안 돌아왔소."

그렇게 얘기를 주고받던 중 잠자리에 들 시간이 되었기에 과객은 처분만 기다렸다. 주인 노인은 돗자리 한 자락을 가져다 방 아래쪽을 막아 벽을 만들고는 말했다.

"안 됐소만 이렇게 하룻밤 지내시구료, 초저녁은 괜찮겠지만 밤이 깊으면 냉기가 스미리다."

나그네가 그나마 감사하게 생각하고 자리에 누웠더니 마침 달이 휘영청 밝아 방 안을 훤히 비춰 주고 있었다. 잠자리가 어수선하여 잠을 이루지 못 하던 나그네가 방 안의 동정을 가만히 둘러보니 주인 늙은이는 맨 아래쪽에 자리해 누웠고 그 다음에 할미가 누웠으며 그 다음엔 며느리, 그 옆에 돗자리 한 자락을 격하여 다 익은 과일 같은 그 집의 딸이 누워 있었다.

혈기 왕성한 나그네는 금방 피가 뜨거워지며 계속해서 동정을 엿보았는데, 아랫목에 자리잡은 늙은 주인이 이따금 머리를 쳐들고 바라보는 것이 아무래도 객을 경계하는 것이 틀림없었다.

'옳지, 나를 의심하는 모양이군. 좀더 기다리자.'

밤이 얼마나 깊었는지 늙은이가 코를 고는 소리가 괴괴한 밤을 진동시키기 시작했다. 그러자 나그네가 살며시 손을 돗자리 밑으로 넣어 딸의 몸뚱이를 주물렀더니 딸이 뿌리치기는커녕 좋아하며 상대해 주는 것이 아닌가. 나그네가 자리끝을 들어올리고 살금살금 딸에게 기어가자 딸이 대뜸 두 팔을 들어 얼싸안고 호응했다. 늙은이가 문득 잠이 깨어 바라보니 딸과 과객이 본격적으로 일을 벌이고 있지 않은가! 놀라고 괘씸하여 높은 소리가 목구멍까지 올라왔으나 며느리가 그 일을 알면 큰일이라고 여겨 마음을 진정시키고 빨리 일을 마치기만을 기다렸다.

그런데 이 도둑 같은 나그네는 그 일을 치르는 시간이 길고 격했다. 때문에 딸도 또한 정욕을 억누르지 못하여 비녀는 방바닥에 떨어지고 머리가 헝클어지는 등 소란을 피우니 며느리가 목석이라도 잠들기 어려운 일이었다.

며느리가 가만히 숨을 죽이고 그 모양을 엿보고 있자니 그 사나이의 일 치르는 모습이 어찌나 용맹하고 씩씩한지 가만히 누워 있기만 해도 불같이 욕심이 이는지라 나그네가 일을 끝내고 자리로 돌아가려는 것을 은근히 소매를 끌어당겼다. 때문에 이 젊은이는 다시 며느리와 한바탕 야단스레 일을 거듭했는데 방 안에 먼지가 일어 자욱했다.

늙은이가 윗목에서 가만히 보고 있자니 과연 놀라지 않을 수 없는지라 세상 모르고 깊이 잠든 할미를 가만히 흔들어 깨웠다. 할미가 무슨 일로 깨우는지를 몰라 얼떨떨하자 늙은이는, 할미

의 귀에 입을 대고

"저 나그네가 차례 차례 하기 시작했으니 자네의 그 음호(陰戶)를 단단히 손으로 가리고 있게."

하고 말했을 뿐 분하고 괘씸한 심정까지는 말로써 나타내지 못했다. 다만 과년한 딸과 홀로 자는 며느리를 부지 초면인 과객 가까이에서 잠자게 한 것을 후회할 뿐이었다.

상품과 하품

소금장수가 길을 가다가 날이 저물어 유숙을 청한 집이 공교롭게도 방이 하나 밖에 없는 오막살이였다. 형편이 그러하건만 인정 많은 주인은 소금장수를 안으로 들게 한 후 방 윗목에 잠자리를 깔아 주었다.

"하루 종일 걸어다니셨을 테니 몹시 고단하시리다."

"뭐 이젠 습관이 돼서요."

옆에 앉았던 주인 아낙이 웃으며 말했다.

"그래도 재미있는 일이 많으실 거야. 우리 같은 농사꾼이야 밤낮 땅파는 재미 밖엔 없지만."

"가끔 재미있는 일도 보지요. 글쎄 어제는 어떤 마을에 들렀는데, 그 곳 태수가 음악을 몹시 즐기더군요.

내 생전 음악을 좋아한다는 사람도 여럿 만나 봤고, 나 또한 이같이 못났어도 노래는 늘 흥얼거리고 다닙니다만, 하여간 그 태수는 어찌 음악을 좋아하는지 목동이 부르는 어랑 타령에도 곧 일어나서 엉덩춤을 추는 사람이었습니다. 그런데 내가 마침 갔을 때 태수가 죄인을 잡아다가 볼기를 치더군요. 매질을 한 대 따악 때리니까 죄수놈이 아픈 울음 소리를 노래처럼 합디다. 듣기에 청승 맞습디다만 태수는 일어나서 춤을 덩실덩실 추더군요."

"그거 참 볼 만 했겠습니다."

그처럼 이런저런 얘기들을 나누다가 주인 부부는 아랫목에서, 소금장수는 윗목에서 잠을 청했다.

그런데 깊은 밤중에 아랫목의 주인 부부가 거사를 하는 소리 때문에 소금장수는 그만 곤한 잠에서 깨고 말았다. 목석이 아닌 바에야 어찌 그것을 보고 태연할 수 있을 것인가. 더군다나 마누라를 떠난 것이 달포도 넘었으니…….

소금장수는 점잖게 말을 붙였다.

"주인장, 지금 하시는 일이 대체 무슨 일입니까?"

"소리를 들어 손님도 대강 짐작하시겠지만 집 사람과 더불어 부부의 즐거움을 누리는 중이외다."

"아 그러시오? 참 좋으시겠습니다. 그쯤 되셨으니 주인장께서도 이미 알고 계시겠지만 운우(雲雨)를 누리는 데도 그 품격이 있지요."

"품격이라니요?"

"우선 말씀드리자면 깊이 꽂아서 오래 희롱하여 여인으로 하여금 뼈를 녹게 하는 것이 상품이요, 번개처럼 번쩍번쩍 요란하기만 할 뿐 잠깐 동안에 끝나는 것은 하품입니다. 상품과 하품을 잘 구별하셔야 합니다."

남편 밑에 누워 있던 주인 아낙이 가만히 듣자 하니 바로 자기의 남편이 전형적이 하품이 아닌가.

'이년의 팔자야, 저 소금장수는 분명히 상품이니 저런 소리를 지껄이겠지. 상품의 맛을 좀 보았으면.'

주인 아낙은 미진한 욕망으로 인해 미칠 것처럼 되고 말았다. 하지만 뜻이 있으면 다 길이 있는 법, 여인은 곧 한 가지 꾀를 생각해 냈다. 그녀는 갑자기 벌떡 일어나 배 위에 있는 남편을 차 내며 말했다.

"여보 큰일났어요. 내가 지금 잠깐 새 꿈을 꾸었는데 우리 수수밭에 커다란 산돼지 한 마리가 들어와 이리 뛰고 저리 뛰고 하니 밭이 다 망가지겠어요. 그 밭을 망치면 금년 농사는 엉망이 돼요. 그러면 우리는 뭘 먹고 살죠? 내 꿈은 언제나 꼭 맞아요."

"그렇지, 당신 꿈은 꼭 맞지. 요전에 집에 불난 것도 맞추지 않았던가."

주인은 부지런하고 선량한 농사꾼이었기에 부부의 재미고 뭐고 다 집어치우고 곧 일어나 화살통을 메고 어두운 밖을 향해 뛰어 나갔다. 뜻대로 남편을 쫓아낸 마누라는 재빨리 소금장수의 이불 속으로 기어들며 말했다.

"어서 빨리 당신의 그 상품으로 이 몸의 뼈를 녹여 주세요."

과연 소금장수는 여인의 뼈를 녹신녹신 말랑말랑하게 녹여 놓았다. 그런 황홀경은 처음 맛본지라 주인 마누라는 그만 넋까지 홀랑 빠져

"여보세요 우리 어디 가서 단 둘이서 삽시다. 남편이 오기 전에 어서요."

하며 옷가지며 패물들을 주섬주섬 챙겼다.

소금장수가 차마 거절하지 못하고 한아름 물건을 싸든 여인에게 이끌려 걸어가며 생각하니, 그런 낭패가 없었다. 이미 맛을 본 계집을 무슨 재미 때문에 데리고 가며, 이같은 세간살이까지 지고 가니 자신이 꼭 도둑놈같이 생각되어 소금장수의 한 조각 양심이 그 일을 허락하지 않았다.

그리하여 소금장수는 여인을 떼어 버리려고 머리를 썼다.

"우리들이 이렇게 도망하니 기쁘기 한이 없구료."

"나도 그래요. 난 오늘밤에야 비로소 내가 이 때까지 헛살았다고 느꼈어요."

"그런데 말이요. 지금 당장 밥을 해 먹을래도 솥과 남비는 있어야 할 게 아니오. 당신 수고스럽겠지만 나는 듯이 달려가 솥하고 남비를 가져오시오. 당신 남편은 아직도 멧돼지를 찾아 이리 뛰고 저리 뛰고 있을 것이오."

"예 그러리다. 그러고 보니 숟가락도 없어요."

"빨리 갔다 오구려. 이 몸은 여기에 망부석처럼 우뚝 서서 당신을 기다리리다."

여인은 부리나케 집으로 달려갔다. 소금장수도 바지에서 푸파소리가 나도록 반대편으로 달려 도망갔다. 집에 간 여인은 솥과 남비 외에 화로까지 챙겨서 이고 나오려는데 그만 밭에서 돌아오는 남편과 딱 맞닥뜨리고 말았다

"아니 오밤중에 화로를 이고 이게 웬 야단이오?"

기지가 풍만한 여주인은 곧 정신을 가다듬어 대답했다.

"아 글쎄 당신이 멧돼지 잡으러 떠난 후 소금장수녀석이 내가 잠든 새 우리 세간을 죄다 가지고 내뺐어요. 내 급히 이웃 점장이에게 가서 물어 보았더니 점괘에 소금장수가 금속인이어서 쇠로 만든 물건을 가지고 쫓아가면 곧 잡을 수 있다는 군요. 그래서 이렇게 하고 나서는 길이에요."

남편은 매우 놀라며

"뭐? 그놈이 그랬어? 배은 망덕한 놈. 왜 얼른 나한테 알리지 않았소?"

이에 여인은 이고 있던 남비 하나를 남편에게 주며 말했다.

"당신은 이것을 가지고 그쪽으로 찾으러 가 보세요. 난 이쪽으로 가 볼 테니까."

남편이 쭈그러진 남비 하나를 들고 금속인인 소금장수를 찾아 어둠 속으로 사라지자, 그제야 '휴우~' 하고 안도의 한숨을 내쉰 아내는 부리나케 망부석이 되어 있을 소금 장수가 있는 곳으로 숨이 턱에 차도록 달려가기 시작했다. 하지만……

소를 빌려서 쓰려면

어느 시골에 여종 하나를 거느리고 농사를 지어 겨우 입에 풀칠이나 하면서 살아가는 과부가 있었다.

가난한 살림이라 소가 있을 리 없어 밭갈이 때가 되면 이웃에 있는 홀아비 집에서 소를 빌려다 쓰곤 했다.

어느 해…… 역시 지난 해처럼 과부는 여종을 홀아비에게 보내어 소를 빌려 오게 했다. 이에 여종은 곧 홀아비 집으로 가서 말했다.

"내일 우리가 밭을 갈려고 하는데 소를 좀 빌려 주세요."

그 홀아비는 전부터 가난한 과부를 불쌍히 여겨 이웃 간의 정을 두텁게 쌓으며 지내왔었는데 금년에는 사정이 좀 달랐다.

홀아비는 능글맞게 웃으면서 대꾸했다.

"나하고 하룻밤을 지내 준다면 소를 빌려 주지."

"어머나, 망측도 해라."

"싫으면 그만 둬라. 세상에 공짜가 대체 어디 있느냐?"

이에 여종은 집으로 돌아와서 그대로 전했다.

"마님, 글쎄 홀아비가 자기와 하룻밤 자 주지 않으면 소를 못 빌려 주겠대요."

"생전에 그런 소리가 없던 양반이 금년에는 웬일이냐?"

"글쎄 말예요."

"하는 수 없다. 우리 솜씨에 소를 어디 가서 빌리겠니? 네가 가서 하룻밤 자고 오너라."

"예."

여종은 싫지 않은 듯이 웃으며 홀아비에게 갔다.

그랬더니 홀아비가 엉뚱한 소리를 했다.

"그냥 하면 싱거우니 우리 내기를 하나 하자."

"무슨 내기인데요?"

"내가 너와 일을 시작하여 끝마칠 때까지…… 너는 오로지 '아롱우 어롱우' 이 두 가지 말만 계속해서 하면서 그 동안 다른 소리를 내면 안 되는 내기."

"난 또 뭐라고요. 아주 쉽구만요."

"만일 딴 소리를 하면 절대로 소를 빌려 주지 않을 테니 알아서 해라."

"염려 마세요. 자신 있습니다."

일반적으로 작은 얼룩을 아롱, 큰 얼룩을 어롱이라고 했는데 마침 홀아비 소의 색깔이 알록달록했기에 홀아비가 그렇게 말한 것이었다.

드디어 시작된 소를 빌리느냐 못 빌리느냐를 놓고 벌인 매우 중요한 거사.

여종은 홀아비가 한 말을 명심하고 물건이 들어올 때는 아롱 우, 나갈 때는 어롱우라고 제대로 말했다.

그러나 시간이 점점 지나 혈기 왕성한 삼십대 남자의 정열이 온통 불을 뿜게 되자 여종은 혼미해지는 정신 속에서

"어롱 어롱."

하고 말하더니 마침내는

"어어 어어 어어⋯⋯"

하다가 끝까지 계속하지 못하게 되고 말았다.

몸을 시원하게 풀고 난 홀아비는 빙긋이 웃으며 말했다.

"네가 약속한 대로 아롱우 어롱우를 제대로 하지 못했기 때문에 소는 못 빌려 주게 되었다."

낙심 천만한 여종은 눈물을 떨구었다. 홀아비는 계속해서 말했다.

"'아롱우 어롱우'라는 말을 순서대로 하는 것은 고사하고 우선 그 두 마디 말이라도 제대로 해야 하는데, 너는 '어롱 어롱' 하다가 나중에는 '어어 어어'라는 말로 끝냈으니 그렇게 의지가 약한 사람에게 내가 어찌 소를 빌려 주겠느냐."

소를 빌리지 못한 여종은 이른 새벽 이슬을 밟으며 축 처진 어깨로 집으로 돌아갔다. 전후 사정을 듣고 난 과부는 눈썹을 곤두세우면서 여종을 나무랐다.

"오늘 꼭 소를 빌려야 일을 할 텐데 어쩌면 좋단 말이냐. '아롱우 어롱우' 그 두 가지 말을 하는 것이 뭐가 그렇게 어려워서 소를 못 빌려 왔단 말이냐?"

"쇤네가 정신을 바짝 차렸는데도 그만."

여종은 면목없어하면서 고개를 떨구었다.

실의에 잠겼던 과부는 다시 생각했다.

'저년은 정말 맹추다. '아롱우 어롱우'라고 말하는 것이 뭐가 그렇게 어렵다고, 나 같으면 온종일이라도 읊어댔겠다. 가만 있자, 내가 가서 한 번 시험해 볼까?'

과부는 곧 홀아비를 찾아가서 말했다.

"여보세요. 내가 만일 우리 집 삼월이와 같은 경우가 되어 '아롱우 어롱우'를 제대로 말하면 소를 빌려 주시겠어요?"

홀아비는 제 발로 굴러들어온 큼직한 떡을 아래위로 훑어 보며 금세 온몸이 뿌듯해지는 것을 느꼈다.

"물론 빌려 드리지요."

"나중에 딴 소리 하면 안 됩니다."

"아따 걱정두, 사내 대장부가 한 입 가지고 두 말 하리까."

그리하여 다시 시작된…… 소를 빌리느냐 못 빌리느냐가 걸린 숨가쁜 거사.

과부는 입술을 질근 깨물고 모든 욕정을 참으며 오로지 '아롱우 어롱우'라는 두 가지 말만 흥얼거렸다. 그러나 그것은 잠깐 동안의 일에 불과했다. 십여 회의 '아롱우 어롱우'가 계속되는 동안 의식 불명의 상태에까지 이른 과부가 내뱉기 시작한 말은,

"아롱 아롱~"

그러나 그것도 또한 잠깐 동안에 불과했다. 결국에 가서는 흐느적거리는 소리로,

"알알 알알."

하고 웅얼거릴 뿐이었다.

일을 마친 홀아비는 개선 장군처럼 과부를 내려다보면서 말했다.

"당신이 졌소이다. '아롱아롱'도 덜 된 소린데 '알알 알알' 하고 끝을 맺었으니 소는 못 빌려 주게 됐소이다. 날 원망하지 마시오. 알았소?"

길들이기 탓이라

어느 고을에 있는 네 귀가 번쩍 들린 기와집의 바깥주인은 풍
채가 그럴 듯한 헌헌 장부였다. 그는 언젠가부터 자기 집에 단골
로 참기름을 대는 얼굴이 반반한 기름장수 여인네를 한 번 가까
이 해 보았으면 하는 욕심을 품고 있었다.

기름장수 여인네 또한 그 집에 드나들 때마다 자기 몸에 부어
지는 바깥 주인의 핥는 것 같은 눈길을 십분 느끼며 저고리 앞섶
이 들썩거리도록 심하게 할딱거리는 가슴을 진정시키려고 애쓰는
터였다.

그렇다 보니 이심전심, 은근한 추파가 두 사람 사이에 오갔으
며 그들은 언젠가 기회가 오기만을 고대하고 있었다.

드디어 어느 날, 그들은 대망의 뜻을 이루게 되었으니 헌헌 장
부 바깥주인이 빈 집을 혼자 지키고 있는데 기름장수 여인네가
들른 것이었다.

"아주머니 안 계세요?"

기름장수 여인네가 벌써부터 달아오르는 얼굴로 입을 열었더니
그가 대꾸했다.

"어디 다니러 나갔소이다. 그래 기름을 팔러 오셨소? 어디 잠
깐 이리 앉으시지요. 밖은 덥지요?"

"예."

바깥 주인은 여인의 옆으로 바싹 다가가 백옥 같은 목덜미께를 곁눈질하면서 다시 말했다.

"어이구, 이 무거운 걸 들고 다니려면 꽤 힘들겠소이다."

"뭐 별로요."

바깥주인은 여인의 손목을 덥썩 잡아당겼다.

"실은 내가 임자와 가까이 할 기회를 오래도록 기다렸소이다. 당신이 우리집에 드나들 때마다 난 정신없이 당신만 쳐다보았고, 당신이 우리집에 자주 들르라고 기름을 물 마시듯 많이 먹는다오. 임자도 이미 내 마음을 짐작했을 것이오. 우리 안으로 들어가 얘기나 나눕시다."

귀밑까지 발갛게 달아오른 여인네는 다소곳이 사나이가 이끄는 대로 방으로 들어갔다.

일은 순풍에 돛단 듯 일사천리로 진전되어 뜻이 맞은 두 사람은 드디어 행사를 하게 되었는데, 빼어 든 사나이의 양구(陽具)가 목침덩이만했다.

여인은 그처럼 거대한 물건은 처음으로 보았기에 미리 겁부터 냈는데…… 겪어 보니 과연 즐거움은커녕, 음호가 찢어지고 아파서 도저히 참을 수가 없었다.

여인은 외마디 신음을 내지르며 일도 끝마치기 전에 그대로 일어나 집으로 돌아가 버렸다. 그런데 한 번 찢어진 음호는 쉽게 낫지를 않아 여인은 오랫동안 장사도 못하고 집에서 몸조리를 했다.

"무슨 물건이 그렇게 커서 꼭 애낳은 후처럼 이렇게 누워 지내게 만든담. 재미 한 번 보려다가 며칠 장사 다 망쳤네."

하고 투덜댔지만 그녀는 그 후에도 그 집에서 부르며 마다하지 않고 전처럼 기름을 팔러 갔다.

그런데 한 가지 병폐는 안주인만 보면 그만 웃음이 나서 견딜 수가 없다는 것이었다. 한편 안주인도 기름장수 여인네가 자기만 보면 웃음을 참지 못하기에 의아심을 품기 시작했다.

그러다가 어느 날 그녀에게 물었다.

"도대체 자네는 왜 나만 보면 자꾸 웃는가?"

기름장수 여인네는 역시 웃으면서 반문했다.

"내가 만약 진실을 말씀드려도 저를 욕하시지 않지요?"

"무슨 이유로 그러는가? 하여튼 나무라지 않을 테니 어서 말해 보게나."

"저어 사실은 저번에 주인 어른께서 사람 없는 틈을 타서 저를 보고 한 번 하자고 하셨어요. 박절하게 거절하기도 뭣해서 부득 이 한 번 허락했는데 그 물건의 크기가 정말 놀랄 만했습니다. 도저히 당할 수가 없어서 나는 좋지도 못해 보고 내 물건만 중상을 입었지요. 주인 마님을 볼 때마다 그 생각이 나서 웃음을 참을 길이 없었어요. 대체 주인 마님은 어떻게 견뎌 내시는 지요?"

여주인은 웃으면서 대답했다.

"자네가 모르는 것도 당연하지. 우리는 열댓 살 때부터 서로 만나서 작은 양과 작은 음이 교합하였는데, 세월이 지나는 동안 양이 점점 자라니 음도 또한 커졌던 것이야. 자네를 다치게 만든 그 물건이 내게는 이제 헐겁게 느껴진다네."

기름장수 여인은 머리를 끄덕이면서 중얼거렸다.

"듣고 보니 그럴 듯 하네요. 나도 습관이 되었더라면 재미를 보았을 걸 그랬군요."

벙어리가 되어서

신창이란 곳에 나무 막대기로 받쳐 놓은 다 쓰러져 가는 오막살이집이 하나 있었는데 그 집에는 을씨년스럽기 짝이 없는 외양과는 달리 싱싱한 과일 같은 세 처녀가 살고 있었다.

세 처녀는 어려서 부모를 여의고, 수를 놓아 생계의 수단으로 삼고 있었기에 겨우 입에 풀칠이나 할 정도였다. 때문에 시집을 갈래야 갈 수가 없었다. 맏딸과 중간, 막내딸이 다 나이가 20이 넘어서 혼기를 놓쳤다.

때는 바야흐로 춘삼월이었다. 나비들이 쌍쌍이 날고 꽃들은 흐드러지게 피어 웃음짓는데 세 처녀는 방 안에 앉아서 마냥 수놓기에만 바빴다.

"우린 정말 언제나 시집을 가 보나."

막둥이가 말했더니 맏딸이 대꾸했다.

"이 세상엔 남녀의 즐거움처럼 좋은 것이 없다지?"

"정말 그렇대, 부부들은 아무리 심하게 싸우고 미워하다가도 한 번만 함께 자고 나면 그만 다 풀어진다는 거야. 그러길래 남남끼리 만나서 50년두 살구 60년두 사는 게 아니겠어?"

"그 맛이 도대체 어떻길래 그럴까?"

"저 윗집의 여종 말이야. 시집 가기 전에는 이마를 잔뜩 찌푸리고 다니더니 시집 가고 난 다음엔 노상 웃으면서 남편만 졸졸 따라다니잖아."

"우리 그러지 말고 그 여종을 불러서 그 맛이 어떤 것인지 좀 물어 볼까?"

맏딸이 말하자 둘째, 셋째가 손뼉을 치면서 찬성했다.

"그게 좋겠어 언니."

그들은 곧 여종을 데리고 와서 물어 보았다.

여종은 얼굴을 붉히고 웃으며 중얼거렸다.

"아이구 그런 이야기를 부끄러워서 어떻게 해요?"

그러나 세 딸이 하도 간곡히 청하므로 여종은 말하기 시작했다.

"남자의 양 다리 사이에 고기로 된 막대기 같은 것이 있는데 그 형상이 송이버섯과 비슷하답니다."

"어머나 그런 게 있나요?"

"그럼요. 그 물건이 바로 여자의 뼈를 녹게 만드는데 그 기분은 살되 사는 것이 아니요, 죽되 죽는 것이 아닌 그런 경지에 이르게 됩니다. 그 즐거움을 가히 무엇에 비겨 말할 수 있겠습니까?"

"마음이 점점 혼미해지니 이만 끝내겠어요."

여종이 돌아간 다음 세 처녀는 모여앉아 이 세상에서 제일 좋다는 그 맛을 보기를 소원하면서 말했다.

"대체 어떻게 생긴 물건이길래 그런 기막힌 재미를 준다는 걸까?"

"그러게 말이야. 맛은 그만 두고라도 그 물건 구경이라도 한 번 했으면 좋겠네."

"그렇지만 누구의 물건을 본다지? 아닌 말로 박 서방 보고 아저씨 그것 좀 보여 주세요 하겠어?"

세 처녀는 깔깔 웃었다.

"우리 언제 벙어리를 만나면 그 사람 물건을 구경해 보자."

"언니 정말 그러면 되겠네. 소문날 리가 절대로 없으니 말이야."

마침 그 때 마을의 총각 하나가 담장 밖으로 지나가다가 세 처녀가 지껄이는 말을 들었다.

'뭐? 벙어리의 물건을 보겠다고?'

총각은 회심의 미소를 지으며 그 길로 번개같이 달려 집으로 돌아와 떨어진 옷에 표주박을 들고 처녀들의 집으로 동냥을 갔다.

"언니, 밖에 거지가 왔어."

"거지에게 줄 게 어디 있니? 없다고 해."

어서 나가라고 쫓는데도 총각은 말 못하는 벙어리 시늉을 하며 문 앞에 버티고 서 있었다.

"어머나 언니, 벙어리 거진가 봐."

"뭐? 정말이야?"

듣던 중 반가운 소리에 귀가 번쩍 뜨인 나머지 두 딸이 달려나와 총각을 안으로 끌어들였다. 세 처녀는 문을 꽁꽁 잠그고 벙어리 총각의 옷을 벗긴 후, 먼저 맏딸이 소원이던 물건을 만져 보며

"오 이 물건이 그 가죽이구나."

하자 둘째딸이 어루만지며 중얼거렸다.

"고깃덩어린데요."

이번에는 셋째딸이 어루만지며 말했다.

"아니야 언니들, 뼈다귀야."

총각의 물건이 세 처녀의 어루만짐에 따라 점점 동했기 때문인데 처녀들은 그 까닭을 알 리가 없었다.

처녀들은 돌아가며 그 물건을 좌우로 끌어안고 서로서로 잡으면서 신기해하며 들여다보았는데 그 물건이 그만 벌떡 일어나며 성을 냈다.

세 딸은 놀라며 떠들어 댔다.

"이 물건이 왜 미친 듯이 이 야단일까?"

이 때 벙어리 시늉을 하던 총각이 느닷없이 벌떡 일어나 앉아 세 처녀의 손을 잡으며 말했다.

"이 물건은 본시 미친 것이 아니었는데 당신들이 이렇게 미치게 만들었으니 당신들 몸 속에 이 물건을 넣어 잠재워 주시오."

너무 놀란 처녀들은 일시에 얼굴 빛이 흙빛으로 변했다.

"아니 당신은 벙어리가 아니었군요. 이 노릇을 어쩌나."

"내가 나가서 소문을 내면 낭자의 가문만 욕을 보게 될 것이니 어떻소? 잘 생각해 보시는 게 좋을 것이요."

처녀들은 겁 반, 호기심 반 때문에 그에게 몸을 허락하여 낮부터 밤까지 차례차례로 즐겼다. 이윽고 먼 동이 터 하늘이 밝아오자 총각이 문 밖으로 나갔는데 노곤하고 지쳐서 걸음을 제대로 걷지 못했기에 세 처녀가 총각의 몸을 부축하여 집으로 보내 주었다.

상점의 요강

옛날 어느 고을에 한 감사가 새로 부임했는데, 위인이 술과 계집만을 좋아하여 항상 질탕한 연회가 벌어지니, 백성들은 점점 가난해지게 되었다.

이 고을의 기생들은 날이면 날마다 몸단장 곱게 하고 연회에 참석하느라고 바빴고 백성들은 그것에 쓸 술과 고기를 대기에 힘이 겨웠다.

감사가 물리지도 않는지 매일 밤마다 새 기생을 무릎에 앉히고 여러 사람 앞에서 비비고 희롱하다가 잠자리 시중까지 시키곤 하니 기생들도 그를 좋아할 리가 없었다. 그리하여 은근히 감사의 눈길에서 벗어나고 싶어하자 그것을 눈치챈 감사가 노해서 말했다.

"너희들은 상점의 요강과 같은 것들이거늘 어찌 감히 몸을 사리는고?"

감사의 서슬이 그러하니 기생들은 몸을 피할 궁리를 하지 못한 채, 그냥 감사의 노리개가 되고 말았다.

감사가 부임한 후 줄곧 이와 같이 기생년들을 차례로 농락해 버리니, 그 중엔 마땅히 친척이나 친구와 통했던 계집이 있을 것이 아닌가.

그 모양을 본 한 문객이 감사의 소행을 매우 못마땅하게 생각하여 감사가 건드린 기생만을 골라 돈과 비단을 물쓰듯 써 가며 한 사람 한 사람 품에 안았다.

감사가 그것을 알고 노기 충천하여 그 문객을 당장 잡아들이라고 일렀다.

문객이 끌려와 마당에 꿇어 앉으니 감사가,

"내가 상관한 기생을 그대가 하나하나 돌아가며 해치운다는데 사람의 탈을 쓰고 어찌 그같은 금수의 짓을 할 수 있단 말이냐?" 하고 호령했다. 그러자 문객이 대답했다.

"소인이 원래 미련하여 아는 것이 별로 없으나 일찍이 제가 들은 바로는 친척이나 친구들이 통한 여인은 비록 그것이 천한 기생이라도 탐낼 수 없다고 했사옵니다. 하온데 대감이 언젠가 기생들에게 일러 가르치기를 기생들은 상점의 요강과 같다고 말씀하신 후 가리지 않고 모두 통간하시기에 우둔한 소생이 대감의 가르치심을 받아 홀연히 깨달은 바 있어 대감이 상관하신 계집을 소생도 또한 상관하였사온데 이제 대감께서 노하시어 저를 책하심은 도저히 이해할 수가 없습니다. 그렇다면 대감님이 말씀하신 요강에 별다른 연고라도 있나이까?"

그 말을 들은 감사는 할 말이 없었다.

후에 무뢰배들이 기생을 가리켜 상점의 요강이라고 부르게 된 것은 이로부터 연유한 것이다.

예로 부터 「상탁 하부정(上濁下不淨)」이라고 했다. 윗사람이나 관리의 소행이 깨끗하지 못하면 아랫사람이나 백성도 그를 따라 혼탁하게 되는 것이다.

문객의 이와 같은 행동은 감사를 골려 주는 동시에 그에게 경종(警鍾)을 울려 주기 위한 것이었다.

움직이는 그림

바람둥이 아내를 가진 질투심 많은 사나이가 장사 때문에 며칠 동안 집을 비우게 되었다.

그는 자기가 없는 동안에 아내가 혹시 부정한 행동을 하지 않을까 염려하던 끝에 한 가지 묘안을 생각해 냈다. 곧 아내의 은근한 곳에 돼지 한 마리를 그려 놓은 것이다. 그리고는 안심하고 집을 떠났다.

그는 며칠 동안의 볼일을 다 끝마치고 돌아와 아내의 그 곳을 살펴보았다.

그런데 이게 웬일인가? 돼지가 개로 둔갑해 있었다.

실은 샛서방이 돼지를 개로 오인하고 일을 치른 뒤에 그만 개를 그려 놓은 것이었다.

남편은 얼굴이 붉으락푸르락해지며 소리쳤다.

"내가 돼지를 그려 놓았는데 이건 멀쩡한 개가 아니냐? 이년! 나 없는 틈에 또 나쁜 짓을 했구나!"

그러나 아내는 그 소리를 마이 동풍 격으로 들어 넘겨 버렸다.

그리고는 한다는 소리가,

"여보! 그러고 보니 며칠 전에 죽은 그 삽살개의 넋이 돼지란 놈에게 덮인 게 아닐까요?"

그렇게 되자 어리석은 남편은,

"과연 그럴지도 모르겠군!"

하고 대꾸하면서 아내를 용서했다고 한다

비슷한 이야기를 하나 더 소개한다.

행실이 좋지 못한 아내를 거느린 사나이가 잠시 밖에 볼일이 있어 나가게 되었다.

그래서 아내의 방종을 염려한 나머지 아내의 그 곳 언덕에 드러누워 있는 황소의 그림을 그려 놓았다.

잠시 후에 그는 볼일을 마치고 돌아와 아내의 그 곳을 조사해 보았다.

그런데 뜻밖에도 누워 있던 소가 벌떡 서 있지 않은가?

실은 간부(姦夫)가 너무도 서두른 나머지 일을 치른 후에 서 있는 소를 그려 놓았던 것이다.

남편은 노발대발해서 큰 소리로 외쳤다.

"나는 누워 있는 소를 그려 놓았는데 이 소는 어째서 서 있지? 네가 또 나쁜 짓을 한 모양이로구나."

남편이 서슬이 퍼래져서 따지고 들자 아내는 코먹은 소리로 이렇게 대답했다.

"그 언저리에 풀밭이 있으니까 소가 풀을 뜯어 먹으려고 일어섰겠죠 뭐!"

그러자 어리석은 남편은 그럴 법도 하다면서 감탄했다고 한다.

나를 먼저 죽일 것이지

아무리 현숙하고 아름다운 조강지처를 두었다 해도 축첩 재미
란 별난 모양인지 김 초시에게도 여문 앵두 같은 첩이 하나 있었
다.

그런데 그의 아내는 투기가 심하기로 유명하여 처첩 간의 불화
가 끊일 날이 없었다. 살림이 넉넉하면 따로 살림을 내어 그 정
도를 덜 수가 있겠으나 그럴 처지도 못되고 보니 김 초시는 두
여인이 코를 맞대고 앉아 견원지간(犬猿之間)으로 아웅다웅하는
꼴을 그대로 보는 수밖에 없었다.

"저년은 도대체 무슨 재주를 가졌길래 여우처럼 사내를 홀려
맥을 못 추게 만드나."

아무래도 젊은 첩이 귀여워 김 초시가 쓰다듬어 줄라치면 쌍심
지를 세워 욕을 하며 둘 사이를 밀치고 끼어앉는 마누라였다.

그러면 또 첩은 첩대로 보라는 듯이 마누라의 눈 앞에서 김 초
시에게 온갖 아양을 다 떨었다. 그러므로 이들의 싸움은 그치질
않았다.

어느 날 김 초시가 외출했다가 돌아와 보니 마누라와 첩이 무
시무시한 육박전을 벌이고 있었다. 참으로 민망한 꼴이었으나 두
여인의 기세가 생사라도 걸린 것처럼 대단했기에 누구도 말릴 엄

두를 내지 못하며 구경들만 하고 있었다.

김 초시는 기가 막혔으나 모든 것이 다 자기로 인해 빚어진 싸움이니만큼 누구를 편들어 거들 수도 없는 노릇이었기에 단지 물고 있던 긴 장죽으로 놋쇠 재털이가 깨어져라 하고 두들겨 대는 수밖에 없었다.

그러나 두 여인은 그 소리도 들리지 않는지 더욱더 기를 세워 싸우는 것이었다. 그 모양을 바라보고 있자니 그대로 두었다간 아무래도 나이 어린 첩이 맞아 죽을 것 같아, 김 초시는 다짜고짜 댓돌로 내려서며 첩의 머리채를 휘어잡았다.

"보자보자하니 네년의 소행이 아주 괘씸하기 짝이 없구나. 제 분수도 모르고 감히 본댁에게 맞서느냐? 너 오늘 내 손에 죽어 봐라!"

하고 소리를 지르며 첩의 머리채를 끌고 방으로 들어갔다.

"오늘에야 저년이 죽는 꼴을 보겠구나, 에그 시원해라."

남편이 역성을 들어 주는 바람에 삽시간에 분기(憤氣)가 사라진 마누라는 입이 함빡 벌어져 안방으로 돌아왔다.

'제년이 아무리 아양을 떨어도 영감이 나보다 절 더 사랑해 줄 줄 알았었나?'

마누라는 그처럼 자기에 대한 남편의 사랑에 자신감이 생기자, 남편에게 머리채를 휘감겨 끌려들어간 첩이 불쌍하다는 생각이 은근히 들었다.

'양반이면 누구나 첩을 거느리기 마련인데 내가 너무 심했는지도 모르겠군. 나야 어엿한 안방 정실이지만 첩살이하는 년 속은 얼마나 썩을라구. 내가 너무했어. 너무 때리지는 말라고 아까 일러 놓을 걸.'

마누라는 그런 생각까지 할 정도로 마음이 풀렸다. 그래서 지금도 매질을 하고 있을 남편에게 가서 정도껏 하고 그만 두라며 말릴 생각으로 첩의 방으로 갔다.

그런데 첩의 숨통이 벌써 끊어지기라도 했는지 큰 소란이 났을 줄 알았던 방의 주위는 조용하기만 한 것이 아닌가. 겁이 덜컥 난 마누라는 살금살금 다가가 방문에 귀를 대고 기척을 살폈다. 그런데 아직 숨은 남았는지 심상치 않은 신음 소리가 간간이 흘러나오는 것이었다.

'이거 혹시 아주 반죽음이 된 건 아닐까?'

마누라는 당장이라도 문을 열고 알아 보고 싶었으나 제가 한 짓이 있는지라 감히 문은 열지 못하고 손에 침을 발라 문구멍을 뚫고 들여다보았다.

그랬더니 이게 웬일인가, 마누라는 억장이 막혀 숨이 끊어질 지경이 되고 말았다. 그 방 안에는 피멍이 든 첩이 넘어져 있는 것이 아니라 벌거벗은 남편과 첩이 함께 뒹굴고 있는 것이었다. 두 사람은 서로 핥고, 물어뜯기도 했는데, 김 초시가 네 발로 엉금엉금 기어다니다가 짐승처럼 덮치려 하면 첩은 숨넘어가는 소리를 내며 좋아하고 있는 것이었다.

문구멍으로 그 모양을 들여다보던 마누라는 저도 모르게 흥분하여 씨근거리며

"에그 이 몹쓸 영감아, 그렇게 죽일 거라면 나를 먼저 죽이지……"

하고 중얼거리며 몸을 비틀었다.

방 안에서는 더욱 뜨거운 숨소리가 흘러나오고 있었다.

별미인 상식(上食)

옛날 어느 곳에 아주 친한 두 친구가 한 이웃에 나란히 살고 있었다. 그들은 어려서부터 고추들을 맞잡고 자란 사이였기에 아무런 허물없이 상대방의 집을 찾아다니곤 했다.

어느 날 그 중 한 사람이 상(喪)을 입게 되엇다. 그리하여 집에 있던 중 별로 할 일이 없기에 누워서 빈둥거리고 있었는데, 문득 옆에 앉아 바느질하는 마누라를 바라보니 상복의 청초함이 그의 마음을 강하게 끌었다.

"여보, 이리 좀 오게."

"아이, 대낮에 갑자기 왜 이러세요. 바늘에 찔리리다."

마누라도 마음이 동해 바느질거리를 치우고 둘이 서로 엉키니 용이 구름을 일으켜 비가 되게 하는 것과 같았다.

그러나 호사(好事)엔 반드시 마가 끼는 것인지 바로 그 때, 그의 친구 되는 자가 그의 이름을 부르며 문을 밀고 들어서는 게 아닌가.

상을 입은 사람은 친구가 곧장 방으로 들어오면 난처하다고 생각하여 마누라에게

"내가 나갔다가 곧 돌아올 테니 움직이지 말고 기다리게."

하고 말했다.

그랬더니 미련한 마누라는 아랫도리를 벗은 채 그대로 드러누운 채,

"빨리 보내고 들어오세요."

하고 대답했다.

그런데 남편은 친구와 더불어 무슨 이야기가 그리 긴지 좀처럼 들어오지 않았다.

초조하게 남편이 들어올 것만을 기다리는 마누라는 코가 밝은 파리란 놈들이 잔치나 만났다는 듯이 습호(濕戶) 부근에 수없이 모여 습수(濕水)을 빨며 핥아 대는 바람에 몹시 괴로웠다.

마침내 더 이상 참을 수가 없어

"여보 파리 떼가 몰려와서 달라붙으니 어떡하면 좋겠소?"

하고 처분을 물었다.

친구 되는 자가 밖에서 한참 얘기를 하던 중 방에서 흘러 나오는 그 소리를 듣더니 상을 입은 자에게,

"너 맛있는 음식을 먹다 나왔구나. 그럴 수가 있는가. 너와 나 사이에 음식을 가리다니. 들어가 함께 먹자꾸나 어서!"

하면서 방 안으로 잡아끌었다. 때문에 상 입은 친구는 다급하여 그를 막으며 말했다.

"아니 여보게, 그럴 리가 있나. 내가 이렇게 상중인데 무슨 맛있는 음식을 했겠는가? 사실은 처가 상식을 준비를 했는데 파리들이 모여들므로 내가 너무 늦게 들어갈까 걱정해서 그러는 것일세, 오해는 말게."

"아 그러면 진작 말할 것이지. 별로 긴한 이야기도 아닌데 내가 그만 시간을 끌었군. 어서 들어가 보게."

친구는 곧 돌아갔다.

상중인 사람이 이내 뛰어들어갔더니 과연 습호에 파리가 잔뜩 모여 있기에 그것을 손으로 쫓아 버리고 다시 시작하니 하늘과 땅이 맞닿은 듯 그 또한 대단한 별미였다고 한다.

술 한잔

어느 곳에 의좋은 젊은 부부가 조그마한 어물가게를 내고 정답게 살았다. 키가 크고 가슴이 떡 벌어진 사내는 혼자서 무거운 짐을 져 나를 수 있었으며 밥도 남보다 두 배는 더 먹을 수 있었으니, 남녀간의 일에 대해서도 또한 매우 정력적이었다.

사내는 욕심이 동하기만 하면 사람이 있건 말건 가릴 것 없이 자기의 처를 좁은 방으로 끌고 들어가곤 했다.

남편이 그러한지라 아내는 사람들이 알까 봐 언제나 조바심이 났다.

어느 날 아내는 한 가지 방안을 생각하여 남편에게 말했다.

"만약 사람이 있을 때면 나에게 '한잔 마시겠다'고 말씀하세요. 그러면 그 말을 신호로 삼아 내가 틀림없이 공방으로 들어갈 테니 당신이 곧 내 뒤를 따라 들어오면 다른 사람들은 모두 우리가 술을 한잔 마시는 줄로만 알겠지요."

"허, 듣고 보니 그거 아주 묘안인 걸. 그렇게 하지."

그 후 '한잔 마시겠다'라는 말을 신호로 삼아 별다른 탈 없이 그 재미를 즐겼다.

그러던 어느 날 한낮에 장인이 닭을 두 마리 가지고 딸네 집에 다니러 왔다. 딸이 반갑게 아비를 맞아 마악 옷을 받아 걸려는데 마침 밖에 나갔던 사위 녀석이 돌아왔다.

"장인 어른 오셨습니까."

"음, 그래 그 동안 별일 없었나? 요새 장사 재미는 어떤가?"

"예, 그럭저럭 잘 돼 갑니다."

그렇게 대답한 사위 녀석이 갑자기 자기 처에게

"한 잔 하는 게 어떤가?"

하고 말하기에 처는 아비가 알 세라 얼른 늘 그랬던 것처럼 좁은 방으로 들어갔다.

한편 장인 어른은 딸이 술상을 내오겠거니 하며 기다리고 있었는데, 사위 놈이 뒤를 따라 들어가더니만, 잠시 후에 나오는데 보니 두 연놈들의 얼굴이 다 붉게 달아있는 것이 아닌가.

장인은 노하여 그 자리에서 당장 옷자락을 떨치고 일어나 집으로 돌아갔다. 그리고 자기 마누라에게 큰 소리로 단단히 일렀다.

"딸을 기르느니 차라리 짐승을 기르는 게 낫겠소. 당신도 지금 이후부터는 절대로 딸네 집에 가지 마오."

"아니 무슨 일이 있었소?"

"아, 글쎄 내가 술을 좋아하는 것은 그년도 익히 아는 바가 아니었소? 그런데 글쎄 그 연놈들이 술을 좁은 방에 담가 놓고는 저희들끼리 마시면서 나한테는 한 잔도 권하지 않으니 천하에 이처럼 인정 없는 딸 자식이 또 어디 있겠소? 절대로 그년 집에 발을 들여놓지 마시오."

남편의 노함이 이만저만을 아님을 안 장모는 남편이 없는 틈을 타서 딸네 집으로 찾아갔다.

"애 어찌 된 일이냐? 너희 아버지가 노발대발하심이 이루 말할 수 없다. 네가 어찌 그럴 수 있었단 말이냐?"

"무슨 말씀이세요? 무슨 연고로 아버지가 그렇게 노하셨나요?"

"언젠가 너의 아버지가 오셨을 때 너희들 내외가 골방에 들어가서 너희들끼리만 술을 마시고 아버지께는 한잔 술도 권하지 않다고 하시던데 그게 사실이냐?"

"아 그 일이라면 제가 사실을 말씀드리오리다. 실은 일이 여차여차하여 그런 것이지 실제로는 없어요. 술이 있었다면 어떻게 아버지께 올리지 않았겠어요. 부디 어머니가 이 일을 아버님께 잘 말씀드려 노여워하심을 푸시도록 해 주세요."

이에 장모가 집에 돌아가 장인에게

"내 오늘 딸네 집에 갔다 왔소."

하니 노인은 분노를 참지 못하며 소리쳤다.

"내가 일찍이 딸네 집에 발을 들여놓지 말라고 그렇게 당부했거늘 어찌하여 나의 말을 어기었소?"

"진정하고 내 말을 들어 봐요."

하고 그 연유를 말했더니 장인 양반은 비로소 껄껄 웃으며 말했다.

"그것 참, 사정이 그런 줄을 내가 어찌 알았겠소? 허허 그 방법이 아주 절묘한 데가 있으니 나도 한 잔 마실까?"

"좋고말고요."

그리하여 늙은 부부가 술상을 차려 놓고 마주 앉았다. 영감이 먼저 한 잔 술을 쭉 마시니 노파가 술병을 잡으며 물었다.

"한 잔 더 하시겠소?"

"아니 그만, 그만, 늙은이라서 한 잔 술에도 많이 취하는 걸."

유명 무실

옛날에 한 재상이 있었는데 나이가 많아 가는귀가 먹고 시력 또한 약해졌다.

어느 여름날 밤, 이 늙은 재상은 지팡이에 몸을 의지하여 후원을 거닐며 아름다운 밤 경치를 감상했다. 후원에는 작은 연못이 있고 널로 된 다리 안쪽으로는 물가를 따라 정자가 한 채 있었는데 그 근처에 실처럼 늘어진 수양버들이 달빛을 받으며 아름답게 서 있었다.

'인간의 마음이 자연과 같다면 무슨 근심이 있을꼬, 자연은 저렇게 늠름하고 아름다우니……'

버드나무와 물가의 여뀌풀 위로는 무수한 반딧불이들이 불을 켰다가 껐다가 하면서 날고 있었다.

노재상이 천천히 정자로 올라가 보았더니 어느 어린 계집종 하나가 더위에 못 이겨서였는지 발가벗고 평상 위에 누워 세상 모르고 잠들어 있었다.

노재상이 머리를 숙여 아래를 굽어보았다. 교교한 달빛을 함빡 받고 있는 미색이 뛰어난 계집의 육체는 단번에 노인의 욕정을 불같이 동하게 만들었다. 쪼개어 엎어 놓은 복숭아 같은 젖가슴이 작은 숨결에 흔들리고 있었다.

그는 지팡이를 평상에 기대 놓고 가만히 계집종의 몸 위로 올라가 양물을 들이밀려고 했다. 그랬더니 그런 일을 일찍이 당해 보지 못한 여비가 깜짝 놀라 꿈틀거리는데 늙은이의 그것이 그의 생각처럼 쉽게 들어갈 리가 만무했다.

노인이 계집의 배 위에 엉거주춤하게 엎드려 애를 썼지만 여의치 않았는데, 마침 평상에 구멍이 나 있었고 노재상의 밑천이 그 구멍으로 들어갔다. 그랬더니 평상 밑에서 잠자던 그 집의 어린 강아지 한 마리가 드리워진 그 물건을 어미의 젖꼭지인 줄 알고 핥고 빨자 노인은 매우 만족하며 기뻐했다.

이 노재상은 여비의 재주가 기막히다고 생각하며 갸륵하게 여겼다. 여종은 그런 것을 모른 채 늙은이가 몸을 거두고 돌아가는 것만을 다행으로 생각했다.

한데 이 노재상, 그 일이 있었던 뒤부터 그 계집종을 못잊어했다. 애틋하게 그리워하는 마음을 혼자 달래며, 손자 며느리의 몸종인 그 어린 여비를 보기만 하면 얼굴에 화색이 돌며 어린애같이 기뻐했다.

이처럼 그 여비를 귀여워함이 매일매일 더하여 가니 집안 사람들도 그 기색을 충분히 알아 볼 수 있게 되었다.

어느 날 노재상의 아들 부부가 서로 의논했다.

"부친께서 그 여종을 보면 그처럼 기뻐하시고 사랑하시니 우리가 아버님을 더욱 기쁘게 해 드리는 것이 효도에 합당할 줄 아오. 그러니 그 여비로 하여금 하룻밤을 모시도록 하여 그 애틋한 정념을 푸시게 함이 자식된 도리가 아니겠소?"

의견을 한데 모은 두 부부는 이렇게 의견을 모아 계집종을 불러 뜻이 그러함을 간곡히 전하고,

"그러하니 오늘 밤 대감을 모시고 하자시는 대로 하여라."
하고 엄하게 분부를 내렸다. 그러니 계집종이 어찌 싫다고 대꾸할 수 있을 것인가?

계집종은 어른이 시키는 대로 목욕하여 몸을 정결히 한 후 밤이 되자 노재상의 방으로 찾아갔다. 한편 노재상의 효성스런 아들과 며느리는 부친이 연만하심을 염려하여 불행한 일이라도 있을까 염려한 나머지 창 밖에서 가만히 방 안의 이야기를 엿듣기로 했다.

"들어가느냐?"
"들어오지 않습니다."
잠시 간격을 두고,
"이젠 들어가느냐?"
"아니요."
"이제도……"
그처럼 그같은 소리가 오래도록 거듭되자 밖에서 엿듣던 며느리와 아들은 노인이 애쓰는 것을 안타깝게 생각하며 마음이 편치 못했다.

그리하여 한 가지 꾀를 생각해 내어 나즉한 소리로 여종에게
"이번에 물으실 때는 들어갔다고 여쭈어라."
하고 분부했다. 재상은 가는귀가 먹어 그 소리를 듣지 못했지만 여비는 겁을 먹어 얼떨떨해진 중에도 그 소리를 들었다.

대감이 다시 물었다.
"아직 안 들어가느냐?"
"이제 들어옵니다."
"얼마나 들어갔느냐?"

"많이 들어왔습니다."

그러자 재상은 무척이나 기뻐하며

"그래? 참으로 좋구나."

하고 중얼거렸다고 한다.

귀를 물린 기생(妓生)

월성(月成)에 한 기생이 있었는데, 나이가 겨우 열 여섯 살이었는데도 둥근 달처럼 피는 꽃처럼 아름다웠기에 그 이름이 매우 드높았다.

사또의 아들이 그를 가까이하니 이 기생도 또한 그를 사모하는 바 되어 두 사람은 영원한 사랑을 기약하였으나, 만남이 있으면 이별이 있는 법이라 사또가 연한이 차서 고향으로 돌아가는 슬픈 날이 오게 되었다.

차마 떨어질 수 없었기에 기생은 울며불며 사또의 행차를 반나절 동안이나 뒤따르다가 사또의 아들에게 자기가 입고 있던 나삼을 벗어 주면서 말했다.

"당신은 귀하신 몸, 이 몸은 천한 기생, 이같이 이별하면 언제 다시 만날 수 있으리까. 여기 이 나삼을 벗어 드리오니 정표로 받아 주사이다."

그랬더니 사또의 아들도 또한 울어서 퉁퉁 부은 얼굴로 자기가 입고 있던 붉은 두루마기를 벗어 주면서

"어서 돌아가거라, 부디…… 잘……"

하면서 목이 메어 말을 제대로 잇지 못했다.

기생이 돌아서서 오는데 울면서 자꾸만 돌아다 보느라고 그만

길을 잃은 중에 날이 저물고 말았다.

　가도 가도 깊은 산중, 짐승들이 우는 소리가 들려 와서 무서운데 절간이 보이기에 기생은 너무나 반가워하며 가까이 갔으나,

　'여자의 몸으로 어찌 함부로 절에 들어가리. 옳지, 여기 이 두루마기를 입고 가는 것이 좋겠다.'

고 생각하며 사또의 아들이 준 두루마기를 입고 들어갔다.

　스님들이 보니 한 아름다운 동자(童子)가 들어오는지라

　"아, 아름다운 소년인지고, 어디에서 왔는가?"

하고 물었다. 그리고는 서로 자기의 방으로 이끌며

　"그대는 산승의 후정을 농함을 아는가. 너는 어느 스님과 함께 자겠느냐? 네 마음대로 해라."

하고 말했다. 때문에 기생은 몸을 더럽힐까 두려워 주위를 살피다가 나이 많은 노승이 한 사람 있는지라,

　'이 스님은 너무 늙었기에 나를 범할 수 없겠지.'

하고 생각하며

　"저 선사와 함께 자겠습니다."

하고 대답했다. 때문에 여러 중들은 실망하며 서로 얼굴들만 바라보았다.

　늙은 스님과 단둘이 된 기생이 자리에 들었더니 스님이 갑자기 부둥켜안으며 후정을 희롱하는지라 기생도 어느 새 몸이 달아올랐다. 그래서 짐짓 모른 체하며 기생도 몸을 뒤틀었다.

　스님은 기생이 동자인 줄만 알고 일을 행했는데 문득 스님의 양두가 미끄러져 음호로 들어갔다. 때문에 스님은 너무 놀라 기생의 귀를 깨물고 말았다.

　'낭군께서 한양 가신 바로 이 날, 내가 이게 무슨 꼴인고.'

기생은 부끄러워서 낯을 붉히며 동이 트는 대로 곧 돌아왔으나, 그일은 널리널리 소문이 나 고향으로 돌아간 사또의 아들의 귀에까지 들어가게 되었다. 때문에 사또의 아들은 믿을 수 없는 계집의 마음을 탓하며 공부에만 더욱 힘쓰게 되었다.

선량한 친구

어느 부부가 말싸움을 하다가 분을 못이긴 남편이 아내의 머리채를 잡아끌며 심한 매질을 하게 되었다. 그런 일을 처음으로 당하는 아내는 너무나 분하고 원통해서 흐느껴 울며,

'내가 다시 이놈하고 살면 개 같은 년이다. 어디 두고 보아라. 내일 날 밝는 대로 시집올 때 가져 온 장롱과 세간을 전부 싣고 당장 친정으로 돌아가리라.'

하고 마음먹었다.

남편은 남편 대로 아무리 기다려도 아내가 밥 지을 생각은 않고 부뚜막에 나자빠져 울고만 있으니 미운 마음이 더욱 들었다.

"밥을 안 하겠거든 말아라."

남편은 입을 꼭 다물고 방 윗목에 누워 잠을 청했다. 한참 잘 자고 난 뒤에 문득 눈을 떠 보니 아내는 그 때까지도 잠을 못 이루고 간간이 흐느끼면서 누워 있는 것이 아닌가.

그 꼴을 본 남편은 문득 불쌍하고 가엾다는 생각이 일어나며 슬그머니 욕심이 동했다.

'그까짓 일을 가지고 내가 너무 지나쳤었나 보다.'

남편은 자신을 책하며 아내에게 의사를 전할 궁리를 했다.

"잘못하면 오히려 일을 그르칠 수가 있지……"

남편은 짐짓 자는 척하며 몸을 뒤척이다가 한 팔을 들어 아내의 가슴 위에 올려놓아 보았다. 예상했던 대로 여인은 단호히 그 손을 뿌리치며

"이 손은 나를 때린 손인데 어떻게 감히 나를 가까이할 수가 있소."

하고 내뱉었다. 남편은 얼마 동안 기다렸다가 이번에는 다시 한 다리를 들어 아내의 엉덩이 위에 올려놓아 보았다.

그랬더니 이번에도

"이 발은 나를 찼던 발이니 어찌 또한 가까이할 수 있겠소."

하며 다리를 집어 던졌다.

이에 남편이 웃음지으며,

'에라 어디 이번에는……'

하며 남자의 신(腎)으로 아내의 배꼽과 그 아래 언덕을 문질렀다. 그러자 아내가 두 손으로 남편의 물건을 어루만지며

"너야말로 나의 선량한 친구……손발이야 나를 해치지만 너야 나를 달리 어찌하겠느냐."

하고 중얼거렸다.

두 사람은 깊은 운우의 정을 나눈 뒤 후 달디단 원앙 잠 속으로 빠져 버렸다.

그런데 이번에는 새벽 닭 우는 소리에 문득 잠이 깬 아내, 온 몸에 춘정이 뻗쳐 올라 참을 길이 없었기에 남편의 행동을 기다리는 마음이 간절했으나 사내는 아까 힘을 너무 탕진하였는지 아내의 마음을 모른 체했다.

참다 못한 아내,

"여보 당신이 이 벽 쪽으로 누워 보세요."

하고 말하자 벽창호 같은 사내는 아내의 배 위를 타고 넘어 벽쪽으로 가서 누웠을 뿐 아무런 반응을 보이지 않았다. 때문에 아내가 다시,

"역시 불편하군요. 다시 이쪽으로 와서 주무세요."

하고 말했다. 그랬더니 사내는 또다시 배를 타고 넘어가 자리를 옮길 뿐, 끝내 아무런 소식이 없었다.

아내가 그만 울음을 터뜨리면서

"아무리 애를 써도 내 심정을 알아 주질 않는군요."

하고 말하자 사내는 당황하며 물었다.

"그게 무슨 소리요."

아내는 손등으로 눈물을 닦으면서 대답했다.

"당신은 정말로 너무하세요. 제 문전을 두 번씩이나 지나면서도 안에 들어가 볼 생각을 안 하시니 당신은 어찌 제 심정을 이다지도 몰라 주신단 말씀이오."

3. 이인(異人)과 기인(奇人)의 기담

최고운(崔孤雲) 행장기

　신라 말기(新羅末期)의 유명한 인물 최고운 치원(崔孤雲致遠)은 대문장가(大文章家)였다. 그는 신비한 전설로 에워싸여 있으나, 사실 역사적 인물로서의 최고운은 그처럼 신비할 것도 없다.

　최치원의 자(字)는 고운(孤雲)이었고 그는 신라 시절의 문창령(文昌令) 충(冲)의 아들이었다.

　신라 왕(新羅王)이 하루는 충을 불러서 문창령(文昌令)을 제수했더니, 집에 돌아온 그는 그 날부터 식음을 전폐하고 수심에 잠겨 울기만 했다. 그의 부인이 괴이하게 생각하여 연유를 물었더니 충은 수심이 가득해진 얼굴로,

　"예로부터 문창령으로 부임하기만 하면 그 사람은 반드시 부인을 잃었다 하니 이제 우리들도 그 곳에 가기만 하면 어찌 그같은 변괴를 면할 수가 있겠소."

하고 말했다. 그 말을 들은 부인도 그 날부터 우수와 걱정이 태산 같았다. 그로부터 얼마 후, 충은 왕명(王命)을 거역 할 수는 없는 일이기에 싫으면서도 억지로 문창현령(文昌縣令)으로 부임하지 않을 수 없었다. 부인을 데리고서……

　문창현에 부임한 충은 그 곳의 노인들을 불러 놓고 물었다.

　"이 곳에 현령으로 부임한 사람들이 왕왕히 그 부인을 잃었다

하니 그것이 사실인가?"

노인들은 입을 모아 대답했다.

"그러한 일이 한두 차례가 아닌가 생각하오."

충은 장정들을 소집하여 고을의 안팎을 경계케 하고, 스스로 담력을 기르며 동헌에 높이 앉아 정사 일을 보고 있었다.

그런데 어느 날, 갑자기 풍우가 크게 일며, 뇌성과 벽력이 진동하더니 원님의 부인이 어디론가 없어지고 말았다. 놀란 비복(婢僕)들이 들어와서 원에게 고했는데, 충은 무슨 변괴가 있을까 항상 경계하며 그 부인의 손에 미리 붉은 실의 한끝을 동여 매어 두었었다. 그는 현리(縣吏) 이적(李績)과 더불어 그 붉은 실이 가 닿은 곳을 찾아 길을 떠났다.

붉은 실은 마을 뒤에 있는 일악산(日岳山)으로 향하고 있었는데 그 곳으로 달려가 보니 붉은 실은 바위 틈으로 들어가 보이지 않았다. 때문에 충은 바위 밑에서 부인을 부르며 슬피 울었다. 그러나 한 번 들어간 붉은 실은 다시 나올 것 같지 않았고 돌문이 닫혀 들어갈 수가 없었다.

그러자 함께 온 이적이 충을 위로하며 말하였다.

"이 돌문이 밤이면 열린다 하니 돌아갔다가 밤에 다시 와서 보십시다."

충은 이적의 말대로 밤에 다시 와서 그 속을 들여다보았다. 과연 문은 열려 있었고 그 문틈으로 희미한 불빛이 새어 흘러 나왔다. 충은 가슴이 두근거렸다. 그는 망설이지 않고 그 속으로 들어가 보았다. 얼마쯤 들어 가니, 앞이 툭 트이고 온갖 기화 요초들이 무성한 별유천지비인간(別有天地非人間)의 세계가 나타났다.

그는 함께 들어온 이적을 돌아보며,

"참으로 훌륭한 곳일세. 아마 신선이 사는 곳인가 보군."

하고 중얼거리고는 오십 보 가량 더 더듬어 들어갔다. 그랬더니 그 곳에 큰 집이 한 채 솟아 있는데, 화려하기 짝이 없었다. 천궁 (天宮)과도 같았다. 충은 가슴을 두근거리면서 창과 틈으로 그 화려한 방 안을 들여다보았는데, 향기가 풍겨 오는 방 안에 한 마리의 금빛 돼지가 충의 처의 무릎을 베고 혼곤히 잠들어 있는 것이 아닌가. 그리고 그 뒤에서는 수십 명의 여인들이 주욱 늘어서서 시위하고 있었다. 그 여인들은 모두 아름다운 여인들이었다. 충은 미리 이런 일이 있을 줄을 짐작하고 그 부인에게,

"앞으로 무슨 일이 있을지 모르니 향낭(香囊) 한 개씩을 만들어 찹시다."

말했으며, 주머니 한 개씩을 가지고 있었다. 충이 향낭을 꺼내 향내를 풍기자 그 냄새를 맡은 부인은 남편이 온 줄 알고 구슬프게 울기 시작하였다. 때아닌 울음 소리에 놀라 깬 금돼지는

"이 무슨 요란한 인간 세상의 향내인가?"

하고 중얼거리며 코를 쫑깃쫑깃했다. 충의 아내는,

"인간 세상의 향내라니요? 바람이 불어 난초 향내가 풍겨 오는가 하나이다."

하고 대꾸했다. 그러자 금돼지는 다시 그녀에게 물었다.

"그대는 왜 그리 슬피 우는가? 무슨 딱한 사정이라도 있는가? 말해 보라."

충의 부인이

"소첩이 이 곳에 와서 대감을 모시고 있사오니 그 위에 바랄 것이 없겠사오나, 이 곳의 풍속 습관과 모든 풍습이 인간 세상의 것과는 다르온지라, 저도 모르게 슬퍼져서 그러나이다. 또는 오래

살지 못할 것 같사와 슬픈 생각을 억제할 수 없어서 그러나이다."

하고 말하자 금돼지는 웃음을 지으면서,

"이 곳은 인간 세상과는 판이하여 영생불사(永生不死)하는 곳인즉, 그러한 근심은 조금도 할 필요가 없어."

하고 위로했다. 충의 처는 그 말을 듣자 좋은 기회가 왔다고 생각하며,

"제가 인간 세상에 있을 때, 신선계의 사람들은 범의 가죽을 보면 무서워하며 죽는다는 말을 들었는데, 그 말이 사실이옵니까?"

하고 물어 보았다. 금돼지는 무심코 대답했다.

"호랑이 가죽은 아니고, 다만 사슴의 가죽을 더운 물에 축여서 목 뒤에 붙이면 말 한 마디 못하고 죽지."

충의 부인은 그 방에 사슴의 가죽이 없는 것만이 한이라고 생각했다. 그런데, 곰곰이 생각해 보니 자기의 허리에 차고 있는 은장도 칼집의 끝이 녹피였다.

그녀는 이윽고 금돼지가 깊이 잠이 든 틈을 타서 그 끈을 풀어서 입에 넣고 침에 축여서 그의 목덜미에 붙였다. 그랬더니 금돼지는 별안간 큰 비명을 한 번 지르면서 나자빠져 죽고 말았다. 그리하여 충은 부인을 만났으며, 또한 그 전에 붙잡혀 온 수많은 여인들을 데리고 굴 속에서 빠져 나와 인간 세상으로 돌아왔다.

충의 부인은 그 달부터 태기가 있어 열 달 만에 동자를 낳았는데, 충은 크게 의심하여 하인에게,

"그놈을 바다에 갖다가 버리고 오라."

하고 명했다.

그랬더니, 그 날부터 하늘에서 선녀가 내려와 젖을 먹여 키운다는 소문이었다. 충의 아내가 남편에게,

"당신은 금돼지의 아들로 알고 버리라고 했는데 그것 보시오. 하늘이 아는 아이가 아니요. 도로 데려다가 기르도록 하십시다."

하고 말했다. 그랬더니 충은,

"이제 새삼스러이 다시 데려오면 세상 사람들의 바웃음을 살 것이 아니오."

하고 말했다. 이에 부인은 그러면 좋은 수가 있으니 내가 하는 것을 보고 내가 시키는 대로만 하라고 했다. 그리고는, 지나가는 무당 하나를 불러서 귓속말로 무엇이라고 소근거렸다. 후한 뇌물을 주고서……

하루는 그녀가 방 안에서 앓는 체하면서 누워 있는데, 마을 아전들이 떼를 지어 찾아와서 충에게,

"우리들이 용한 무당의 말을 들으니, 원님이 그 아들을 버린 죄로 하늘이 벌을 주어 대방마님이 병 들었다고 하니, 이제 곧 그 아들을 도로 데려오게 하십소서."

하고 말했다. 이에 충이 거짓으로 놀란 체하며

"정말로 그렇다면 곧 아이를 데려오라."

하고 명했다. 그리하여 사람을 바닷가로 보냈으나 아무것도 발견할 수가 없었다. 그래서 그대로 돌아가려고 하는 차에 어디선가 어린 아이의 글 읽는 소리가 들려 왔다. 그 소리는 바다에 떠있는 작은 섬에서 들려오고 있었는데, 동자(童子)의 목소리는 실로 청아(淸雅)했다. 사람들이 급히 배를 저어 섬으로 가 보았더니 과연 높은 바위 위에서 글을 읽고 있는 동자가 있었다. 아전들이

아이를 부르며

"그대의 부친이 이제 병이 위중하여 그대를 보고자 하니 같이 마을로 돌아감이 어떠한고?"

하고 돌아갈 것을 청했다. 그랬더니 그 동자가 머리를 저으며,

"나의 부모가 처음부터 나를 금돼지 아들이라면서 버리셨으니, 내가 이제 무슨 면목으로 돌아가리요. 그대들이 만약 억지로 가자고 하면 바다에 빠져 죽을 것이오."

하고 대답했다. 그 때 최고운의 나이는 어느덧 세 살이었다.

결국 그대로 돌아온 이적(李績) 등이 원에게 치원의 말을 전하자, 충도 도리가 없음을 깨닫고, 고을 장정 수십 명을 그 섬으로 보내 망경대(望景臺)와 월영루(月影樓) 두 누대를 지어 주게 하였다. 또 충은 쇠로 만든 막대기 한 개를 선물하고 아비로서의 도리를 다하지 못한 것을 부끄러워한다는 말을 전하게 하였다.

이런 일이 있은 지 며칠 후에 하늘 위에서 하늘 선비 수십 명이 그 섬에 내려와 누대 위에서 소요하며 그들의 아는 바 글을 모조리 치원에게 전수해 주었다. 그리하여 치원의 글공부가 크게 진척되었다. 치원은 그 아비가 준 쇠막대로 다락 밑의 모래밭에서 글씨를 공부하여, 석 자나 되던 쇠막대기가 반 자가 되도록 닳았다.

맑은 옥을 굴리는 것처럼…… 그 바다 위의 외로운 섬 속에서 치원이 글 읽는 소리는 매우 청아했다.

어느 날 그가 고운 목소리를 뽑아 두보(杜甫) 이태백(李太白)의 시를 읊었더니 그 소리가 구름에 사모쳐서 바람결에 불려 멀리 중국에까지 들리게 되었다. 그 날 밤에 마침 중국 천자가 후

원에서 달빛을 즐기며 글을 읽고 있었는데 어디서 글 읽는 소리
가 들려오는지라. 좌우 사신을 불러

"이게, 누가 글을 읽는 소리인고?"

하고 물었다.

"저것은 신라의 유생이 글을 읽는 소리올시다."

하고 사신 하나가 대답했더니, 황제는

"신라는 바다 저쪽에 있는 먼 나라인데, 저렇게 어진 선비가
있어 글 읽는 소리가 예까지 들려 오도다."

하고 중얼거리며 감탄했다. 뿐만 아니라 황제는 그의 학문이 과
연 어느 정도인지 내 마땅히 시험하여 보리라 하고 글 잘 하는
신하 두 사람을 신라로 보내어 글 재주를 겨루게 하였다.

중원의 학자들이 황제의 칙명을 받들고 배를 저어 황해를 건너
와 보니, 조그만 섬 속에서 어린 아이가 글을 읽고 있었다. 그들
은 배를 멈추고

"그대는 누구냐?"

하고 물었다. 아이는

"최치원(崔致遠)이올시다."

하고 대답했다. 나이가 몇 살이냐고 묻는 말에는

"여섯 살이올시다."

하고 대답했고, 글을 배웠느냐고 묻자,

"사람이 글을 배우지 않으면 어찌 사람이라 할 수 있겠소."

하고 대답했다. 그러면 「글짓기 내기」를 한 번 해 보는 것이 어
떻겠느냐고 말한 한 학자가 먼저,

        "삿대는 물 밑의 달을 꾀었도다"

하고 말하자 최치원이 이어서

"배는 물 속의 하늘을 누르도다"

하고 말했다. 황제의 학자가 이어서

"물새는 떴다 다시 잠기는도다"

하고 말하자 최치원은 서슴없이 이어서

"산구름은 끊어졌다 다시 이어지도다"

고 말했다. 황제의 학자들은 대경실색하지 않을 수 없었다. 이 아이가 아직 일곱 살이 되지 못했는데도 이러할진대, 어른들은 다시 말할 것이 없는 일이라고 생각했다. 그리하여
"신라에 들어가서 창피를 당하는 것은 중원으로 그냥 돌아감만 같지 못하도다."
라면서 그 길로 뱃머리를 돌려 돌아가고 말았다.
　그들은 본국으로 돌아가서 황제에게 전후 사실을 복명하면서
"신라에는 문재가 뛰어난 선비가 많아 소신들이 도저히 당할 수가 없었사옵니다."
하고 아뢰자 황제는 크게 노해 장차 신라를 침공할 준비를 갖추게 하였다.
　그리고는 솜으로 달걀을 싸서 표로 만든 상자 속에 넣고 다시

밀초를 끓여서 그 속에 부어 달걀을 움직이지 않게 하고 다시 구리와 쇠를 끓여 상자 뚜껑을 때워서 다시는 열리지 못 하게 만들었다. 그리고 사신을 시켜 신라로 가지고 가서 신라 국왕에게,

"너희 나라에서 만약 이 속에 무엇이 들어 있는지 맞추고 또 그것을 시를 지어 바치지 못한다면 너희 나라를 멸망시키리라." 라고 말하게 했다.

중원 천자가 보낸 조서와 석함을 받은 신라의 왕은 얼굴에 수심을 띄우고 곧 만조 백관을 불러서 말했다.

"경들이 이 어려운 문제를 풀고 또한 그에 맞는 글을 짓는다면 높은 벼슬을 주고 또한 큰 상을 내릴 것이다."

최치원은 큰 뜻을 품고, 서해 바다의 월영루(月影樓)를 떠나 신라의 서울로 올라왔다. 치원은 소문에 듣기로, 승상 나업(羅業)의 딸이 인물과 재주가 서울에서 으뜸 간다 하므로 해어진 의복으로 갈아입고, 거울장사로 가장하여 승상 나업의 집 앞을 지나가면서, 큰 소리로 거울을 고치라고 외치고 다녔다.

그 때 마침 나업의 딸이 그 소리를 듣고는 유모를 시켜서 거울장수를 불러 오라 하였다. 유모를 따라 안으로 들어온 치원은 방문을 열고 내다보는 나업의 딸을 보는 순간 그녀는 과연 천하의 절색이라고 생각하며 감탄했다. 과연 아름다운 여인이었다.

그는 다시 한 번 그 아름다운 여인을 쳐다보려다가 그만 유모가 주는 거울을 땅에 떨어뜨려 깨뜨리고 말았다. 유모가 크게 노해 마구 때리자 치원은 울면서 애걸했다.

"거울은 이미 깨어져서 다시 복구할 수 없는 노릇이니 그 대신 내가 이 집의 종이 되어 거울값을 갚겠노라."

유모가 들어가서 승상에게 그 사유를 취품하니 승상이 곧 허락했다.

그 후부터 최치원은 스스로 자기를

「파경노(波鏡奴)」

라고 칭하며 소 먹이는 일을 맡아 보게 되었다. 파경노가 소와 말을 보살피게 된 후로는 소와 말이 한 마리도 여윈 것이 없어졌다. 그뿐 아니라 파경노가 날마다 소와 말을 몰고 들판으로 나아가면 하늘로부터 선관들이 내려와서 대신 꼴을 베어 주고는 했다. 또한, 그가 들판에 드러누워 있으면, 소와 말들이 일제히 모여들어, 머리를 숙이고 섰기에 보는 사람으로 하여금 모두 이상하게 생각하지 않을 수 없게 하였다.

이 소문을 들은 승상의 부인이 기이하게 생각하며 남편에게 말했다.

"힘드는 일은 그만 시키시고, 꽃이나 가꾸는 일을 시켰으면 좋을 듯 합니다."

승상이 허락했기에 치원은 파경노로서 그 집 후원의 꽃밭에서 꽃을 가꾸게 되었다. 그런데 그가 꽃밭을 가꾸기 시작한 후로부터 꽃들이 무성해졌으며, 꽃밭으로 봉황새가 날아와 아름다운 노래를 부르는 것이었다.

어느 날 승상이 동산으로 꽃 구경을 하러 왔다. 파경노를 보고 그 나이를 물으니 열한 살이라고 하고 글을 배웠느냐고 물었더니, 일찍 부모를 여의어서 아직 배우지 못했으나 앞으로 배우고 싶다고 말했다.

그런 후 한 열흘 정도가 지나서였다. 승상의 딸이 동산에 나아가 꽃구경을 하고는 싶으나 파경노가 있음을 부끄러워하여 나오지 못했다. 그러자 그것을 눈치챈 파경노가 시골로 늙은 어미를 보러 간다고 거짓말을 하고 꽃 그늘에 숨어 승상의 딸이 나오기를 기다렸다. 그러자 승상의 딸은 마음 놓고 동산으로 나아가 꽃 구경을 즐기며 그 자리에서 시(詩) 한 짝을 지어 읊었다.

"꽃은 난간 앞에서 웃되
웃음소리 들리지 않는도다"

꽃 그늘 속에 숨어서 그녀의 어여쁜 모습을 훔쳐보고 있던 파경노는,

"새는 숲 속에서 울되
눈물을 잘 보이지 않는도다"

하며 짝을 맞추어 읊었다. 그 소리를 들은 승상의 딸은 부끄러워하면서 얼굴을 붉히며 안으로 들어가 버리고 말았다.

그 이듬해 조정의 모든 신하들이 주청하여 승상 나업에게 그 난제(難題)를 풀라고 하는 영이 내렸다. 게다가 '만일 이 문제를 풀지 못하면 나업의 부인은 궁녀로 삼고 나업은 극형에 처할 것'이라는 것이었다. 어찌할 바를 모르게 된 승상은 집에 돌아와 부인을 붙잡고 하염없이 눈물만 흘렸다.

다음 날 오후였다. 승상의 딸이 턱을 괴고 눈물을 흘리고 있다가, 무심코 보니 벽 위에 걸린 거울 속에 사람의 그림자가 비치고 있었다. 그녀가 깜짝 놀라 돌아보니, 파경노가 꽃가지를 들고

서 있었다. 그녀가 찾아온 연유를 물었더니 그는,

"그대가 꽃을 좋아하기에 그대를 위해 이 꽃을 꺾어 왔으니 시들기 전에 보고 즐기시오."

하고 말했다. 이어서 근심에 싸인 그녀의 얼굴을 바라보며 덧붙였다.

"거울 속에 비친 사람이 반드시 그대로 하여금 근심을 덜게 하여 줄 테니 아무런 걱정 말고 꽃이나 받으시오."

부끄러움을 무릅쓰고 꽃가지를 받은 그녀는 그 길로 부친 나 승상께 달려가서

"파경노가 그 문제를 풀 수 있을 것이로소이다."

하고 말했다.

"으응? 그게 도대체 무슨 소리냐?"

나 승상은 처음엔 그 말을 믿지 않다가 딸이 다시 권하는 바람에 한 번 시험하기로 하였다. 승상은 그 길로 파경노를 불러서 석함을 주며,

"만약 이 문제를 해결하여 글을 짓지 못할 것 같으면 너의 목숨은 남아 나지 못하리라."

하고 말했다. 파경은 마지 못하는 체하면서 그 석함을 받아 들고 나오면서, 혼잣말처럼 중얼거렸다.

"이건 마치 적병을 만난 마당에서 그 장수를 모살하겠다는 것과 조금도 다를 것이 없군. 나 같은 것이야 백 번 죽어도 아무렇지 않지만, 내가 글을 짓지 않으면 승상의 신세가 어떻게 될 것인고?"

마침 뒷간에 있다가 그 말을 엿듣고 있던 승상의 부인이 그 말을 남편에게 전했다.

승상은 이상하게 생각하며 다시 파경노를 불러 놓고 말했다.

"글만 짓는다면 네 청은 무엇이든지 들어 주마."

파경은 한참 동안 침묵을 지키다가 이윽고 승상을 바라보면서 다소 부끄러워하는 얼굴로 말했다.

"승상께서 소인을 사위를 삼으신다면 곧 글을 짓겠나이다."

그 말을 들은 승상은 천부당만부당하다면서,

"그 대신 아름다운 여인의 그림을 그려 주마."

하고 말했다. 그러자 파경노는 끝끝내 고집을 부리며

"비록 능지처참을 당할지라도 따님을 주지 않으신다면 시를 짓지 못하겠소이다."

하고 완강한 태도를 보였다. 그 말을 엿듣고 있던 승상의 딸은 아버지의 목숨이 이 한 가지 일에 달린 것을 알고

"제가 파경노에게 시집갈까 하옵나이다."

하고 말했다. 때문에 승상과 그의 부인은 딸의 효성에 감동하며 드디어 파경으로 하여금 사위가 되게 하였다. 그리하여 목욕을 시키고 비단옷을 입혀 좋은 날을 가려서 성례를 하게 되었다.

이튿날 아침이 되자 승상은 이제는 새로 얻은 사위가 된 파경노에게 시를 지으라고 했다. 그러나 최치원은 곧 시를 짓는다고 하고는 시는 짓지 않고 두 발가락 사이에 붓을 끼우고는 드러누워서 잠만 자는 것이었다.

승상의 딸은 그가 깨어나기를 기다리다가 잠깐 잠이 들었다. 그리고 꿈을 꾸게 되었는데, 한 쌍의 미리(龍)가 하늘로부터 내려와 석함 위에서 꿈틀거리자 황금색 반의(斑衣)를 입은 아이들 십여 명이 내려와 석함을 들고 서로 노래를 부르는 것이었다. 그러자 석함이 열리고, 용의 입에서 오색 서기(五色瑞氣)가 비쳐 상자

속을 밝혔고 붉은옷, 푸른옷을 입은 사람들이 좌우에 벌려 서서 글을 불러 주기 시작했다. 승상의 딸이 바야흐로 붓을 들어 쓰려고 했을 때, 승상이 사람 부르는 소리가 들려 와 소스라치게 놀라며 눈을 떴는데, 옆에 누워 있는 신랑은 그 때까지도 잠이 들어 있었다.

이윽고 잠을 깬 치원은 곧 붓을 들더니 벽 위에 걸린 장지에 큰 글씨로 시 한 수를 썼는데 그 필세(筆勢)는 마치 용사(龍蛇)가 꿈틀거리는 것과도 같았다. 그 시는 다음과 같은 것이었다.

둥글고 둥근 돌 가운데 물건이
반은 구슬이요 반은 황금이로다.
밤마다 때를 아는 새로되
정만 머금고 아직 소리는 배앝지 못하였도다.

승상의 딸은 그 글을 즉시 아버지에게 바쳤다. 그 시를 본 승상은 처음엔 의아해하며 그것이 중국의 황제가 원하는 답이라고 믿지 않았다. 하지만 딸이 꿈 이야기를 하자 비로소 믿을 생각이 들어 신라 황제에 가져다 바쳤다.

신라의 왕은 그 글을 중원의 황제에게 보냈는데 황제는 그 시를 읽고 나서,

"그 속에 든 것이 달걀이란 것은 옳으나 지시함정미토음(知時含情未吐音)이란 말은 틀렸다."

라고 했다. 때문에 곧 상자를 쪼개어 보니 과연 그 동안에 달걀이 까이어 병아리가 되어 있었다. 때문에 중원의 황제는 크게 놀

라며 감탄했다. 그리고 황제의 신하들은 입들을 모아 말했다.

"신라와 같은 조그만 나라에 이와 같이 모든 것을 아는 기막힌 사람이 있으니, 그들이 장차 우리 나라를 엿볼 조짐이 있사옵니다. 그 선비를 불러다가 하루 바삐 목을 베어야 될 것이라고 생각하나이다."

황제는 동감의 뜻을 표시했으며 신라 왕에게,

"즉시 글 지은 선비를 보내라."

하고 명령했다.

때문에 신라 왕이 나 승상을 보고

"그대의 사위가 비록 글을 제대로 지었으나 이제 중국 천자가 글 지은 선비를 보내라고 하니 경이 중원으로 가야 하겠소."

하고 명했다.

나 승상은 집에 돌아와서 장차 중원으로 들어갈 것을 크게 근심 걱정하고 있었다. 한데 치원은 벌써 그같은 사정을 알고

"이번 일에는 장인께서 가시는 것보다 제가 가는 것이 좋겠습니다."

하고 말했다. 나 승상이 마지못해 왕에게 그 일을 주달하자, 신라의 왕도 또한 치원의 높은 재주를 알고 있었는지라, 그렇게 하라고 윤허했다.

신라 왕은 최치원을 불러 놓고

"그대가 떠나더라도 처갓집 일은 모두 내가 맡아 보살펴 줄 것이니 마음 놓고 다녀오라. 만일 가는 데 소용되는 것이 필요하면 말하라. 내가 마땅히 그것을 부담해 주리라."

고 말했다. 그러자 치원은 왕에게 사례하고

"아무것도 필요한 것은 없사오나 다만 한 가지 오십 자 가량

되는 모자 한 개를 마련해 주시옵소서."

하고 청했다. 왕이 만들어 준 오십 자가 되는 모자를 가지고 최
치원은 스스로

"신라 문장 최치원(新羅文章崔致遠)"

이라고 칭하며 서해 바닷가에서 이별을 서러워하는 그의 아내와
헤어져 먼 뱃길에 올랐다.

치원이 창망한 바다 위에 일엽 편주를 띄워 얼마쯤 가다가 한
곳에 이르자 이상하게도 배가 앞으로 가지 못하고 진퇴가 어렵게
되었다. 움직임이 멈춘 배가 한 걸음도 더 앞으로 나아가지 못하
는 것이었다.

치원이 그 이유를 물었더니 뱃사람들이 '이 곳은 첨성도(瞻星
島)라는 곳으로 이 섬 아래에 용왕이 있어, 가끔 가는 배를 멈추
게 하는 일이 있으니, 지나는 배는 마땅히 제향을 모셔야 된다'라
고 대답했다.

치원이 배에서 내려 섬 위로 올라가니 조그만 서생 하나가 단
정히 팔짱을 끼고 앉아 있었다. 치원이 괴이하게 여기며,

"그대는 누구요?"

하고 물었더니 그는

"저는 용왕의 아들 이목(李牧)으로서 선생이 이 곳을 지난다는
소문을 듣고, 기다리고 있는 중이옵니다."

하고 말했다. 이목은 꿇어앉으며 계속해서 말했다.

"천하의 문장이신 선생을 만나 공자의 도를 배우고자 합니다.
여기서 용궁이 멀지 아니하오니, 함께 모시고 갈까 하옵니다."

치원이 마지못해 그가 하자는 대로 그의 등에 업혀, 눈을 감고

있었더니, 순식간에 용궁이라는 곳에 도달하게 되었다.

용왕이 크게 반가워하며 치원을 맞이했다.

그 날 용왕은 크게 잔치를 베풀고 후대했기에 치원은 오랫동안 즐기다가 자리에서 일어섰다. 용왕이 옷소매를 붙잡고 만류했으나 치원이 듣지 아니하고, 떠나겠다고 하자 용왕이 그렇다면 자기 아들을 데리고 가 달라고 청했다.

때문에 치원은 아들과 함께 첨성도로 돌아왔다. 뱃길을 몰아 다시 얼마를 가니 위이도(魏耳島)라는 섬에 당도하게 되었다. 이 섬은 오래 가물어 모든 초목이 붉게 타고 목을 축일 물 한 모금 얻을 수 없었다. 이에 섬 사람들이 치원을 찾아 와서

"선생은 천하의 문장이시니 기우문(祈雨文)을 지어 비를 오게 하여 주시면 천만 고맙겠습니다."

하고 간청하기에 치원은 이목을 불러

"이 섬을 위하여 비를 내리게 해 줌이 어떠하냐?"

하고 말했다.

이목이 그 길로 산골짜기에 들어가서 풍운 조화를 부리자, 순식간에 검은 구름이 엉키더니 소낙비가 폭포처럼 쏟아져 내려왔다. 그런지 얼마 지나지 않아 번개가 요란하고 뇌성이 진동하더니, 홀연히 푸른옷을 입은 늙은 중 하나가 손에 큰 칼을 쥐고 하늘로부터 내려왔다. 그는 이목을 보더니,

"내가 천제(天帝)의 명을 받아 너를 죽이러 왔다."

한다. 그러자 크게 놀란 이목이 치원에게 말했다.

"생이 선생의 명을 감히 어기지 못하여 이 섬에 비를 내리기는 했습니다. 하지만 실은 이 섬 사람들이 패륜망측하여 어른을 섬길 줄 모르며 그 풍속이 매우 험악하므로, 천제께서 일부러 비를

내리지 아니 하셨던 것이니 이제 제가 천제의 명을 어긴 벌을 받게 되었습니다."

그러자 최치원이 늙은 중에게,

"이 섬에 비를 내리게 한 것은 내가 시켜서 한 것이니, 죄는 내게 있소. 그러니 벌을 주시려거던 내게 주시오."

하고 간청하며 이목을 자기의 자리 밑에 숨으라고 했다. 그 말에 용기를 얻은 이목은 재빨리 뱀으로 변해 치원의 자리 밑에 숨었다. 이에 청의 노승은 천천히 칼을 거두더니,

"천제께서 나에게 말씀하기를 최 문장이 곁에서 말리거던 그대로 두라 하셨으므로 이제 그냥 돌아가겠다."

하고 말하며 하늘로 솟구쳐 올라갔다.

무사히 이목을 구해 다시 길을 떠나려던 치원은 문득 용이 보고 싶어졌다. 그래서 이목에게 용의 본신을 한 번 나타내 보라고 했다. 그러자 이목이 다시 산 속으로 들어가서 금빛 용으로 화신하여 치원을 불렀다. 치원은 그리로 가서 용을 보았지만 너무나도 현황한 그 모습에 질려 그 자리에서 기절해 넘어지고 말았다. 얼마 후에 소생한 치원은 이목을 용궁으로 돌려 보내고 홀로 중원을 향하여 뱃길을 떠났다.

그가 뱃길을 가다가 석강정이라는 곳에 이르렀을 때였다. 홀연히 한 늙은 할미가 나타나서, 술과 안주를 주고 솜에 장을 묻혀 주며,

"이것은 비록 하찮은 것이지만 조심하여 잃지 않도록 하시오."

하고는 어디로인지 사라져 버렸다. 치원이 또 한 곳에 이르렀더니 이번에는 한 사람의 노승이 길목에서 기다리다가 그에게,

"이제 중원으로 들어가면 큰 화가 닥쳐 올 것이니, 매사에 주의할 것이며, 앞으로 닷새를 더 가면, 큰 물가에 있는 길목에서 한 아름다운 여인을 만날 것이니, 모든 것을 그 여인에게서 배워 알아 가지고, 갈 것이니라."

하고 말하더니 문득 없어지고 말았다.

과연 닷새를 더 가니 한 여인이 길목에 있기에 치원이 공손히 절하고 가르침을 받겠노라고 했더니 그녀가,

"이제 천자가 그대를 맞아들일 때 아홉 문을 열어 놓고 그대를 불러들일 것이니, 바깥문에 당도해서는 푸른 부적을 던지고, 둘째 문에 들어서서는 흰 부적을, 넷째 문에서는 누런 부적을 각각 던지시오. 그리고 나머지 문에서는 시로써 대답하면 족할 것이오."

하고 말하고는 부적을 건네주고 나서 어디로인지 자취를 감추고 말았다.

행장을 수습한 치원이 다시 길을 떠나서 낙양(洛陽) 땅에 당도하자, 한 사람의 학사가 나타나서 물었다.

"해와 달은 하늘에 걸려 있는데 하늘은 어디에 걸려 있는가?"

치원이 서슴없이

"산과 물은 땅 위에 얹혔는데, 땅은 무엇에 얹혔는가? 그대가 만일 이 대답을 능히 하면 내 또한 그대 물음에 대답하리라."

하니, 그 학사는 더 이상 말을 묻지 못하고 달아나 버렸다.

치원이 서울에 당도하여 성문 안으로 들어가려고 했으나 쉰 자나 되는 그 모자가 성문에 걸려 들어갈 수가 없었다. 때문에 큰 소리로,

"신라와 같은 조그만 나라의 문에서도 능히 드나드는 내 모자가 대국의 성문에 걸려 들어가지 못하게 되었다."

하고 말하고는 성 밖에 서 있었더니, 황제가 크게 부끄러워하며 성문을 헐어 치원을 들어오게 하였다. 치원이 첫 번째 문에 이르렀더니 땅 밑에서 풍악소리가 요란하게 들려 왔다. 치원이 푸른 부적을 던졌더니 그 요란스러운 소리가 없어졌다. 그리고 다음 문들을 거쳐 넷째 문에 들어가서는 누른 부적을 던졌는데 커다란 이무기가 나와 문 뒤에 숨어 있는 코끼리의 코를 휘휘 감아 붙였다. 그랬더니 코끼리가 꼼짝을 하지 못했다. 다음 문에 이르렀더니 많은 사람들이 문 안에 숨어 있다가 서로 다투어 나타나며 여러 가지 일들을 물었다. 하지만 치원은 단번에 시로써 대답하여 그들을 물리치고 황제가 있는 곳까지 도착했다.

치원을 인견한 황제는 그의 선풍 도골(仙風道骨)을 보고 흠앙하여 마지 않으나, 손수 그 재주를 시험하기 위해 음식들 중의 하나에 독약을 넣어 권하였다. 그러자 치원은 새 우는 소리로써 점쳐서 모든 것을 알아 맞춘다고 하면서 독약이 든 음식에 대해서 이야기했다.

그 뒤 치원은 천하의 유생(儒生) 팔만 오천여 명이 응모한 과거에서 장원 급제하여 문신후(文信侯)가 되었다. 때마침 황소(黃巢)의 난리가 났기에 치원으로 하여금 치게 하였더니, 치원은 군사를 몰아 한 번도 싸우지 않고 글로서 적의 항복을 받고 적장을 사로잡아왔다. 이에 황제가 더욱 치원을 믿고 높은 벼슬을 시키자 모든 대신들이 황제께

"치원은 신라 사람이니 경계하시기 바랍니다."

하고 참소하였다. 황제는 그 말을 오산하여 치원을 남해의 무인고도에 유배하여 한 달 동안이나 먹을 것을 주지 않았다. 그러자 치원은 지난날 늙은 할미에게서 받은 장물 묻힌 솜을 찾아 내어

이슬에 추겨서 빨아먹으며 겨우 생명을 보존했다.

　황제와 대신들이 한 달이 지난 뒤에 선인을 시켜 가 보라고 했
는데 아무리 불러도 대답이 없기에 꼭 죽은 줄로만 알고 있었다.

　그런데 한 번은 남방에 있는 뱃사람들이 남해를 지나다가 보
니, 조그만 섬 속에 유생 한 사람과 중이 마주 앉고 또 천사 수
십 명이 둘러앉아 있었다. 때문에 섬에 내려서 글을 얻어다가 서
울로 올라가 황제께 전했다. 황제가 보니 틀림없는 최치원의 필
적인지라 사람을 시켜 그를 데려 오라고 했다. 그랬더니 황제의
앞에 나타난 치원이 공중에 한일자를 그리고 그 위에 올라 앉아

　"이것도 당신네 땅이오?"

하고 웃었다. 그러자 황제가 용상으로부터 내려와 무수히 사죄하
며 무릎을 꿇었다.

　하지만 중원 대신들의 참소 등쌀에 못 견디게 될 것을 깨달은
최치원은 어느 날 홀연히 푸른 사자를 타고 고국 신라로 돌아왔
다. 승상 나업과 그의 딸이 반가이 그를 맞이했으나, 그는 세상에
뜻이 없어 가야산(伽倻山)에 들어가 학을 데리고 놀다가 상천했
다.

천재 화가 장승업(張承業) 행장기

조선 시대의 모든 화가들 가운데 장승업 만큼 술을 즐기고 술의 포로가 되어 한 평생을 취생몽사(醉生夢死)격으로 지낸 사람은 없을 것이다. 그는 오십 평생을 거의 매일과 같이 술 속에 파묻혀 지내다가 술 속에 거꾸러져 간 사람이었다.

한때 고종 황제(高宗皇帝)의 지우(知遇)를 얻어, 좋은 그림을 그려 바치기만 하면, 영달의 길이 눈 앞에 있었건만, 그는 헌 신짝처럼 그것을 포기한 사람이었으니, 예술가에겐 벼슬이 필요하지 않다는 그의 인생관의 허무주의(虛無主義) 때문이었다.

그는 조선 시대 말엽(末葉) 고종 때의 사람으로 그의 조상에 대해서 자세히 알 수는 없으나 무반(武班) 출신의 후예였던 것만은 사실인 듯 하다. 그는 어렸을 때 양친을 잃고 천애의 고아가 되어 동으로 서로 남으로, 북으로 유랑하는 신세가 되었다. 그는 스무 살이 될 때까지 떠돌다가 나이 이십이 되자 서울에 와서 어디엔가 정착(定着)하려고 애쓰고 있었다.

마침 서울 수표교(水標橋) 근방에 이응헌(李應憲)이란 사람이 있었는데 독서와 그림으로 세월을 보내고 있었다. 그는 동지(同知)라는 직함을 갖고 있었기에 이웃 사람들은 그를 이 동지라고 불렀다. 이 동지는 실로 우연한 기회에 장승업을 만나게 되었다.

그는 사람보는 안목이 있었으므로, 처음으로 장승업을 보는 순간 그의 뛰어난 상모(相貌)에 반하지 않을 수 없었다. 그는 장승업의 방랑을 중지시킨 사람이었으니 승업이 이 동지의 집 식구가 되었기 때문이다.

나이 이십이 되도록 글 한 자도 배우지 못했던 승업은 이 동지 집의 이 일 저 일을 보살피면서, 그의 아들이 글 배우는 것을 어깨 너머로 구경하면서 글을 깨우치게 되었다. 그리하여 그는 글에 점점 더 열중하게 되었고 글자도 제법 쓸 줄 알게 되었다.

그런데 이 때 이 동지는 상당히 부유한 집안의 사람으로서 서화 골동(書畵骨董)의 수집가였다. 그의 집에는 상당한 양의 고대 중국 서화와 골동이 비장되어 있었다. 원(元)과 명(明)나라의 일류 화가의 것도, 국내의 것도 삼원(三圓)의 것이 대개 갖추어 있었다.

한 번 그 그림들을 보고 난 승업은 가슴 속에서 갑자기 치솟는 야릇한 의식을 어찌할 수가 없었다. 그는 붓을 들어 그림을 한 번 그려 보기로 했다. 자기도 그만큼은 그릴 수가 있을 것만 같다는 생각이 들었다. 그같은 생각은 놀랍게도 틀리지 않았다. 한 번도 잡아 보지 않은 화필이었지만 그것은 스스로 움직이는 것처럼 유연히 미끄러졌다.

매란(梅蘭)을 위시하여 산수화(山水畵) 영모 등을 그려 보았는데 그 필치가 대가의 것을 능가할 만 했다. 첫 솜씨가 그러하였다. 그는 실로 신운(神韻)이 횡일하는 천재 화가였던 것이다. 어느 날 주인 이 동지가 장승업의 그린 그림을 발견하고 물었다.

"이것이 네가 그린 그림이냐?"

"그렇습니다."

"언제부터 그림을 배웠느냐?"

"그림을 배운 적은 없습니다마는 한 번 그려 보고 싶어서 붓을 놀렸더니 그렇게 되었습니다."

"너는 천재 화가다. 이제부터 뜻을 그림에 두고 열심히 공부해라. 지필묵 등 화구(畵具)는 내가 마련해 주마."

그 때부터 장승업은 매일같이 그림만 그렸다. 워낙 그림에 천재적인 소질을 갖춘 그였으므로 그의 그림은 일취 월장했다. 그는 그림을 그리기 시작한 지 불과 몇 해가 지나지 않아 대화가(大畵家)라는 칭호를 받게 되었다. 스승 없이 그리기 시작한 그림이었지만 그의 그림은 천의무봉(天衣無縫)과도 같았다.

그런데 그는 그림을 잘 그리기는 하였으나 술을 너무나 좋아했다. 매일 장취…… 술과 장승업은 이제 떼려야 뗄 수 없는 사이가 되고 말았다. 한 잔이 두 잔 되고, 두 잔이 열 잔이 되고 됫술이 말술로, 말술이 다시 섬 술로 변해 간 것이었다. 하루에 삼백 잔을 기울였다는 이태백을 따를만 하였다.

그는 그처럼 통음(痛飮)하기만 했기에, 제법 큰 그림을 한 번 완성하려고 하면 몇 해가 걸리는 수도 있었다. 몇 해가 걸려도 완성되지 못하는 수도 있었다. 그는 그림값이 후하게 들어오면 우선 술집에다 그 돈을 맡겼다. 그리곤 무한정하고 술을 즐겼다. 그리하여 한 평생을 주채(酒債)에 신음하다가 오십여 세에 세상을 떠나고 말았다.

고종 황제는 장승업의 화명(畵名)이 높음을 듣고, 그를 불러 그림 병풍을 얻고자 했다. 수십 첩의 병풍을 그에게 위촉하려고 했다. 그같은 소문은 삽시간에 서울에 퍼지게 되었다. 모든 화가들은 부러워할 뿐 아니라, 시기하기도 했다.

"이제 장승업은 팔자를 고칠 거야."

하고 떠들어 댔다. 장승업을 오늘의 대성으로 이끌어 온 이 동지도, 크게 감격하며 승업을 찾아왔다.

"참으로 반가우이, 모두 다 자네의 재주가 출중하기 때문에, 상감님께서도 특히 자네를 선발하신 것이니, 힘써 그림을 잘 그리도록 하게. 사람의 운수란 일생에 한 번 이런 좋은 기회가 올까 말까 하는 것이니, 깊이 생각해서 성심껏 해 드리게. 큰 돈과 높은 벼슬이 자네에게 올 거야. 한 가지 부탁할 것은 술을 좀 조심하란 말일세. 궁중에서 그림 그리는 동안 만이라도 제발 술을 좀 덜 마시게. 이것만 명심하면 자네의 입신 양명은 다시 말할 것도 없을 것일세. 참으로 고맙고 반가운 일이로세."

이 동지는 육친과 다름없는 마음으로 장승업을 고무 격려했을 뿐만 아니라 친히 세밀한 주의까지 친히 해 주었다.

드디어 장승업은 고종 황제의 소명을 받아 궁중으로 들어갔다. 승업의 주량과 술에 대한 상식을 들어 알고 있었던 궁중에서는 그에게 깨끗한 방 한 칸을 비워 주었고, 그림 그리는 데 필요한 모든 조건을 구비해 주었다. 옆에서 한 사람의 무감이 승업을 감시하고 있었는데, 그가 술을 과음하여 궁중을 어지럽힐까 염려한 까닭이었다.

상감은 특별히 수랏간에 분부하여

"승업에게 매때 술 석 잔씩만 주도록 하여라. 그 이상은 절대로 주어서는 안 된다."

하고 명했다.

하루 이틀 지나는 동안, 장승업은 술이 먹고 싶어 죽을 지경이 되고 말았다. 사람은 자기 스스로 먹을 수 있는 자유가 있을 때는 먹으라고 해도 덜먹는 법이지만, 밖으로부터의 압력에 의해 먹지 말라고 강요받게 될 때는 한 술 더 떠서 먹고 싶어지는 것이 상정이다.

승업은 이제는 더 이상 참을 수가 없게 되었다. 그는 슬그머니 궁중에서 도망치고 싶다는 생각이 치솟았다. 무슨 핑계를 대고서라도 궁금(宮禁)을 뚫고 탈출하고 싶었다. 한 번 잃어버린 행동의 자유는 장승업으로 하여금 번열증이 나도록 그를 괴롭혔던 셈이다. 한 때에 석 잔씩 밖에 주지 않는 적은 술은 감질만 내게 만들 뿐이었다.

"이놈의 술을 받아 먹고 있다가는 내가 말라 죽고 말 것이다. 아무리 생각해 봐도 여기서 빠져 나가야 할 텐데 무슨 핑계를 대야 한단 말인가. 옳지! 채색 도구를 가지러 간다고 하면 되겠구나."

그는 속으로 중얼거렸다. 그 날 밤 그는 감시하는 별감을 살살 꾀어, 궁 밖으로 도망치고 말았다. 그는 으슥한 술집에 들어가 며칠 동안 먹지 못하던 술을 마음껏 마셨다. 그리고는 만족스러워하며 중얼거렸다.

"아아…… 이제야 내 세상이다. 이렇게 먹어야 해. 암!"

그의 창자는 술독으로 변했다. 술독이 창자 속인지 창자 속이 술독인지, 승업은 제대로 분간이 되지 않았다. 여러 날을 궁중에서 술에 굶주리던 생각을 하면, 기가 막히기만 했다.

그는 궁중에서 나올 때 자기를 감시하던 무예 별감에게,

"하룻밤만 있다가 들어갈 테니 그리 알라."

하고 말했는데, 사흘이 지나도 돌아가지 않았다. 때문에 별감뿐이 아니고, 황제의 측근자들도 모두 걱정하지 않을 수 없게 되고 말았다. 그러는 중에 상감의 귀에도 장승업이가 없어졌다는 보고가 들어가게 되었다. 고종은 깜짝 놀라며 옆에 있던 김 시종에게 물었다.

"장승업이가 없어졌다는 것이 사실인가?"

"네, 사흘 전에 궁궐을 나간 후 아직 돌아오지 않았다고 하옵나이다."

"사흘 전에 나갔어? 누가 내 명령 없이 내보냈단 말이냐? 너는 알고 있느냐?"

"황송하오나 모르옵니다."

"그럼, 누가 알지?"

"승업의 방을 지키고 있던 별감은 알고 있을 것이옵니다."

고종은 별감을 불러다가 장승업이 궁중에서 빠져 나간 전말에 대해서 들었다.

"그 사람이 그림 그리는 데 필요한 채색 도구를 가지러 간다면서 사흘 전에 나갔삽는데 아직까지 돌아오지 않고 있사옵니다."

고종은 노기 띤 음성으로 말했다.

"알겠다. 그놈이 술을 먹고 싶어서 도망한 모양이다. 당장 포청에 연락하여 잡아 오도록 해라."

김 시종(金侍從)은 곧 포청에 연락하여 장승업을 잡아 올리도록 했다. 그러나 그는 쉽사리 잡히지 않았다. 잡힐 것을 염려하여 깊숙한 주모(酒母)의 집에 숨어 밤낮을 가리지 않고 술을 마시고 있었기 때문이다. 하지만 포교들은 임금의 지엄한 분부를 받았는지라 서울 장안을 샅샅이 뒤져서 드디어 그를 포박했는데, 그는 잡힐 때에도 술이 만취되어 동서를 분별치 못했다.

그는 인치되어 궁중의 기 처소로 돌아왔는데, 하도 억벽으로 취해 있었기에 그는 자기가 지금 어디에 누웠는지도 모르고 있었다. 차차 술이 깨면서 갈증이 심해진 그는,

"이봐, 주모, 물 좀 주시오."

하고 고함쳤다. 옆방에서 그를 엄중 감시하고 있던 별감은 혀를 차면서 말을 걸었다.

"이제 정신이 좀 나시우?"

그러나 장승업은 그 때까지도 그 방이 술집 방인줄만 알고 있었다.

"주모 마님, 어서 냉수 좀 달라니까요. 아이구 목말라 죽겠네."

별감은 껄껄거리고 웃었다.

"여보슈. 여기가 어딘 줄 아시우? 아직도 술이 덜 깬 모양입니다그려. 여기는 대궐이요, 대궐."

장승업은 그제서야 정신이 번쩍 나는 모양으로 사방을 휘휘 둘러 보았다. 과연 주모의 방이 아니고 그림 그리던 궁성 안의 방인 것이 분명했다.

"아무 데건 물이나 좀 갖다 주시오."

별감은 물 한 사발을 떠다 주면서 말했다.

"여보 장서방 술 좀 그만 자시고 그림을 그리시오. 상감께서 대단히 노하셔서 포청에 가두라는 것을 가까스로 이 곳에 모셨소. 그림만 잘 그리시면 모든 것이 해결될뿐 아니라 큰 돈과 벼슬이 생길 텐데 도대체 왜 그러슈? 정신 좀 차려요."

장승업이 눈을 멀거니 뜨면서 대답했다.

"나는 술만 있으면 그만이요. 돈도 싫고 벼슬도 싫소. 유주 강

산(有酒江山)이면 그만이요, 술 없으면 지옥이요, 술만 있으면 극락이요."

별감은 계속해서 승업에게 뭐라고 말할 수가 없었다.

그 날부터 승업은 한때에 석 잔씩 주는 술을 먹으며 그림을 그렸으나 생각은 그림에 있는 것이 아니었다. 하루 바삐 탈출하여 그 맛있는 술을 또 마음껏 먹어야겠다는 생각만 하고 있었다.

아무리 생각해도 그는 구중 궁궐(九重宮闕) 밖으로 도망할 수가 없었다. 생각을 계속하던 그는 결국 도포와 갓을 벗어 버리고 혼곤히 잠자는 별감의 옷을 훔쳐 갈아입었다. 그는 다소 가슴이 떨렸으나, 캄캄한 그믐밤이었는지라 별로 큰 지장이 없이 두 번째 탈출에 성공했다. 남들은 모두 부러워하고 선망하는 위치에 있었지만 영달과 부귀를 헌신짝처럼 여기는 그에게 있어서는 그것이 싫기만 했다.

그는 다시 그리운 임의 품속과도 같은 술집으로 들어가서 처박혔다. 술을 다시 마시게 되자 흥겨운 노래가 저절로 흘러 나왔다.

고종 황제는 승업이 두 번째로 궁성을 탈출했다는 보고를 듣고는 노기를 참을 수 없어 그놈을 즉각으로 포박하여 투옥하라고 명령하였다.

그 때 마침 고종황제의 옆에서 상감을 모시고 있던 충정공(忠正公) 민영환(閔泳煥)이 이를 목도하였다. 장승업의 목숨이 경각에 달린 것을 알고, 또 승업이라는 위인에 대해서 잘 알고 있던 민영환은 곧 고종께 말했다.

"장승업이 무엄하게도 상감 마마의 분부를 저버린 죄는 백 번 죽어도 모자랄 것이오나, 그는 본시 사람됨이 천성적으로 호주

방탕하여 그럴 뿐이옵지 일부러 상의에 거스르려고 그렇게 한 것은 아니라고 생각하옵니다. 그러하오니 한 번만 용서하여 주시고 승업을 소인의 집에 두어 주시면 하명하옵신 그림을 끝내도록 조처 감독하겠사오니 통촉하시옵기 바라옵나이다."

고종도 그의 주벽(酒癖)은 무가내하(無可奈何)라고 생각하고 있었기에 그렇게 하라고 윤허했다.

그 날부터 장승업은 민충정공의 집에서 유숙하면서 그림을 그리게 되었는데, 민영환은 그가 망칠 것을 걱정하여 그의 의관을 벗겨서 감추어 두고 그가 좋아하는 술을 무진장으로 제공하였다. 장승업은 좋아하면서 매일같이 술만 마셨다. 하지만 그런데도 불구하고 어딘지 모르게 모자라는 것이 있는 것 같았다. 억벽으로 먹고 억벽같이 쓰러져 자야만 될 것 같았다.

처음에 민영환의 집에 와서 수일 동안은 그림에 잠심하는 듯하였으나 또다시 발광에 가까운 술에의 향수를 도저히 참을 길 없었다. 그는 또다시 궁중에서처럼 차츰 차츰 탈출하고 싶은 생각이 간절해졌다.

어느 날 민충정공은 예궐하여 없고, 감시하던 하인이 마침 졸고 있는 틈을 타서 승업을 이웃방에 걸려 있는 상복(喪服)과 방갓을 훔쳐 몸에 걸친 다음, 살금살금 그 집에서 빠져 나오고 말았다.

그는 또다시 술집에 숨어서 술 타령을 하였으나 포교의 손에 붙잡혀서 도로 민영환의 집으로 들어갔고, 달포 남짓한 동안 전후 세 번이나 다시 탈출했다가 세 번 다 붙잡혀 들어갔다.

민영환은 그를 불러 앉혀 놓고 말했다.

"아 이 사람아, 아무리 사람이 우둔하기로니 그러는 법이 있단 말인가? 상감께서 크게 노하셔서 당장 포박하라고 지엄한 분부가 내렸었는데 중간에 내가 끼어서 우리 집에 두고 잘 타일러 그림을 그리게 하겠다고 여쭈어 무사하게 만들지 않았나. 그런데도 매일같이 탈출하여 술로만 일월을 보내는 사람이 어디 있단 말인가? 사람이 사람된 소이가 어디 있단 말인가?"

장승업은 민영환의 호의를 모르는 바가 아니었다. 그는 머리를 숙이고 말했다.

"대감의 지우를 남달리 받자와 이처럼 죽지 않고 살아 있는 것을 소인도 잘 알고 있습니다. 대감께 미안하다는 말씀은 이루 다 형용할 수 없습니다만, 뼛속에 스며 오는 술에 대한 매력을 어찌할 수가 없습니다. 그 경을 칠 술을 끊는 약은 없겠습니까?"

"매일 장취로 술만 마셔서야 사람을 무엇에 쓴단 말인가? 앞으로 절주(節酒)를 해서 좋은 그림을 그리도록 하게. 상감님의 뜻에 맞는 그림을 그리기만 하면 돈과 벼슬이 한꺼번에 굴러 들텐데…… 이 사람아, 정신 좀 차리게."

"소인은 돈도 벼슬도 부귀도 영화도 모두 싫습니다. 그저 한세상 술타령이나 하다가 갔으면 하는 것이 소인의 평생 지원입니다."

민영환도 그의 뜻을 그 이상 거스리고 싶지는 않았다.

"자네의 뜻은 잘 알았네마는, 장가도 안 가고 그냥 늙을 작정인가?"

"장가는 가서 무엇하겠습니까. 그럭 저럭 한세상 살다가 가겠습니다."

"그렇지만 상감께 바칠 그림은 꼭 그려야 하네."

하지만 그는 끝끝내 고종 황제께 보내는 큰 병풍을 완성시키지 못한 채 중간에서 중등무이하고 말았다. 그는 글을 배우지 못했기에 그가 그림을 그리면 화제(畵題)는 안심전(安心田)이 써 주곤 했었다. 그는 결국 55세를 일기로 부귀도 영달도 도외시한 하나의 광객(狂客)으로 짧은 한평생을 마쳤다.

피(皮)씨 사위 행장기

동고(東皐), 이준경(李俊慶)은 조선 시대 중엽의 명현(明賢)으로서 유명한 분이며 율곡 이이(栗谷李珥)와의 개인적인 감정 등으로 한층 더 유명한 분이다. 율곡은 이준경을 무참히 욕한 사람인데 동고는 또한 동고대로 높은 식견과 고귀한 인격을 소유한 정치가였다.

여기 소개하는 이야기의 한 토막도 동고 상공의 앞을 내다보는 식견이 얼마나 훌륭했던가를 가히 알 수가 있는 좋은 자료라고 말할 수 있다.

준경은 일찍이 부친을 여의고 모친 슬하에서 그의 친형인 윤경(潤慶)과 함께 자랐다. 그의 모친은 상당한 현부인이어서

"본시 과부의 자식은 칭찬보다도 욕을 많이 듣는 법이니, 특별히 조심해서 뛰어나게 공부하여 이 어미의 입장에 욕되게 함이 없게 하여라."

고 항상 말했다.

두 형제는 모친의 뜻을 받들어 열심히 공부하여 준경은 중종(中宗) 임오(壬午)년에 생원(生員)이 되었고, 명종(明宗) 정묘년에 영의정이 되었으며 74 세를 일기로 세상을 떠났으며 충정(忠正)이라고 시호하였다. 그는 조선 시대 500년 간의 팔대 현상(八大

賢相) 중의 한 사람이다. 그는 넓은 도량과 깊은 식견으로 사람을 잘 고르는 안목을 갖고 있었다.

그는 젊었을 때 이미 이 나라에 당파가 크게 유행하여 망국(亡國)의 조짐 있음을 경계하였고 오리 이원익(梧里李元翼)이 젊어서 병들자 그는 선조 대왕께 주청하여,

"쓸만한 인물 한 사람이 중병에 신음하오니 원컨대 산삼 서 근만 하사하시옵소서."

하면서 이원익을 선조께 천거한 공로가 있는 인물이었다. 오리 이원익과 동고는 얼굴 한 번 대한 적이 없었으나 동고가 오리의 집 앞을 지나는데 그 글 읽는 소리가 비범(非凡)함을 듣고 그렇게 천거하였던 것이다.

동고 상공 이준경에게는 여러 대를 섬겨 온 피씨(皮氏)라는 하인이 있었다.

어느 날 동고 상공이 예궐했다가 집에 돌아오니 그 하인 피씨가

"소인의 딸자식이 이제 바야흐로 성숙했사오니 황송하오나 그 배필을 대감께서 구해 주시오면 소인의 늙고 병든 천한 몸을 의탁할까 하나이다."

하고 말했다. 그는 여러 하인 중에서 특히 성품이 순직하고 청렴하여 동고가 그를 아껴 왔던 것은 물론이다. 노주(奴主)간에 그런 일이 있은지 며칠 후였다.

동고는 그 날도 예궐했다가 돌아오더니 피씨를 불렀다. 그리고는,

"네 사윗감을 고르기 위하여 매일 사람을 찾아 보았으나 쓸만한 위인을 발견치 못하다가 오늘에야 적합한 인물 하나를 구해

놓았다. 이 길로 빨리 가서 데려오너라."

하고 말했다. 피씨의 반가움은 컸다.

"황송합니다마는 그 손이 지금 어디에 있습니까?"

"지금 곧장 이조(吏曹) 앞으로 가면 이상한 행색의 총각 아이가 있을 것이니 그 사람을 데려오도록 해라."

다소 이상하다는 느낌이 없지 않았으나, 피씨는 자기 수하인을 시켜 이조 앞으로 가 보게 하였다. 그 곳에는 과연 떠꺼머리 총각 한 사람이 방황하고 있었다. 거적을 두른 완전한 걸인이었다. 얼굴은 세수를 언제 했는지 알 수 없을 정도였고 수족은 검은 때로 덮여 있었다. 봉두 난발의 머리를 하고 있었는데 옷은 남루하다는 말만으로는 표현키 어려웠다. 거지 가운데도 상거지였다. 피씨 하인은 저 손인가 의심하면서

'대감께서도 망녕이시지 저런 거지를 어찌하여 데려오라고 하셨을까?'

하고 의심했다. 그러나 그를 부르지 않을 수 없었다.

"여보게 총각!"

"왜 그러슈?"

"승상께서 부르시니 나와 함께 가자구."

"무슨 이유로 승상께서 나를 부르시오? 나는 아무런 관계도 없소. 갈 수 없소."

총각은 퉁명스럽게 대꾸했다. 아무리 잡아끌어도 그는 응하지 않았다. 할 수 없이 하인은 그대로 가서 보고했다.

그랬더니 동고 대감은

"내 그럴 줄 알았다."

하더니 포교 다섯 명을 불러 가지고 엄한 분부를 내렸다.

"너희들 듣거라. 이 길로 이조 앞에 가면 거적을 몸에 두른 걸인 한 사람이 있을 테니 그를 모시고 오너라."

부드러운 말로 가자고 할 것이지 강제로 잡아오지 말라고 하여 보냈다. 포교들이 이조 앞에 당도하니 과연 총각이 있는지라 포교 한 사람이 말했다.

"이 사람아! 이리 오게."

"왜 그러오?"

"승상 대감께서 오라고 하시니 우리와 같이 가세."

"승상 대감이 나를 부를 이유가 없습니다."

"갈 이유가 없다고 해도 높은 양반이 부르시니 한 번 가 보는 것이 예의가 아닐까?"

"그럼 가 봅시다. 여러분의 호의를 저버릴 수 없으니……"

포교들이 거지 총각을 데리고 돌아와서 보고했다.

"거지 총각 대령하였소."

동고 대감은 총각을 앞에 가까이 불러 앉히고 물었다.

"너 장가가고 싶지 않으냐?"

"장가를 왜 간답니까?"

"사내 대장부가 세상에 나서 짝이 없이 지낼 수야 있는가?"

"짝이 있는 이도 있고 없는 이도 있지요."

"그것은 안 될 말이야. 너는 꼭 장가를 들어야 한다니까."

"천만부당하신 분부올시다."

"그러지 말고 내가 너를 위해 중매장이가 된 것이니 너무 우기지 말도록 해라."

총각은 이윽고 무엇을 생각하는 듯 하더니 이윽고 말했다.

"대감 분부대로 거행하기는 하겠습니다마는 한 가지 소청이 있습니다. 소인의 성명 삼 자와 장차 갈 곳을 숨겨 주시겠습니까?"

"그러다 뿐이겠느냐? 염려하지 말아라."

그러자 총각은 쾌히 승낙했다.

동고 상공의 이러한 행동은 온 집안뿐 아니라 당사자인 피씨 일가를 놀라게 만들었다. 그러나 무엇을 보았는지 동고는 총각이 결혼을 승낙한 것만을 다행으로 여기며 즉시 피씨에게 명했다.

"내일 안으로 곧 대례를 지내도록 해라."

"그렇게 급하게야 할 수 있습니까."

너무나 이상하게 생각되어서 하는 소리였다.

"그렇게 하지 않으면 다른 곳에 뺏기게 될 것이니까 그렇게 해야 한다."

피씨가 머뭇거리자 동고는 그런 생각을 알고 있는 것처럼 다시 말했다.

"내가 범연히 고른 것이 아니야. 내 말대로 하기만 하면 아무 일 없을 테니 그리 알아라."

동고 이준경의 범연치 않음을 아는 피씨 또한 피할 길이 없는지라 그대로 그 이튿날 대례를 지내고 말았다. 목욕시키고 새 옷을 갈아입히니 거지 총각의 모습은 옷이 날개여서 그런지 그만하면 훌륭했다.

여러 사람들은

"거지 총각 꿈도 잘 꾸었다."

하고 말했지만 피씨의 딸은 은근히 동고 대감을 원망했다.

"어디 시집갈 데가 없어서 거지 총각에게 간담."

그러나 모두 팔자 소관이거니 생각하고 그냥 삭혀 버리고 말았다.

장가든 총각은 그 날부터 세수를 하는 적도 없었고, 아무런 일도 하지 않았다. 그저 하루 세 끼 밥을 축낼 뿐이었다. 그리고는 밤과 낮의 분별도 없이 매일 잠만 자는 것이었다.

때문에 동리 사람들은 손가락질하며 그를 비웃었다.

"거지 노릇을 할 때야 수족을 빨리 놀리지 않으면 밥을 얻어먹지 못하지만 이제 편안히 앉아 있으니 잠자는 일 이에 할 것이 있겠는가. 본시 거지란 것은 게으르고 잠만 자는 것이 특성이니까."

피씨와 그의 부인과 딸은 그런 풍문을 들을 때마다 얼굴을 들 수가 없었다. 이웃 사람들을 대할 면목이 없었다. 그러나 피씨 사위는 누가 뭐라고 하든지간에 그냥 잠만 자는 것이 유일한 일과였다.

그 동안 삼 년이란 세월이 물결처럼 흘렀으나 피씨 사위는 변함없이 낮잠만을 자는 것이 능사였다. 그리고 먹고 대문 밖을 나서는 일이 또한 없었다.

그러던 어느 날 아침이었다. 그는 부리나케 일찍 일어나더니 처음으로 세수를 하고 의관을 정제하고는 집 안을 청소했다. 집 안 사람들은 모두 놀라지 않을 수가 없었다.

"삼 년 만에 비로소 잠이 깬 모양이다."

아내가 이상하게 생각하며 그에게 물었다.

"웬일이세요?"

"응, 오늘은 동고 대감께서 우리 집에 행차하실 거야. 나를 찾아오실 테니까."

집안 사람들은 모두 미치광이의 말로만 여겼다.

그런데 그로부터 얼마 후에 과연 벽제 소리를 요란히 울리며 동고 대감이 피씨의 집 앞에 나타났다. 집안 식구가 모두 놀라며 상공을 맞았다. 피씨 사위는 특히 공손하게 이준경을 맞이하고 있었다.

동고 대감은 피씨 사위의 손을 잡고 추연한 안색을 감추지 않은 채 물었다.

"장차 어찌할 것인가."

"천운이니 할 수 있습니까."

"그래 그럴 거야. 뒷일은 모두 자네가 처리할 것으로 믿고 갈 테니 그리 알게."

"소인이 대감의 은고를 입음이 이렇듯 크온데 어찌 분부를 저버리겠습니까. 장차 사세를 선처할까 하옵나이다."

"자네만 믿고 나는 가네."

동고는 피씨 사위와 이별하고 돌아갔다.

그 집에서는 그 날부터 당장 사위에 대한 대우가 달라졌다. 동고 대감이 온다는 말도 맞았고 더욱이 동고 대감이 무슨 일인지 그에게 부탁하고 갔다는 것이 그 집 사람들의 이목을 현황케 만들었기 때문이었다.

'과연 우리 사위는 범연한 인물이 아니야.'

하고 생각한 피씨는 동고 대감을 배웅하고 돌아와서

"오늘부터는 사위와 더불어 정담을 주고 받아야겠다."

하면서 사위의 방 안으로 들어가려고 했다. 그러자 사위가 말했다.

"장인, 의관 벗을 것 없습니다. 지금 당장 동고 대감 댁에 가 보십시오.”

"방금 그 집에서 오는 길인데!”

"그래도 지금 빨리 가셔야겠습니다.”

"무슨 일이 생겼나?”

"동고 대감이 지금 바로 운명하시게 되었습니다.”

"내가 올 때 아무렇지도 않으셨는데……”

"글쎄 지금 야단이 났으니 빨리 가 보십시오.”

피씨가 크게 놀라며 달려갔더니 동고 대감 집에는 과연 큰 일이 벌어지고 있었다. 남녀 비복들이 들끓고 의원이 왔다 갔다 하고 있었다. 피씨는 동고 대감의 베갯머리까지 들어갔다.

"웬일로 다시 왔는고?”

"사위놈이 빨리 가 보라고 해서 왔습니다. 갑작스레 웬일이십니까?”

피씨가 말하자 동고 이준경은,

"응, 자네의 사위야말로 별다른 인물이니 내가 없을지라도 그의 말을 순종하도록 하여라.”

하고 말한 뒤에 고요히 숨져 갔다. 때는 선조 5년 7월 7일이었다. 74세를 일기로 하여 동고는 떠났다.

그 후부터 피씨 일가는 그 사위를 여불 대우(如佛待遇)하게 되었다. 삼 년 동안의 구박과 학대가 씻은 듯이 없어진 것이다. 동고 상공의 지인지감(知人之鑑)을 피씨는 늦게서야 알게 된 것이었다.

이준경이 세상을 하직한 때로부터 어느덧 오 년이라는 세월이 흘렀다. 그런데 어느 날 피씨 사위가 불쑥 말했다.

“오늘부터 장사를 한 번 해 보았으면 합니다. 밑천을 좀 대 주십시오.”

피씨는 사위가 무슨 말을 꺼내기를 기다리고 있었다는 듯이 대답했다.

“암, 대 주고 말고.”

인간 화복의 모든 것을 알고 있는 사위가 장사를 시작하면 바리 바리 돈을 벌어 들일 것이라고 생각했기 때문이다.

‘사위는 동고 대감이 죽는 시간까지도 미리 알고 있지 않았는가?’

피씨는 돈 삼천 냥을 마련해서 사위에게 주었다.

그런데 사위는 집을 떠난지 반년이 지나도 아무런 소식을 보내지 않았다. 사위의 비범한 점에 대해서는 믿는 구석이 있었지만 그래도 오랫동안 소식이 끊어지니 궁금하기 짝이 없었다. 매일 낮잠을 자던 그 버릇이 객지에서 재발하지나 않았나 하고 근심이 되기도 했다.

어느 날 사위는 낭중 무일푼(囊中無一分)이 되어 돌아왔다. 집안 사람들은 모두 어이없어했는데 그는

“장사에 경험이 없어서 그리 되었습니다.”

하고 한탄하기만 했다.

“어찌해야 하겠는가?”

피씨가 물었더니 그가 대답했다.

“오천 냥만 더 있으면 큰 이익을 볼 것입니다.”

“오천 냥을 변통해 줄 테니 다시 해 보게.”

“그렇게 해 주시면 일이 되겠습니다.”

그는 또다시 오천 냥을 가지고 집을 떠났는데 이번에는 일년이

지나도 소식이 없었다. 때문에 피씨 가족들은

"삼천 냥 손해 보는 데 반년이나 걸렸으니 오천 냥 손해를 보자면 배는 더 걸려야 할 거야."

하고 말하며 스스로 위로했다.

그러던 중에 사위는 어느 날 또다시 빈털터리가 되어 집으로 돌아왔다. 피씨는 속으론 불쾌했지만 겉으로는 아닌 체하며 말했다.

"매양 손해를 보기만 하니 이제부터 어찌한단 말인가?"

"이제 뺀 칼을 도로 꽂을 수도 없고 다시 계속해야만 들인 밑천이라도 뽑아 볼 텐데."

"그럼 어떻게 한단 말인가? 돈이 한 푼도 없으니."

"집과 논밭이라도 다 팔아서 좀 마련해 주시면 좋겠습니다."

"할 수 없지. 그렇게라도 해야겠지."

피씨는 가산을 판 돈 수천 냥을 사위에게 주고 남은 몇백 냥으로 초막을 사서 옮겨 앉았다. 사위는 또 돈을 가지고 집을 떠났다.

피씨는 탄식하며 중얼거렸다.

"사람의 집안이 망할 때가 되면 별일이 다 있느니."

그런데, 사위는 또다시 빈 손으로 돌아왔다.

"이번엔 어찌 되었나?"

"부끄럽습니다만 또 허탕이올시다."

"이제 어찌하려나?"

"무슨 도리가 있겠습지요."

"무슨 도리라니? 나는 이제 더 어떻게 할 수가 없네."

"장인 댁 재산은 다 없어졌으니. 이제는 이 상공 댁에 가서 말씀해 봤으면 좋겠습니다."

"말하기가 난처한데"

"제가 가서 말씀드릴까요?"

"그러면 같이 가세."

두 사람은 동고 상공의 아들들을 찾아가 공손히 인사했다.

덕열(德悅), 예열(禮悅) 두 형제는 반갑게 그들을 맞이했고 또 그들의 소청을 들어 주었다.

돈 오천 냥을 가지고 사위는 또 집을 떠났다. 그리고 떠난지 몇 달이 되도록 소식이 묘연하였다. 어느덧 일 년이라는 세월이 또 흘렀다. 그러던 어느 날 사위는 또 빈 손으로 돌아왔다.

"장사를 할 때마다 손해를 보기만 하니 무슨 이유가 있는가? 상공께서 돌아가실 것을 알 듯이 장사 속도 잘 알텐데. 이거 큰 일났네그려."

라고 말하는 덕열 형제에게 피씨 사위는 다시 청했다.

"이제 아주 끝장을 봐야겠으니 돈이 없으시면 집칸을 팔아서라 도 마지막 밑천을 대 주십시오."

덕열 형제는 전장을 팔아 조그만 집을 장만하고 남은 돈 수천 냥을 또 내주었다. 피씨 사위는 그 돈을 가지고 또 집을 나갔는 데 일 년이 되도록 돌아오지 않았다. 전후 여러 차례의 장사를 하는 동안 벌써 십 년이나 되는 세월이 흘러가고 있었다.

때는 선조 대왕 15년 춘삼월이었다.

피씨 사위가 다시 빈 손으로 돌아와서 이덕열 형제에게 엉뚱한 말을 했다.

"지난 일에 대해서는 물으실 것도 없습니다. 그 동안 소인이 눈여겨 보아 둔 곳이 한 곳 있으니 모두 그리로 옮겨 가도록 하십시다. 서울 살림은 피차 어렵게 되었습니다. 남은 가장 집물을 방매하여 가지고 소인의 처가와 함께 떠나도록 하십시다. 앞날을 위해 그렇게 하는 것이 상책일까 합니다."

부친의 부탁이 있었는지라 그들 형제는 이의 없이 낙향을 결정했다.

두 집의 식솔이 마소를 타고 동으로 떠난지 여러 날이 되었다. 모두 피곤해졌는데, 피씨 사위는 마소를 버리고 산 속으로 들어가기 시작했다. 산은 첩첩하고 중중하여 흰구름만 오락가락하고 있었다. 높은 산 위에까지 올라간 일행은 큰 바위 위에 걸터앉았다.

그 때 사위는 미리 준비하여 두었던 백목 수백필을 꺼내어, 각각 바위에 한 끝을 매고 한 끝을 아래로 늘여 뜨린 뒤에 말했다.

"이제부터 한 사람씩 이 백목줄을 잡고 아래로 내려가십시다."

두 집 식구는 모두 이상하게 생각하며 줄을 타고 그 아래로 내려갔다. 눈을 감고 줄을 타고 내려간 사람들은 드디어 눈을 뜨고 앞을 바라보았다. 그랬더니 이게 도대체 어찌된 일인가? 앞에는 평원 광야가 무한히 전개되어 있었고 큰 기와집들이 즐비하게 있었는데 집집마다 가장집물들이 그득먹했다. 기화 요초들도 또한 눈이 모자랄 정도로 많았다.

여러 사람은 큰 누각 위에서 쉬기 시작했을 때 피씨 사위가 이윽고 말했다.

"그 동안 이 곳을 만드느라고 돈을 좀 썼습니다."

"허참! 옛 글의 무릉 도원(武陵桃源)이 어디인가 했더니 바로 여길세 그려."

이덕열 형제가 크게 기뻐하는 것도 무리가 아니었다.

이 곳에 정착하여 두 집 식구가 살림을 시작한 지도 어느덧 10년이 지나게 되었다. 그렇게 되자 상공의 아들들은 산속 생활이 재미없지는 않았으나 항상 세상 소문이라도 듣고 싶었다. 그 때는 선조 25년 7월이었다.

피씨 사위가 두 집 식구들을 거느리고 높은 산 봉우리에 올라가 멀리 보이는 마을을 가리키며 말했다.

"집들이 불타고 백성들이 도망하는 것이 보이지요. 후세의 사람들은 저것을 임진왜란이라고 말할 것이요. 난리가 지난 4월에 터지고 벌써 팔도 강산이 어육이 되었소. 임금님은 의주로 파천하셨고 세상은 불바다가 되었소. 앞으로 8년 풍진이 벌어지게 될 것이요. 난리가 끝난 후에 세상에 나가서 충주(忠州) 남산 밑이 복된 땅이니 그 곳에 집터를 이룩하십시오."

이어서 그는, 자기가 이상한 행동을 하게 된 것은 임진란을 피하기 위해서였으며, 그것은 이준경의 은덕을 갚기 위해서였다고 말했다. 또한, 이준경의 권속과 피씨의 권속만 구하고 그 밖의 생명과 나라 일을 구하지 못한 것은 분명히 운수 소관 때문이었다고 덧붙여서 설파했다.

이덕열 형제와 피씨는 멀리서 벌어지고 있는 그 난리의 처참한 광경을 바라보면서 피씨 사위의 말을 듣고 있자니 하염없이 솟구치는 비분을 금할 수가 없었다.

어쨌든, 이준경이 맨처음에 거지 총각을 피씨 사위로 중매한 것은 그가 뛰어난 인물임을 알아본 까닭이며 다음에 그를 찾아가서 장차 어찌하려는가라고 물은 뜻은 분명 임진란이 생길 것인데 그 일을 어찌하려는가를 물었던 것이다. 이준경이 이별할 때에 슬퍼하였던 것은 그가 천운이니 할 수 없다고 대답한 말 때문이었다. 또한 '뒷 일을 부탁 한다'는 말은 기왕 세상에 나서지 않을 것이라면 구구한 말이지만 자기의 가족들만이라도 부탁한다는 얘기였다.

물결처럼 세월이 흘러 8년 풍진이 어느덧 지나가 다시 평화로운 세상이 되자 이덕열 형제는 산중에서 벗어나 충주로 왔는데 피씨 사위는 그 곳까지 따라왔다가 어디로인지 자취를 감추고 말았다.

곽사한(郭思漢) 행장기

망우당(忘憂堂) 곽재우(郭再祐)의 후손 곽사한도 이인으로 널리 이름이 난 사람이다. 그는 어렸을 때부터 가세가 빈궁(貧窮)하기 짝이 없었다. 처참할 정도로 빈궁했다.

그런데 그가 그같은 빈궁 속에서 헤매면서도 두 가지 뜻을 세웠으니 하나는 선조의 묘소를 잘 쓰겠다는 것이었고, 다른 하나는 학문에 전심하여 가문을 빛내자는 것이었는데, 그 두 가지가 모두 다 어려운 일이었다. 선조의 묘소를 잘 쓰자면 그렇게 할 수 있는 재산과 지위가 있어야 했는데 곽사한에게는 그것이 없었다. 그래서 그는 우선 학문에 무조건 힘쓰겠다고 결심했다. 그 결심은 무서우리만큼 강했다.
"이 길에 성공치 못하면 앉은 자리에서 일어나지 아니하리라."
그는 실로 굳게 굳게 결심했는데, 그의 아내도 그의 결심을 알았음인지 그를 격려하면서
"죽이고 미음이고 간에 잡수는 것은 제가 벌어들일 테니 공부에만 전념하세요."
하며 아내의 도리를 다하고자 했다. 그리하여 바느질 품팔이부터 이삭줍기, 김매기, 모내기 등 어떤 육체 노동도 마다하지 않았다.

그리하여 글만 읽고 앉아 있는 남편을 간신히 봉양할 수 있었는데, 실로 보기 드문 효부요, 현숙한 아내였다.

어느 날 그녀는 산에 가서 마르지 않은 가랑잎을 긁어다가 마당 한 구석에 널어 놓았다. 그것은 예비로 해 두었다가 때려는 나무가 아니라 그 날 저녁때 당장 때려고 말리는 나무였다. 그리고 주워 온 이삭도 한 멍석 널어놓았다. 그리고도 해가 있었기에 그녀는 다시 이삭을 주우러 밖으로 나갔다.

그런데 그 동안 갑자기 하늘이 흐려지고 풍우가 몰려오면서 삽시에 천지가 돌변하고 말았다.

무심코 글만 읽고 있던 곽사한은

'아내가 마당에 이삭과 나뭇잎을 넣어 놓던데……'

하고 생각하며 문을 열어 보았다. 그랬더니 문 밖은 벌써 큰 물이 나고 멍석은 물에 둥둥 떠 있었다. 뿐만 아니라 곽사한이

"아뿔사."

하는 동안에 그만 멍석마저 물에 휩쓸려 흘러가고 말았다.

'그나저나 이 무서운 폭풍우 속에서 아내는 어찌 되었을까?'

아무리 글 읽기에 미친 곽사한이었지만 그 아내 생각을 하지 않을 수 없었다. 그가 걱정을 하고 있는데

"여보세요."

하는 소리와 함께 아내가 황급히 방문을 열었다. 곽사한이 보니 치마에 한아름 무엇을 싸들고 있었다.

"무사했구려."

"저는 아무 일 없었지만 마당에 널어 놓은 이삭은 어찌 되었어요?"

"글을 읽다가 보니 모두 떠내려가고 말았소."

"예?"

아내는 너무나 어이가 없었는지 그만,

"아이고"

하면서 울음보를 터뜨리고 말았다.

"한 이삭 두 이삭 주워서 모은 것을……"

아내는 넋두리를 하면서 비에 젖은 몸을 오들오들 떨면서 울었다.

"미안하오. 용서하오. 이제부터 글 읽기는 집어치우고 밥벌이라도 하리다."

곽사한은 서글픈 소리로 말했다. 아내는 울면서 치마 앞에 주워 들은 이삭을 가지고 부엌으로 나갔다.

"이놈의 글을 걷어치워야 해."

곽사한은 그렇게 생각했으나 마음 한 구석에서

"요만한 일로 결심을 꺾느냐."

하고 힐책하는 소리가 있었다.

그는 벌떡 일어나 다시 아내를 불러 비장한 목소리로 말했다.

"여보 나의 결심을 부술 수는 없소."

그러자 그녀는 대답했다.

"당신이 변심하면 나의 고생도 보람이 없어지니 이를 악물고 공부하세요."

"오오 고맙소……"

이렇게 하여 공부에 정진한 그였으니 모든 학문에 통하지 않을 수가 없었다. 사서 삼경은 물론이요. 제자백가에 이르기까지 모두 통하게 되었다. 그뿐만이 아니었다. 그는 천문(天文), 지리(地理), 병서(兵書), 술수(術數) 등에도 능하게 되었다. 그것은 그가 결심하고 들어앉아 글을 읽은지 불과 몇 해 만에 얻게 된 결과였다.

그는 드디어 병서와 술수(術數)에 특히 능통하게 되었다. 그래서,
'이제부터는 나의 선조묘(先祖墓)를 잘 보수해야겠다.'
하고 선산으로 찾아갔다.

그는 비록 가세가 빈궁했으나 선산만은 처음부터 넓은 터에 웅장하게 써 놓았으며 주위에는 수목이 울창했다. 그러던 것이 빈궁한 탓으로 묘지기를 두지 못했더니 몇 해 만에 온 산이 말할 수 없이 황폐해져 있었다.

'내가 그 동안 공부에만 너무 힘쓰느라고 자식된 도리를 망각했구나.'

그는 크게 죄스러워하면서 '이제라도 늦지는 않겠지' 하고 목비(木碑) 하나를 깎아서 묘 앞에 세웠다. 그리고 거기에 써 놓기를 「도벌(盜伐)하는 자들은 천벌을 받게 될 것이다.」 하였다.

초동 목수들은 그것을 보자 비웃었다.

"흥, 건방진 놈."

"별꼴 다 보겠군."

"이젠 아예 큰 나무까지 다 쳐 버리고 말테다."

도벌(盜伐)을 상습적으로 하는 초동들은 이렇게 말했다.

"천벌은 무슨 놈의 천벌이야."

"글쎄 말이야."

그들은 우선 그 천벌이라는 것을 한 번 구경하고 싶었다. 그래서 여럿이 나무를 하러 갔었을 때 건장하고 완강하게 생긴 자 하나가

"내가 저 속에 한 번 들어가 볼테니 천벌이 정말로 내리는지 보라구."

하면서 지게를 벗어던지고는 도끼를 들고 묘소 안으로 들어 갔다. 그리고는 큼직한 나무를 골라 도끼로 찍었다.

"쿵"

하고 나무 찍는 소리가 요란하게 울려 나왔다. 그러자 다른 초동들이,

"하하하."

"잘 한다."

하면서 환성을 올렸다. 그런데,

큰 소나무 한 그루가 거의 다 쓰러져 갈 무렵이었다. 별안간 하늘이 캄캄해지고 천둥 번개가 "우르릉, 쾅!" 하고 요란하게 소리를 내며 울리기 시작했다.

여럿은 그제서야

"이크 큰일 났다."

하고 소리치며 모두 도망치고 말았다.

하지만 도끼를 들고 나무를 패던 자는 그렇게 할 경황이 없었다. 어디선가 난데없이 나타난 두 눈을 부릅뜨고 칼창을 짚은 신장들이 뿔 돋힌 머리를 흔들며 삼지오엽으로 싸고 돌았기 때문이다. 그가

"우… 사람 살려."

하고 애원하면서 비명을 질렀으나 때는 이미 늦어져 있었다. 그는 무수한 신장들이 달려드는 바람에 그만 기절하여 쓰러지고 말았다.

도망간 초군들은 그 초군의 부친에게 전후 사실을 이야기했다.

그 부친은 곽사한에게 달려가서 손이 발이 되도록 빌었다.

"한 번만 용서해 주십시오. 미련한 자식이올시다. 한 번만 용서해 주십시오."

그러자 곽사한이 엄한 목소리로 말했다.

"특별히 정상을 보아 용서하니 다음부터는 나의 선산 묘소에 함부로 들어가지 말라."

그로부터 곽사한의 선묘에는 누구 한 사람 감히 벌목하려고 들어가는 사람들이 없었다. 그리하여 묘소 보존이 가능하게 되었던 것이다.

그는 그렇게 함으로써 돈 없이 선조의 묘소를 보호할 수 있었다. 그런데 어느 날, 그가 집에 들어 앉아서 글을 읽고 있는데 친구 한 사람이 찾아왔다.

"여보게."

"왜 그러나?"

"자네가 신술이 있다니 나에게 만고 명장들을 한 번 구경 시켜 주게나."

"원 별 소리를 다 하는군."

"그러지 말게."

"뭘 그러지 말라는 건가?"

"자네 신술에 대해서는 천하가 다 알고 있지 않은가."

"큰일날 소리 작작 하게."

"그러지 말고…… 나마저 속일 셈인가?"

"별 소릴 다 하……"

"한 번만."

"……"

"꼭 한 번만."

"알겠네. 내가 명장들을 보여 주기는 하겠네. 하지만."

"으응?"

"자네 혹시 담이 약하지 않은가?"

"그렇지 않네."

"그러면 됐네."

곽사한은 그렇게 말하고는

"나를 따라 오게."

하면서 집 밖으로 나갔다. 그 친구는 곽사한을 따라 뒷산으로 올라갔다.

"자 앉게."

둘은 큰 바위 밑에 나란히 앉았다.

"눈을 감고 담보를 크게 먹어야 하네. 놀라지 말고."

"알겠네."

눈을 감고 앉아 있는 친구 옆에서 곽사한은 이윽고 뭐라고 주문을 외우기 시작했다. 그리고는 말했다.

"됐으니 눈을 뜨게……"

"그래. 알았어."

하고 눈을 뜬 그 친구는 잠시 주위를 두리번거리다가,

"으아아아~"

하고 비명을 토하며 새파랗게 질리고 말았다. 만산(滿山)의 나무 가지 수 만큼이나 많은 장수들이 갑주와 투구로 몸을 싼 채 눈을 부릅뜨고 웅성거리고 있었기 때문이었다.

"아이고 사람 살리게."

친구가 더듬거리며 말하자 곽사한이 싱긋 웃으며 대꾸했다.

"내가 뭐라고 했던가. 담보를 크게 먹으라고 하지 않았던가."

"으흐흐 빨리 좀 없애 줘."

"모처럼 오셨으니 좀 쉬어야 갈 게 아닌가."

"하지만 좀 빨리."

"하하하, 알겠으니 다시 눈을 감게."

친구가 눈을 감으니 곽사한이 다시 뭐라고 주문을 외우는 소리가 들렸다.

"이제 눈을 뜨게."

친구가 눈을 뜨고 보니 장수들의 모습은 어디론가 사라지고 없었다.

"어떤가?"

"그 무시무시한 장수들은 모두 어디로 갔는가?"

"원래 있었던 곳으로 갔지."

"어디서 왔었던 거지?"

"그거야 말할 수 없지 않은가."

"내가 다시는 그런 청을 하지 않겠네."

그 친구는 고개를 설레설레 흔들면서 돌아갔다.

곽사한은 그 후 난세를 당하게 되자 벼슬길에 나가지 않고 현풍(玄風) 땅에 숨어 후학의 교도에만 힘을 쓰다가 어진 아내와 함께 세상을 떠났는데 당시의 상황에 대해서 자세하게 아는 이들은 없다고 한다.

정고옥(鄭古玉) 행장기

　유명한 이인 정북창(鄭北窓)의 아우인 정고옥이라는 인물이 있었는데, 그도 형과 아울러 천하의 이인이었다고 전해진다.

　고옥의 이웃에서 한 사람의 병자가 발생하자 이웃 사람들이 떠들어 댔다.

　"오래 살다 보니 별놈의 병을 다 본다."

　"무슨 병이기에 그러나?"

　"글쎄, 다섯 가지 빛이 연이어 몸에서 일었다 없어졌다 하니 그게 대체 무슨 병인가."

　"글쎄."

　"그런 병이 있다는 말을 들은 적이 있는가?"

　모두들 병이 이상하다는 말들만 하고 있었다. 그러는 중에 병자는 백약이 무효가 되고 백의(百醫)가 소용없이 되어 거의 빈사 지경에 이르고 말았다. 그 집 식구들은 모두 수심에 잠겨 어쩔 줄을 몰랐다. 그 때, 동네 사람 하나가 찾아 와서 말했다.

　"좋은 수가 있소."

　"무슨 수요?"

　"정고옥 선생께 보여 보시오."

　"고옥이 고칠 수 있을까?"

"온갖 재주를 다 가진 사람이니까, 시험삼아 한 번 보여 보시우."

"그럴까."

그리하여 환자 집의 사람들이 고옥을 찾아가 청하게 되었고, 고옥도 이웃집 사람의 중병을 그냥 모른 체할 수가 없어 그 집으로 가서 진맥을 하게 되었다. 고옥은,

"다섯 가지 빛이라."

하고 혼잣말처럼 중얼거리더니,

"하여간 이 약을 써 보시오."

하고 다섯 가지 약을 주었다.

병자는 그 약을 먹은 후 얼마 지나지 않아서 눈을 뜨고 긴 한숨을 쉬었다.

"이제 살아났다."

그 집에서는 야단이었다. 그 이야기를 들은 동네 사람들 중에서

"하여간 정고옥은 귀신과 같다."

하면서 놀라지 않는 이가 없었다.

고옥이 집에 돌아와 늘어지게 낮잠을 자고 있는데 비몽사몽간에 험상궂게 생긴 자 하나가 어디선가 나타나서 옆으로 쓱 오더니

"여보."

하고 고옥을 불렀다.

"왜 그러시오?"

"그래, 남의 원수의 병을 고쳐 주어 원수를 갚지 못하게 하는 법이 어디 있소."

"그게 도대체 무슨 말이오?"

"이웃집에 사는 그 사람이 바로 내 원수요. 그래서 내가 다섯 가지 빛깔로서 그놈을 죽이려고 했는데 당신이 그를 살려 주고 말았단 말이오."

"그거야 이웃간에, 또 죽는 이를 살리는 것은 인간의 도리가 아니겠소?"

"이번엔 여섯 가지 빛이 나는 병으로 놈을 죽일 테니 당신은 아예 간섭하지 마시오. 그렇게 하면 당신도 원수로 알겠소."

그 괴물은 그렇게 말하고는 연기처럼 사라졌다.

"별 고약한 놈도 있군."

정고옥은 잠에서 깨었다. 그 때 이웃집에서 급히 사람이 왔다.

"야단났습니다."

"왜 그러나?"

"좀 나아지던 병자가 갑자기 전신에 여섯 가지 빛이 나타나며 신음하고 있사온데 아무래도 죽을 것만 같습니다."

"오오 그래?"

"빨리 좀 와 주십시오."

"그래 알겠다."

가 보니 병자는 과연 여섯 가지 빛깔을 가진 채 다시 쓰러져 신음하고 있었다.

"이 약을 먹이고 빨리 물을 가져다 먹이시오."

병자는 고옥이 준 약을 먹자 또 씻은 듯이 몸의 상태가 나아졌다.

"정말로 신기한 일이로군."

"고옥은 역시 신의다."

"암, 그렇고 말고."

사람들은 모두 입을 모아서 그의 재주를 칭찬했다.

고옥이 집으로 돌아가 방 안에 들어갔더니 또 귀신이 나타났다. 그리고는 떡 버티고 서서 말했다.

"당신 때문에 볼장 다 봤소. 이제는 당신이 내 원수요."

"무엇이 어째."

"내 원수를 당신이 또 살리지 않았소."

"이놈아! 옥추경(玉樞經) 소리나 듣고 어서 없어져라."

고옥이 낭낭한 목소리로 옥추경을 외우기 시작하자 귀신은 비명을 질러댔다.

"아야야."

"사불범정(邪不犯正)인 것이지 고연 놈같으니."

그 후로는 귀신이 다시 얼씬도 하지 못했다. 때문에 '고옥은 귀신도 범하지 못한다'라는 소문이 경향간에 자자하게 되었다.

하늘이 불가마처럼 뜨겁던 어느 날이었다. 정고옥의 사랑에 십여 명의 친구들이 놀러 와 있었다. 좁은 방인지라 사람이 많이 모이니 찌는 듯이 더웠다.

"어, 덥구나."

"찐다 쩌."

"한증막이야. 한증막."

"그나저나 이렇게 더워서야 견뎌 낼 수가 있나."

"여보게들, 그러지 말고 이렇게 하세."

"어떻게?"

"고옥에게 별유천지나 보여 달라고 하세."

"그게 될 일인가."

"되구 말구."

"그렇다면 졸라 보세."

땀을 흘리며 떠들어 대던 친구들은 드디어 고옥에게 말했다.

"여보게 고옥, 이렇게 더우니. 신선 놀음이나 좀 시켜 주게나."

"원 별 소릴 다 하네."

"그러지 말고 한 번만 시켜 주게."

"원 참, 그러면 떠들지 말고 가만히들 있게."

"그러지."

친구들은 모두 일제히 입을 다물고 고옥을 지켜보았다. 고옥은 마당으로 나갔다. 거기에는 조그만 샘터가 있었는데 그는 그 옆에서 뭐라고 주문을 외우기 시작했다. 그리고는 잠시 후,

"여보게들 이제 됐으니 나오게."

하고 방 안에서 기다리고 있는 친구들을 불렀다.

그 말에 우르르 몰려 나간 친구들은 눈 앞에 전개된 경치를 보면서 두 눈을 크게 떴다. 그들의 입에서 일제히 탄성이 쏟아져 나왔다.

"아, 이게 도대체 무슨 조화냐!"

"여기가 대체 어딘고?"

"저 푸른 호수를 좀 보게나! 배도 있구만."

"아 시원도 해라."

"주란 화각에서 녹의홍상(綠衣紅裳), 천녀(天女)들이 놀고 있군!"

"가세, 저리로 가세, 가."

그들은 두둥실 떠가듯이 누각으로 걸음을 옮겨 갔다. 그들이

누각에 이르자 선녀들이 시원한 안주와 술을 차려 들고 나왔다. 그들은 다시 환성을 올렸다.

"한잔 먹세."

"취하도록 먹자구."

"으흥, 좋아라."

그들은 시원하고 흥겨운 김에 무한히 마시고 실컷 놀면서 떠들어 댔다.

"여기서 이대로 살았으면."

"저 선녀들과 말인가?"

"하하하."

그 때 마침 그 아득한 호수에서 큰 숭어 한 마리가 배 위에 철썩 뛰어올랐다. 그들은 모두

"이야아~"

하고 탄성을 지르며 어쩔 줄 몰라했다.

시원한 누각에서 혹은 배 위에서 실컷 마시고 먹고 춤추고 노래하던 그들은 마침내 심신이 피곤해져서 모두 누각으로 올라와 깊이 잠들고 말았다.

얼마나 잤을까. 잠에서 깨어서 보니 그들은 고옥의 집 뒤 샘터 옆에서 땀을 철철 흘리며 쓰러져 있었다.

"아니, 여기가 어디야?"

"허어, 한바탕 꿈이었고나."

"시원한 꿈이었다."

"꿈이라고는 해도 너무나 좋았어."

그들은 모두 꿈 속에서의 신선 놀음을 회상하면서 고옥에게,

"자네 덕에 호강했어."

하고 치사했다. 그랬더니 고옥은 빙그레 웃음지으며 그들에게 이렇게 반문했다.

"신선 놀음 꿈에서 깨니 현실이 더더욱 덥다고 않는가?"

고옥이 그의 형 북창과 함께 어딘가 가고 있을 때였다. 한 마을을 지나다가 커다란 기와집을 바라보던 고옥이 형을 보면서 불쑥 말했다.

"저 집 야단났습니다."

"그래."

"저 집 말씀예요."

"그래, 그렇구나."

"어떻게 해야 좋을까요?"

"보고서도 그냥 있을 수는 없지 않겠니."

"제가 도와 주고 가겠습니다."

"그래라."

"형님은 먼저 가십시오."

"그래라."

이리하여 고옥은 그 집으로 가서 주인에게 말했다.

"실은 당신 댁에 큰 액이 있기에 소인이 그것을 면케 해 드리러 왔습니다."

"고마운 말씀이오나 액이라니요?"

"아무 소리 말고 숯 열 섬만 구하십시오."

"네에?"

주인은 무슨 영문인지 알 수 없었으나 횡액을 면케 해 준다는 바람에 급히 숯 열 섬을 안마당에 쌓아 놓았다. 고옥은 그 숯을 한꺼번에 피우라고 했다.

"그리고 쌀곳간을 여시오."

"곳간에 무엇이 있습니까?"

"글쎄, 어서 열기나 하시오."

주인이 곳간을 열었다. 그랬더니 안에서 집채만한 큰 구렁이 한 마리가 마당으로 스르르 나왔다. 그리고는 온 마당에 활활 피어 있는 숯불 속으로 끌려들어 가듯이 들어가 죽고 말았다.

"아니?"

"으흑!"

"허어!"

동리 사람들은 모두 외마디 소리를 질렀다.

"이놈이 그대로 있으면 이 집이 망하게 됩니다."

"허어, 그래요? 고마우셔라!"

"이인이시다."

그는 그 집에서 큰 환대를 받고 물러나왔다.

4. 야 담

야행기(夜行記)

서당(書堂)이라고 해 봤자 남의 집 사랑에 불과한 곳이었다. 글을 배우러 다니는 총각들도 겨우 여섯 명 뿐이었다. 하지만 글방 선생은 학식이 많은 분이어서 온 동네 사람들의 존경을 한몸에 받고 있었으며, 학생들도 저녁밥까지 싸 가지고 다니며 밤 늦게까지 열심히 공부를 했다.

어느 날, 선생이 낯선 총각 하나를 학동들에게 소개시키면서 말했다.

"이번에 아랫마을 김 서방네 집을 사서 이사 온 한천수(韓千洙)다. 오늘부터 함께 공부하게 되었으니 사이좋게 지내도록 해라. 하지만 공부만은 서로 떨어지지 않도록 선의의 경쟁을 해야 한다."

학동들은 접장의 말은 한 귀로 흘리면서 두 눈들을 크게 떴다. 새로 들어온 총각의 얼굴이 아름다웠기 때문이었다.

유난히 긴 속눈썹은 계집애의 그것처럼 칠흑같이 고왔고 동그란 얼굴과 콧날, 그리고 영롱한 두 눈도 유난히 아름다웠다.

하지만,

"천수라고 하오. 잘 부탁합니다."

하고 인사를 하는 굵직한 목소리는 남자의 그것이었다.

여섯 명의 학동들 중에 아랫마을에서 다니는 영봉(永鳳)이라는 총각이 있었는데,

'으음, 저 애가 바로 어제 이사 왔다는 집 아들이었군. 그나저나 대단한 열성이로군. 이사 온 다음 날부터 자식을 서당에 보낼 정도니……'

하고 감탄을 했다. 동시에 마음 속으로부터 흐뭇한 기대감이 솟았다. 그 때까지는 혼자서 어두운 밤길을 걸어 집으로 돌아갔었는데 이제 함께 갈 친구가 생겼다는 것이 우선 반가웠고, 그의 얼굴이 계집애처럼 곱게 생겨서 좋았던 것이다.

때문에 그 날은 읽는 글의 내용이 머리에 제대로 들어오지 않았다.

저녁때가 되어 빙 둘러앉아 서로 해 가지고 온 밥들을 꺼내놓고 먹기 시작했을 때, 학동들은 비로소 이야기를 나누기 시작했다.

"영봉이가 제일 좋겠구나. 함께 다닐 길동무가 생겼으니……"
하고 한 학동이 말하자 천수가 미소지으며 반문했다.

"아, 형님도 아랫마을에서 사시나요?"

"그래. 그런데 천수는 올해 몇 살이야?"

"열여섯입니다."

"그럼 내가 형님 소리를 들어도 괜찮겠군. 열일곱 살이니까……"

"아, 네……"

영봉과 천수는 아무런 어색함도 없이 친해졌다.

그 날 밤, 두 사람은 어깨를 나란히 하고 매봉산 기슭에 자리잡고 있는 윗마을에서 아랫마을로 내려왔다.

윗마을과 아랫마을은 매봉산 줄기가 끝나는 나직한 산기슭을 돌아 미루나무들이 도랑가에 줄지어 서 있는 수레가 다닐 만한 길을 한참 동안 내려가면 나타나는 벌판에 있었다.

모두 십여 호밖에 되지 않는 작은 마을이었는데, 산굽이를 도는 곳에는 숲이 있어서 어두운 밤에는 누구나 그 곳을 지나가기를 싫어했다.

그 날 밤만 해도 잔뜩 흐린 날이어서 주위가 무척이나 어두웠기에 두 사람은 더없이 좋은 길동무가 될 수 있었다.

지금이나 옛날이나 총각인 이상에는 난데없이 여자 생각이 머리 속에 떠오르지 않을 수 없는 노릇인데, 그것도 열댓 살 때부터 열일곱, 여덟 살 때까지가 한창이다.

더욱이 총각들끼리 모여 한담을 나누다 보면, 여자 이야기가 꼭 나오게 된다.

영봉이 불쑥,

"천수는 얼굴이 고와서 처녀애들의 가슴 깨나 울렁거리게 만들었겠군?"

하고 말하자 천수는 쑥스러워하면서 대답했다.

"에이 참, 형님두……"

영봉은 원래 마음씨가 나쁘지는 않았지만 약간 짓궂은 면이 있었다. 천수가 쑥스러워하는 것이 재미 있었는지 그는 다시 물었다.

"여자를 품에 안은 맛은 어떨까?"

"……"

천수는 대답하지 않으며 외면했다.

영봉은 점점 더 짓궂어졌다.

"그래, 처녀애들이 얼마나 꼬였어?"

"에이, 몰라요. 형도 참……."

천수는 몸을 비비 틀면서 대답했는데 어두워서 보이지는 않았지만 얼굴까지 빨개진 것 같았다.

윗마을에 반지(半枝)라는 이름을 가진 계집애가 살고 있었다. 그녀의 어머니는 과부였다. 때문에 술을 팔면서 근근이 살아가고 있었다.

그녀는 얼굴이 제법 반반하게 생겼고, 나이도 서른다섯 살밖에 되지 않았기에 동네의 중년 남자들에게 꽤나 귀여움을 받았다.

그들 중에는 더러 그녀와 잠자리를 함께 했었다고 말하는 사람도 있었으나, 그것은 당사자들의 입에서 직접 나온 말이 아닌, 소문으로만 떠도는 말이었기에 확실한 것이 아니었다.

하지만 실은 한 두 사람이 아니었다. 아래 윗마을 사람들 중의 웬만한 남자들은 거의 다 반지의 어머니와 하룻밤을 잤었던 것이다. 동네에서 그런 짓을 하는 것은 남들의 눈이 있어서 곤란했기에, 술을 마시러 갔다가 친구가 뒷간에라도 잠깐 간 사이에 은근히 그녀의 손을 잡으면서,

"반지 엄마, 나하고 좀 만나 주겠어?"

하고 은근하게 말하면 그녀는 생긋 웃으면서,

"예."

하고 대답했는데, 윗방에서 살면서 그런 모습을 지켜보던 반지는 그녀가 단 한 번이라도 '싫어요' 하면서 거절하는 것을 보지 못하고 있었다. 만나는 장소는,

"뒷산에 있는 곰바위 앞에 있을게."

"방앗가에서 기다릴 테니 그리루 와."

하는 식으로 남자들이 주로 정했는데, 반지 어머니는 틀림없이 약속 시간 전에 밖으로 나갔다가 시간이 꽤나 지난 뒤에야 돌아오곤 했다. 들뜬 것처럼 얼굴이 빨개져 가지고.

빨래를 하는 것은 다 큰 반지의 몫이었기에 반지는 빨랫감을 챙기다가 어머니의 치맛자락과 저고리 등이 구겨질 대로 구겨지고 풀물이 들어 있는 것을 몇 번이나 볼 수 있었다. 그녀는 원래 색욕이 강한 여자였기에 남자의 몸 밑에서 남달리 몸을 뒤틀어 댔기 때문에 심하게 옷이 구겨지고는 했다.

반지는 그런 것을 볼 때마다 기분이 이상해지곤 했다. 나이가 열일곱 살이나 되었기 때문이었다.

더욱이 그들 중에는 한밤중에 집으로 직접 찾아와 살그머니 기어드는 사나이들도 있었기에 반지는 싫어도 그들이 내는 소리를 들어야 했다.

사나이의 거친 숨소리, 어머니가 숨을 몰아서 쉬다가 울어 대는 소리, 그리고 소곤거리는 소리.

탐스럽게 익은 반지는 터질 것같은 자기의 가슴을 만지며 그 소리에 귀를 기울이고는 했다. 그리고는 자기도 모르게 젖가슴을 어루만지던 손을 더욱 은밀한 곳으로 옮기고는 했던 것이다.

나이가 찬 보통 처녀들이었다면 밤에 잠자리에서 자기의 몸이 변화된 곳, 말하자면 갑자기 봉긋이 솟은 젖가슴이나 어른스러워진 아랫배를 매만져보며 자기도 모르게 얼굴을 붉히는 법인데, 반지는 자기 몸의 구석구석을 매만지면서도 얼굴이 조금도 붉어지지 않았다.

어머니를 닮아 천성적으로 음심이 강했으며, 이따금 한밤중에 그런 소리를 들어야 했고, 야릇한 빨래를 했기 때문이었다.

그 반지가 처녀를 잃은 것은 지난 봄이었다. 그것은 그녀 어머니의 탓이었다. 아니, 반지 자신이 봄부터 어쩔 수 없이 몸이 달아올라 그런 시간을 갖게 되기를 원하고 있었던 것이었으니 어머니의 탓이라고만 말할 수는 없는 일이었는지도 모른다.

동네에 기철(基喆)이라는 바람둥이가 있었다. 나이가 마흔 살이나 되었는데도, 서른댓 살 정도로 밖에 보이지 않을 만큼 얼굴이 통통하고 유복스러워 보이는 사나이였다. 물론 돈깨나 있는 인간이었다.

그런 작자였으니 반지 어머니의 반반한 얼굴을 보고 손을 대지 않을 리가 없었다. 그런데, 그녀의 치마를 벗긴 것까지는 좋았는데 그가 반지의 몸까지 탐내게 된 것이다. 그리하여,

"이봐, 반지 말이야. 강물 위에 배 떠나간 자국이 있어? 어때…… 하룻 밤 정도만 내 장모가 되어 주겠나?"
하고 말하게 된 것이다.

"뭐라고요? 그런 망측한 소리가 어디 있어요?"

그녀는 그의 가슴을 꼬집으면서 화를 냈으나,

"그 대신 돈 서른 냥을 주지. 서른 냥이라면 땅에 굴러다니는 돈이 아니니 한 번 잘 생각해 보라구."
하는 말에 꼬집던 손에서 힘을 빼고 말았다. 서른 냥이라면 침을 삼킬 만한 돈이었고, 반지를 곱게 길러서 시집보내야겠다는 생각은 털끝 만큼도 가지고 있지 않았던 여자였으니 그럴 만도 했다.

반지가 두 살이었을 때, 이웃집 총각과 뽕나무 밭에 누워 아랫도리를 허옇게 드러낸 채 서로 희롱하는 것을 남편에게 들켜 쫓

겨난 그녀는 두 살 짜리 딸이 항상 등에 매달려 지내는 것이 지긋지긋했다. 때문에

"이년아, 차라리 뒈져 버려라! 뒤져 버리라구!"

하면서 몸에서 와락 떼어 내동댕이친 적이 많았는데 명을 길게 타고 난 것인지 반지는 죽지 않았다. 어쨌든 그녀는 반지가 큰 뒤에도 종년처럼 부려먹기만 했었지 어머니로서의 따뜻한 정을 쏟은 적이 별로 없었다. 정사의 흔적이 있는 빨래도 거리낄 것 없이 시키고 윗방에 있는 딸이 잠들지 않은 것을 알면서도 사나이에게 안겨 신음 소리를 내는 그런 여자였다.

그래도 한 가닥 양심은 남아 있어서,

"뭐라고요? 그런 망측한 소리가 어디 있어요?"

하고 말했지만 서른 냥을 준다는 바람에 슬그머니 딴 소리를 하게 되었다.

"에미가 어떻게 자식의 신세가 망쳐지는 것을 뻔히 알면서도 모른 척 하겠수. 하긴, 그년은 낮에는 산으로 싸돌아다니고 밤에도 툭하면 놀러 나가니 행실을 믿지는 못하고 있기는 하지만……."

그리고는 결국 승낙을 하고 말았다.

"어쨌든, 알아서 하슈. 서른 냥은 그것 때문에 받는 것이 아니라 꼭 쓸 데가 있어서 그러니 도와 주시는 것으로 알고 받겠수. 알아서 해요."

"그럼, 언제 집을 비워 주겠나?"

"내일 밤에 오시구려. 내일 가게 문을 닫은 뒤에 아랫마을에 내려가서 자고 올 테니까."

다음 날 밤, 기철은 그 집으로 다시 찾아갔고, 반지는 끌어안는

그에게 형식적인 반항을 몇 번인가 하다가 그대로 쓰러지고 말았다.

"아이, 몰라요. 왜 이래요?"

하고 작게 소리치며 몸을 뒤틀었지만 마음 속 깊은 곳에 그런 순간이 오기를 기다리는 욕망이 있었는지라 기철이 저고리 앞섶을 헤치고 손으로 젖가슴을 어루만지며 입술을 빨았을 때는 오히려 자기 쪽에서 손을 돌려 그의 어깨를 힘주어서 안았다.

그러자 기철은,

'이제 보니 이것이 숫처녀가 아니었구나. 하지만 숫처녀가 아니면 어떠냐. 오늘이 아니면 언제 열여덟 살짜리 계집의 몸을 품어본단 말인가.'

하고 생각하며 반지의 몸에 자기의 수욕을 쏟았다. 그러면서 그는 자기가 기대했던 통증을 호소하는 소리는 듣지 못했고, 단번에 쾌감에 빠져 들어가는 탕녀같은 반지의 몸부림만을 보았다. 반지는 실은 그 때까지 남자의 몸을 알지 못하고 있었으나 자기 손의 장난으로 인해 남자와 여러 번 관계를 가진 여자의 몸과 같은 상태가 되어 있었던 것이다. 손장난 뿐이 아니었다. 자기 집에는 밭이 없었기에 이웃집의 가지밭에서 사나이의 그것처럼 생긴 놈 하나를 따다가 밤에 이불 속으로 가지고 들어간 적도 있었던 것이다.

그런 반지가 천수를 보게 되니 마음이 달아오르지 않을 수가 없었다. 한 번 넘은 선은 쉽게 무너지는 법이어서 반지는 며칠만에 한 번씩 그 짓을 계속하고 있었는데 천수를 보게 되자 나이가 많은 기철의 얼굴이 징그럽게 여겨지면서 천수의 얼굴만 눈앞에 떠올라 미칠 것만 같아졌다.

'세상에, 어쩌면 저렇게 잘생긴 사내가 있을까.'

그리하여 아궁이에 불을 때면서도, 잠자리에 누워서도, 심지어
는 기철의 몸을 안고 있으면서도 천수 생각을 하게 되었다.

그래서 언젠가 한 번 말을 걸어 봐야겠다고 생각했는데 그것이
뜻대로 되지 않았다. 아침마다 꼭 함께 가는 학동 하나가 있었고,
밤에도 역시 함께 돌아갔기에 반지는 생가슴만 앓게 되었다.

그러던 중, 기회가 오게 되었다. 지성이면 감천인지 이제나 저
제나 하면서 기다린 보람이 있었다. 영봉이가 제사를 지내러 큰
집에 가느라고 서당을 빠진 날 밤, 천수 혼자서 호젓한 산길을
걸어 아랫마을까지 돌아가게 된 것이었다.

반지는 이윽고 얌전한 걸음걸이로 돌아가는 천수가 나타나자
살며시 뒤따라가기 시작했다. 어둠 속이었지만 하도 많이 숨어서
보아 왔기에 걸음걸이만 보고도 그가 천수라는 것을 쉽게 알 수
있었고 또한 그 시간에 아랫마을로 가는 사람은 천수와 영봉이
밖에 없었으며 키가 작은 사람이 바로 천수였다.

윗마을에서 벗어나 산기슭으로 접어든 천수는 갑자기 뛰어가는
것처럼 빠르게 걷기 시작했다. 밤에 혼자 걷는 것이 무서운 모양
이었다. 그 때까지 그 부근에 산짐승이 나타났었다는 이야기는
없었지만……

반지는 이윽고 부지런히 걸어가 그의 뒤에 따라붙으며,

"저어……"

하고 말을 걸었다.

천수는 소스라치게 놀라 멈춰서면서 그녀를 보았다.

"……?"

"저어……"

탕녀와도 같은 여자였지만 반지는 자기의 마음을 주고 싶은 청년이어서였는지 가슴이 두근거려서 더 이상 말을 잇지 못했다.

천수는 얼떨떨해하며 그녀의 하얀 얼굴을 바라보고만 있었다. 반지는 용기를 내서 다시 입을 열었다.

"이번에 서당에 들어온 도령님이시죠?"

"예, 그런데 낭자는?"

"저어, 제 이름은 반지라고 해요. 도령님이 서당에 다니시는 걸 항상 숨어서 봐 왔어요."

"예?"

반지는 머리를 푹 숙이며 말을 이었다.

"저는, 하룻밤도 도령님 생각을 하지 않은 적이 없었어요."

"낭자……"

천수의 목소리는 떨리고 있었다. 그 목소리에는 난처함과 수줍음이 잔뜩 어려 있었다.

"사람에겐 사람의 길이 있는 법이오. 우리가 이렇게 어두운 밤길에 만나는 것은 남녀 칠세 부동석이라는 가르침에 어긋나는 일입니다."

천수가 점잖게 타이르자 반지는 자기의 기대가 깨졌다고 생각하며 당장이라도 미칠 것만 같은 기분이 되었다. 다음 순간 그녀는,

"흐흑…… 도령님……"

학 울음을 터뜨리며 천수의 가슴에 얼굴을 묻었다.

"아니, 낭자!"

놀라면서 책보를 떨어뜨린 천수는 재빨리 그녀의 어깨를 받아 쥐면서 뒤로 밀었다. 그러자 반지가 이성을 잃으며 앙칼지게 소리쳤다.

"소리를 지르겠어요. 당신이 나를 꾀어서 내 신세를 망쳤다고……!"

"예?"

오늘 어떻게 해서라도 그의 가슴에 안기겠다고 작정하고 있던 반지는 앙칼진 목소리로 멋대로 떠들어 댔다.

"어서 나를 안아요. 어서!"

"아니, 나…… 낭자……"

"나를 안지 않으면 서당에 가서 소문을 내겠어요."

모진 말을 내뱉은 그녀는 다시 천수의 품 안으로 몸을 던졌다. 천수는 당황하며 더듬거렸다.

"낭자, 그런 일은 부모님들이 알아서 하실 일이니……"

"듣기 싫어요. 어서!"

세상에 어떤 부모가 한 마을에서 술장사하는 과부의 딸을 데려가려고 할 것인가! 반지는 그에게 시집갈 생각 같은 것은 아예 하지도 않았었다. 그저 그의 품에 한 번 안겨나 보았으면 하는 간절한 소망만이 있었기에 생떼를 썼다. 그러자 천수는 큰일났다고 생각했는지 반지의 몸을 화악 밀어 버리고는 책보를 주워 들기가 바쁘게 아랫마을을 향해 달아났다.

반지는 그를 뒤쫓아가지는 않았다. 그 자리에 그대로 주저앉아 분함을 참지 못하며 울기만 했다.

다음 날 아침.

반지는 조반도 먹지 않고 누운 채 울기만 했다. 두 눈가가 퉁퉁 부을 정도로.

"왜 그러느냐? 아침부터 재수없게……"

어머니가 퉁명스럽게 묻자 그제서야 그녀는 앙심을 품은 얼굴로 대답했다.

"나 당했어요. 변을 당했어요."

"당해? 무슨 변을?"

"어젯밤에 아랫마을 어귀에서 서당에 다니는 총각에게……"

"뭐가 어째? 거기서 당했다면…… 두 놈이 함께 다니는 걸 보았는데 도대체 어떤 놈이냐? 새로 온 작은 놈은 얼굴이 고운 게 그런 짓을 할 놈으로 보이지 않던데……"

"바로 그 작은 놈에게……"

"그래? 아니, 세상에 그런 쳐죽일 놈이 있나. 얼굴은 곱게 생긴 녀석이 마음은 야차보다도 더한 놈이었구나. 오냐, 이놈 어디 뜨거운 맛을 좀 봐라."

그녀는 서당 문이 열리기가 무섭게 팔을 걷어붙이고 달려갔다. 서당 안으로 들어선 그녀는 다짜고짜 천수에게 달려들어 멱살을 잡아 일으켜 세웠다.

"아니, 이게 도대체 무슨 행패요?"

접장이 놀라며 나무라자 그녀는 대답 대신 천수의 뺨을 후려치며 소리쳤다.

"이 나쁜 놈! 천금보다 귀한 남의 딸을 겁탈해서 신세를 망쳐?"

"아주머니, 아녜요. 그렇지 않아요."

천수가 파랗게 질리며 억울하다고 변명했지만 그녀는 아수라처럼 날뛰며 계속해서 뺨을 때렸다.

"아니긴 뭐가 아니야. 이 날불한당 같은 놈아!"

"허어, 그만 하시라니까."

접장은 가까스로 그녀를 달래 천수의 몸에서 떼어내 놓고는 그처럼 난리를 치는 연유에 대해서 들었다.

이윽고 학동들 쪽으로 얼굴을 돌린 그는 백발이 성성한 얼굴에 노기를 가득 담은 채 내뱉듯이 말했다.

"오늘 공부는 이만 끝내겠다. 모두 돌아가고 영봉이 너는 저놈의 아버지를 좀 모시고 오너라."

"예."

"천수, 너는 거기 꿇어앉아 있어."

"선생님, 실은 그런 것이 아니라……"

천수가 눈물까지 글썽이며 억울함을 호소하려고 했지만 접장은 들어 주지 않았다.

영봉은 천수가 그런 짓을 했다는 말을 믿을 수가 없었다. 여자 얘기만 나와도 부끄러워하며 어쩔 줄 몰라 하는 천수는 하늘이 두 쪽이 나는 한이 있어도 그런 짓을 할 사람이 아니라고 생각되었다.

그는 접장을 보면서 말했다.

"선생님, 천수는 그런 애가 아닙니다. 제가 잘 알고 있습니다. 아마, 사람을 잘못 본 것일 겁니다. 제 목이 달아나는 한이 있어도 천수는 그런 애가 아니라고 장담하겠습니다."

그 말이 천수에게 커다란 감동을 심어 준 모양이었다. 고마워하는 빛이 눈물에 젖은 그의 눈동자 속에 떠올랐다.

동시에 반지 어머니가 다시 짖어 대는 것처럼 악을 썼다.

"흥! 멋대로 잘도 씨부렁거리는군. 너 지금 목이 달아나는 한이 있어도 장담한다고 말했겠다?"

"그렇소."

영봉이 그녀를 노려보며 분명한 목소리로 말했다.

천수가 다시 변명해 보려고 했지만 뜻대로 되지 않았다. 반지 어머니가 악을 쓰면서 그의 말을 계속해서 막았기 때문이었다.

"어서 가서 천수 아버지나 모시고 오너라."

"네."

영봉은 접장의 재촉에 못 이겨 할수 없이 글방 밖으로 나갔다.

천수의 아버지는 얼마 후에 영봉이와 함께 글방으로 왔는데 이상하게도 크게 놀란 얼굴이 아니었다.

그는 독기가 잔뜩 올라 있는 반지 어머니를 그윽한 눈빛으로 한동안 바라보더니 접장에게 말했다.

"선생님, 아무도 없는 곳으로 가서 드릴 말씀이 있습니다."

"그래요?"

접장은 그를 안내하여 자기의 방으로 들어갔는데 잠시 후에 나온 그의 표정은 달라져 있었다.

그는 이윽고 반지 어머니를 노려보며 말했다

"당신의 딸년 말이야, 천하에 앙큼한 계집이로군."

"뭐, 뭐라고? 이젠 늙은 접장까지 짝짜꿍이 되는구나. 저놈의 애비가 논마지기라도 떼어 주겠다고 말한 모양이지. 이거야 원……"

반지 어머니가 삿대질까지 해 대며 말하자 접장이 잔뜩 메마른 목소리로 대꾸했다.

"고자가 계집을 겁간할 수도 있는 건가? 이 사람아, 천수는 태어날 때부터 남자의 기물이 없었어. 내 말이 믿어지지 않으면 직접 만져 보라구."

"뭐, 뭐라고요?"

그녀의 얼굴은 단번에 찬 물을 뒤집어 쓴 것 같은 표정으로 바뀌어졌다.

"어서 만져 보라니까."

그녀는 이윽고 번개처럼 천수에게 달려들더니 옷 위를 더듬으며 그의 몸을 만져 보았다. 천수의 가랑이를 몇 번이나 훑어 보던 그녀는 결국 힘없이 그 자리에 주저앉고 말았다.

천수는 눈물을 흘리던 얼굴에 부끄러움을 가득 담고 있었다.

이윽고 접장이 서슬이 퍼래져서 내뱉었다.

"그 앙큼한 년을 이 동네에 더 이상 놔 둘 수가 없다."

그는 즉시 동네의 어른들을 모아 놓고는 반지를 끌고 오도록 했다. 너무나 완전한 증거가 있었기에 그녀는 아무런 변명도 할 수가 없었다.

그녀는 둘러앉은 동네 어른들 앞에서 자기가 거짓말을 했다고 실토했다.

두 모녀는 당장 그 마을에서 쫓겨나고 말았다.

다음 날 밤.

공부를 끝내고 서당에서 나온 영봉과 천수는 다른 날처럼 아랫마을을 향해 나란히 걸어갔다. 천수가 부끄러워서 어쩔 줄 몰라 하자 영봉이 다독거려 주듯이 말했다.

"에이, 동생이 그런 억울한 몸으로 태어난 줄은 조금도 몰랐어. 차라리 조금만 더 이상하게 되어 여자로 태어났다면 내가 목숨을 걸고라도 청혼을 했을 텐데……"

그러자 천수는 더욱 부끄러워하며 몸을 움츠렸다.

"만일 그렇게 되었다면 내 말을 들어 주었을까?"

"아이, 형님두 참……"

천수는 또 한 번 몸을 틀면서 부끄러워했는데 그러는 모습이 마치 여자 같았다.

"그보다 형님, 어제는 정말 고마웠어요."

"에이, 뭘 그런 걸 가지고, 어서 가기나 하자."

그 때부터 두 사람의 사이는 갑자기 가까워졌고, 서로를 바라보는 눈에는 보통 이상의 정이 가득히 담겨 있게 되었다. 너무나 자연스럽게 서로의 손을 잡고 산굽이를 돌아 아랫마을로 돌아오게 되었다.

그리고 영봉은 이따금, 똑같은 말을 하고는 했다.

"그거 참, 살결이 부드럽기도 하지. 어쩌면 여자의 손처럼 이렇게도 고우냐?"

같은 남자끼리면서도 이상한 감흥을 느끼며 천수의 손을 어루만지고는 했는데 그 때마다 손을 내맡긴 천수는 이상하게도 숨이 가빠지고는 했다.

때문에 영봉은 이상하게 생각했지만 크게 개의치 않았다. 또한 천수에 대한 정은 더욱 깊어만 갔다.

'정말 희한한 녀석이야. 목소리는 굵은데 어딘지 모르게 여자처럼 갸날퍼 보여.'

정이 들면 남자끼리도 연정이 싹틀 수 있는 것인지 연봉은 언젠가부터 밤이 되어 누웠을 때도 천수의 얼굴이 눈앞에 떠오르게 되었다. 자기가 꼬옥 쥐면 단번에 뜨겁게 달아오르는 작은 손의 온기가 생각났고 무슨 말을 할 때면 가쁜 듯이 몰아서 쉬는 천수의 숨결 소리가 귀에 들려 오는 듯했다.

  어느 날 밤이었다.
  그 날도 둘은 함께 손을 잡고 집으로 돌아오고 있었는데 산굽이를 마악 돌았을 때였다. 커다란 느티나무에 무엇인가 허연 것이 늘어져 흔들리고 있었는데 마치 귀신이 붙어서 흐느적거리는 것 같았다.
  "어머나!"
  천수가 소스라치게 놀라며 영봉의 품으로 뛰어들었다.
  "어?"
  오싹하고 소름이 끼치는 것을 느끼며 놀라기는 영봉도 마찬가지였다. 그 순간 그는 자기는 죽더라도 천수를 지켜 줘야 한다는 생각이 들어 천수의 몸을 꽉 얼싸안았다.
  그런데, 자세히 보니 그것은 누가 무슨 액막이를 한 것인지 길다란 무명폭을 걸어 놓은 것이었다. 서낭나무가 하나 새로 생긴 것이었다.
  "아, 아무것도 아니야."
  하고 말하려던 영봉은 다음 순간 입을 다물어 버리고 말았다. 천수의 가슴이 주는 부드러운 탄력감이 느껴졌기 때문이었다. 그는 천수의 가슴이 이상할 정도로 풍만하다는 것을 그 때 비로소 알았다. 때문에,

'어째서 옷을 풍성하게 입는가 했더니, 젖가슴이 여자처럼 이렇게 불룩해서 그랬었구나!'
하고 생각했는데 어쨌든 간에 여자의 앞가슴 같은 감촉은 그를 흥분하게 만들었다. 영봉은 그렇지 않아도 천수의 그 작은 몸을 한 번 안아 보고 싶었었기에 놓아 주지 않고,
"아, 좋아! 좋아!"
하고 중얼거리며 더욱 힘을 주어서 끌어안았다. 천수의 숨이 갑자기 가빠지기 시작했다. 영봉은 그의 뺨과 목에 화끈거리는 자기의 입술을 갖다 댔다.

다음 날 밤에도 영봉은 그 지점에 이르자 지극히 자연스럽게 그의 목을 끌어안으면서 중얼거렸다.
"아아, 네가 여자였다면 얼마나 좋을까?"
"……"

천수는 숨만 가쁘게 몰아서 쉴 뿐, 거부하지 않으며 그에게 안겨 왔다. 영봉은 그 날 밤엔 무척이나 대담해져 천수의 입술에까지 자기의 입술을 갖다 댔다. 천수의 입술은 마치 빨갛게 타오르는 숯덩이 같았다. 바로 눈 아래에 어둠 속에서도 보이는 새까만 눈동자가 있었다. 영봉은 더 이상 참지 못하고 천수의 몸을 밀어 길가의 풀밭 위에 쓰러뜨렸다. 그리고 여자처럼 봉긋이 솟은 그의 젖가슴을 어루만졌다. 천수의 숨은 점점 더 가빠지고 있었고 손을 돌려 영봉의 어깨를 안았다.
"네가 좋다. 너도 내가 좋으냐?"
"네, 형……"

그 다음 날 밤에도 두 사람은 그 지점에 이르자 서로 끌어안고 쓰러지며 뒹굴었다.

천수도 전날보다 대담해지고 있었다. 치솟는 흥분을 억제할 수 없는 모양이었다. 그는 영봉이 젖가슴을 주무르는 바람에 온몸이 숨이 멎을 정도로 달아오르며 더듬거렸다.

"형…… 사…… 사실은 나……"

"응?"

"나…… 나는 여자예요."

"뭐?"

그 순간 영봉은 산등성이와 하늘이 빙글빙글 돌고 하늘의 별들이 쏟아지는 것같은 야릇한 기쁨을 느꼈다.

그 말에 대한 사연을 물어 볼 여유가 없었다. 영봉은 그의 가슴에다 와락 얼굴을 파묻으며 입으로 쌓이고 쌓여 있었던 사랑을 마음껏 주었다. 탄력있게 솟아 있는 여자의 젖가슴은 영봉의 정신을 어지럽게 만들었다. 영봉의 손 하나가 천수의 바지춤 속으로 주저하지 않고 들어갔다. 그의 손은 잠시 후 활활 타는 불꽃 속에 들어간 것 같은 느낌을 받았다. 그것은 물론 부드러운 수초(水草) 속의 불꽃이기는 했지만……

"아아…… 천수야……"

"옥녀(玉女)에요. 제 이름은……"

"아, 그래. 옥녀야……"

두 사람의 몸은 이윽고 한몸이 되어 녹아 들기 시작했다. 옥녀의 입에서

"아아…… 아…… 으음……"

하는 고통을 씹는 소리가 새어 나왔다. 하지만 그녀는 기뻐하는

마음으로 참아 내고 있었다. 자기를 위해서 목숨까지 바칠 수 있다고 말한 남자였기 때문이었다. 자기가 고통을 받음으로써 그에게 환희를 줄 수 있다는 것이 그녀는 너무나도 기뻤다.

옥녀는 무슨 까닭에서였는지 네 살이 되었을 때부터 목소리가 점점 굵어지더니 결국에는 사내애들의 목소리처럼 변해 버렸다고 했다. 동네 아이들이 하도 놀려 대는 바람에 이사를 여러 번 했으나 결과는 마찬가지였다. 때문에 그녀가 열 살이 되었을 때 부모가,

"아예 남장을 시켜 사내애로 키우면 어떨까?"

하고 말하게 되어 다시 이사를 가면서 남자 옷을 입고 자라게 되었다. 그 동네 사람들은 그녀를 사내아이로 알게 되었다.

그런데 얼굴은 영락없는 계집애였고 저절로 우러나오는 몸짓은 하루 아침에 고칠 수 없는 것이어서 이번에는 계집애라고 놀림을 받게 되었다. 그래서 이번에는 옷을 풍성하게 만들어 입히고는 매봉한 기슭으로 이사를 왔었던 것이었다.

그 후 두 집 사이에 은밀하게 혼담이 오고 갔다는 것은 굳이 말하지 않아도 될 이야기일 것이다.

은혜를 갚은 거지

옛날, 아주 멀고 먼 옛날에 평안도 맹산이라 하는 곳에 갈 맹부라고 하는 사람이 살고 있었다.

갈맹부는 아주 돈이 많은 부자였다. 부모님을 일찍 여의어 부모님이 남겨 준 재산이라고는 헌 양말짝 하나 없었는데 어려서부터 부지런하고 성실해 돈을 모은 것이다.

갈맹부는 맹산에서 그리 멀지 않은 곳에 있는 섬을 사서 그 곳을 개간하여 논밭을 만들고 가난하고 집이 없는 이들에게 집을 지어 주고, 또 논밭이 없는 이들에게 논밭을 주어 걱정 없이 살게 해 주었다. 그러니 마을 사람들 누구나 그를 칭찬하지 않는 이가 없었다.

그런데 갈맹부의 부인 김곱분은 마음이 곱지 못했다. 얼굴이 고와 곱분이라고 한다는데 마음은 아주 미웠다.

남편이 누구에게 콩 한 되를 주면 가서 콩 한 말을 빼앗아 오고, 밭뙈기 하나 주면 온종일 돌을 주워다 부어 기어이 못쓰게 만드는 등 놀부 부인의 사촌쯤 되는 심술을 갖고 있었다.

그래서 갈맹부는 남들에게 좋은 일 하는 것을 아무도 모르게 베풀었다. 왼손이 하는 것을 바른손이 모를 정도로……

갈맹부가 환갑이 되던 해 가을, 환갑 때 쓰려고 갈씨 부인은 술을 잘 빚어 집 뒤 갈밭 속에다 묻는 등 잔치 준비에 바빴다.

떡쌀을 치는 사람, 전을 부치는 사람, 그릇을 씻는 사람들로 갈씨의 집은 장이 선 것보다 더 붐비고 떠들썩했다.

평소 갈씨에게 은혜를 입은 사람들이 모두 몰려와 일을 거들어 갈씨 집 경사라기보다는 동네 경사였다.

소를 세 마리, 돼지를 열 두 마리나 잡았다니 얼마나 크게 차린 잔치인가를 잘 알 수 있을 것 같다.

"그릇 깨지 말고 잘 다뤄라. 어유, 편육이 너무 커. 콩고물은 조금만 묻히지 않고, 음식을 맛보는데 왜 그렇게 많이 먹어?"

갈 맹부의 부인은 안팎으로 거드름을 피우고 다니며 잔소리를 마구 퍼부었다.

'에이, 누가 제깟 것 보구 와서 일하나.'

일하는 사람들은 속으로 코방귀를 뀌었지만, 갈씨를 위해 열심히 일을 했다.

"아이구머니나! 이걸 어째. 아유, 이걸 아까워서 어쩌지……"

집 뒤쪽으로 갔던 갈씨 부인은 소스라치게 놀라며 한탄을 했다.

"마님, 무슨 일이 있습니까요?"

"아이, 넌 알 것 없다. 냉큼 가서 어르신네를 모셔 와라."

갈씨 부인은 일꾼이 묻는 말에는 아무 대답도 않고 무조건 갈씨를 모셔 오라고 일렀다.

"아니, 왜 그러오?"

갈씨는 급히 달려와서 부인에게 물었다. 부인은 갈씨의 옷자락을 잡아끌며 안방으로 들어갔다.

"여보 큰일났어요. 어떡하면 좋죠?"

"무슨 말인지 차근차근 얘기해 보구려."

"아, 글쎄 술독에 커다란 구렁이 한 마리가 빠져 죽었지 뭡니까. 그러니 그 아까운 술을 버리지도 못 하고 어떡하면 좋을까요."

"어떡하긴 어떻게 해, 내다 버려야지. 그걸 먹고 탈이라도 나면 어쩌려고."

"그게 돈이 얼마나 든 건데 버린단 말예요."

안방에서는 구렁이가 빠진 술을 버려야 된다느니 아까워 버리지 못한다느니 하며 입씨름을 한참 벌였다.

이윽고 잔칫날이 다가왔다.

"떵그덩 떵, 떵그덩 떵……"

장구 치는 소리에 맞추어 기생과 손님들은 어울려 춤을 추고, 방과 마루는 물론 마당에다도 멍석을 깔아 놓고 손님을 맞았다.

머리에 수건을 질끈 동여맨 아주머니들은 음식 나르기에 바빴다.

갈맹부는 안방 제일 큰상 가운데 앉아 축하의 술을 받아 마셨다. 그리고 별채 구석진 방에는 여러 곳에서 모인 거지들이 상다리가 휠 정도로 차린 음식을 먹어가며 즐겁게 놀았다.

이 자리는 말할 것도 없이 갈 맹부가 부인 몰래 차려 준 것이었다.

술잔이 서로 오고 가기를 거듭하자 모두들 흥이 돌아 여기저기서 노래 부르는 소리가 집 안을 흔들었다.

갈씨는 갈씨대로 갈씨 부인은 부인대로 손님들에게 둘러싸여 축하를 받았다.

같은 축하지만 갈씨와 갈씨 부인이 받는 축하는 엄청나게 다른 것이었다.

갈씨에게 축하하는 사람들은 진심으로 축하하는 것이고 갈씨 부인에게 축하하는 사람들은 마지못해 하는 축하니까 다를 수밖에 없었다.

갈씨는 그 북새통 속에서도 한 자리에 오래 있지 않고 이곳저곳을 다니면서 손님들이 음식을 잘 먹나 살폈다.

뒤곁으로 나온 갈씨는 사방을 두리번거리더니 얼른 쪽문을 열고 뒤채로 갔다. 뒤채 제일 구석진 방에서 거지 일가가 자리를 잡고 음식을 맛있게 먹다가 갈씨를 보고 반색을 하였다.

거지 부부와 그 아들 딸, 이렇게 네 식구였는데 그들의 몰골이란 이루 다 표현할 수도 없을 정도였다.

또 아들 딸 네 식구 모두 얼굴, 손발 할 것 없이 모두 진물러 고름이 줄줄 흐르고 있었다.

"주인 나리, 이 은혜는 죽어도 잊지 않겠습니다요."

아버지 거지가 갈씨에게 넙죽 엎드려 말했다.

한편 갈씨 뒤를 살금살금 따라와 엿듣던 갈씨 부인은 입을 씰룩이다가 비쭉 웃으면서 안채로 들어갔다.

갈씨는 그것도 모르고 먹고 싶은 것이 있으면 사람을 불러 실컷 먹으라고 하고 안채로 갔다.

갈씨 부인은 조금 있다가 심부름하는 여자 아이에게 음식 한 상에 커다란 술주전자 하나를 들려 가지고 살짝 뒤채로 보냈다.

"이것 저쪽 방 거지들에게 갖다 주고, 주인 나리께서 보내시는 거라고 해라. 그리고 이 술은 특별한 술이니 어른들은 물론 두 아이들도 모두 들라고 일러라."

그렇게 시키고는 밖에서 동정을 살폈다.

그렇지 않아도 기름진 음식을 먹어 속이 느끼하고 목이 컬컬하던 참에 주인 나리께서 특별히 술상을 내리셨다기에 그들은 그 술을 나누어 마셨다. 술 향기가 그윽한 게 참으로 좋았다.

술주전자를 덜레덜레 들고 나오는 여자 아이를 보고는 갈씨 부인은 싱글벙글했다. 그 술은 뱀이 빠져 죽은 바로 그 술이었다.

거지 일가는 실컷 먹고 마시고 또 갈씨가 챙겨 준 음식 한 보따리를 들고 뒷문으로 살며시 빠져나왔다. 음식을 너무 많이 먹어서 그런지 술을 많이 마셔 그런지 자꾸 졸음이 왔다. 그래서 마을 뒷산으로 가서 잠을 잤다.

얼마간 자다가 아버지 거지는 목이 말라 눈을 떴다. 해는 중천에 떠올랐다. 그러니까 꼭 하루를 잔 것이었다.

아버지 거지는 무심코 잠들어 있는 식구들을 보는 순간 깜짝 놀랐다.

이게 웬일인가? 진득진득 진물이 나던 자리가 깨끗하게 나아 있었다. 자신의 손을 보니 그것도 깨끗하고 얼굴을 만져 보니 얼굴도 깨끗하였다.

아버지 거지는 식구들을 깨웠다. 잠에서 깬 그들은 좋아라 하면서 깡총깡총 뛰었다. 무엇보다도 정든 집에서 오순도순 살 수 있게 되었다고 생각하니 꿈같이 즐거웠다.

원래 이들은 남부럽지 않게 살았는데 몹쓸 병에 걸려 동네가 부끄러워 집을 두고 나와 혹시 이 병을 고칠 수 있을까 하고 떠돌아다니던 사람들이었다.

그들은 물에 얼굴을 말끔히 씻고는 갈씨 집 쪽에다 대도 고맙다고 세 번 큰절을 하고는 집으로 향했다.

아, 그런데 이건 또 무슨 일인가? 잔치가 끝나자 갈씨 부인이

시름시름 앓더니 요즈음 말하는 문둥병처럼 여기저기가 곪고 헐고 진물이 줄줄 흘러내리기 시작하였다. 유명하다는 의사는 모두 불렀으나 부인의 병은 좀처럼 낫지 않았다.

"그렇게 못된 짓을 했으니 하느님이 벌을 내리신 거야. 고소하다 고소해."

마을 사람들은 부인을 동정하기는커녕 오히려 고소해하였다.

갈씨가 아내의 병을 고쳐 주는 사람에게는 많은 돈을 준다는 방까지 붙였으나 누구 한 사람 고치는 이가 없었다.

이 소문은 고을을 지나 아주 먼 곳에까지 퍼졌다.

한편 이 소식을 들은 옛날의 거지 아버지는 갈씨 부인의 병을 고쳐 주리라는 마음을 먹고 길을 떠났다.

갈씨 집 앞에 당도하니 해는 뉘엿뉘엿 서산에 지고 있었다.

"계십니까? 주인장 계십니까?"

한참 만에 신발 끄는 소리가 나더니 문이 열렸다.

"이 집 마님 병환을 고치러 왔는데 주인 나리 계시냐?"

조금 뒤에 갈씨가 나와서 어서 들어오시라고 공손히 맞았다.

"주인 나리, 제가 은혜를 갚고자 이렇게 왔습니다."

그가 갈씨에게 예를 갖추자 갈씨는 어안이 벙벙했다.

그 사람은 지난 얘기를 주욱 했다. 그제야 갈씨는 반갑다며 손을 잡고 흔들었다.

갈씨 부인은 예전에 거지였던 사람이 앓던 병과 꼭 같았다.

거지였던 사람은 시침을 뚝 떼고 잔치 때 뒤채 구석진 자리에 병든 거지 네 사람이 있을 때 어떤 술을 갖다 주었느냐고 물었다. 물론 심부름하던 여자 아이에게 모든 걸 알아낸 후였다.

갈씨 부인은 한숨을 땅이 꺼져라 크게 쉬고 잘못을 뉘우치며 자초지종을 이야기하였다. 거지였던 사람은 그 말을 다 듣고 바로 그 술을 먹고 식구들 모두가 병이 나아 잘 살고 있다고 말했다.

마침 그 술이 아직도 남아 있어 갈씨 부인은 뱀이 빠진 술을 먹고 거지 일가처럼 한숨 푹 자고는 몸이 깨끗이 나았다.

이렇게 하여 갈씨 부인은 나쁜 마음을 뜯어 고치고, 이후로는 어진 갈씨를 도와 이웃에게 친절히 대하며 오래오래 살았다고 한다.

불여우의 난동

　고려 충숙왕 때 황해도 평산(平山)에 신현과 신집이라는 두 형제가 살고 있었다.
　그런데 형인 신현은 새들이 재잘거리는 소리를 듣고, 그 새가 저희끼리 무슨 말을 하고 있나 하는 것까지 알아 내는 재주를 가지고 있었다.
　이 형제들이 어렸을 때의 이야기이다. 두 형제는 그 때 공부를 하기 위해 절간에 들어가 있었다.
　어느 날, 형인 신현이 마당에 앉아 있으려니까 고목나무 위에서 까마귀가 '까악 까악' 하고 시끄럽게 울어 대는 것이었다.
　신현이 아우에게 말했다.
　"저 소리는, '수풀 속에 먹을 것이 있으니, 까마귀들아. 어서 모여라.' 하는 소리다."
　"설마."
　아우는 형의 말이 믿어지지 않았다.
　"믿어지지 않거든 나를 따라와 봐. 가서 눈으로 보면 알 테니까."
　두 소년은 고목 아래로 달려갔는데 앞서서 달리던 아우 신집이 갑자기,

"에구머니!"

하면서 뒷걸음질을 쳤다.

"뭘 가지고 그러니?"

신현이 뒤쫓아와 아우의 어깨 너머로 그것을 보더니 그도 또한

"으악!"

하고 비명을 질렀다. 거기에 자기네들 또래의 소년이 죽어 있었던 것이다.

"까마귀가 운 것은 이 때문이었다."

신현이 그렇게 말하면서 시체를 살펴보니 시체는 온몸이 찢겨져 피가 흐르고 있었고 옷도 찢어져 있는 것으로 보아 누군가에게 살해당한 것이 분명했다.

두 소년은 마을로 달려 내려오다가 도중에 눈이 빨갛게 충혈된 거의 실성해 있는 어느 부인을 만났다. 형제는 처음으로 만난 어른이었기에 우선 산속에 어떤 아이의 시체가 있다고 말했다.

그러자 부인은,

"뭐! 어디?"

하고는 형제가 알려 준 곳으로 미친듯이 달려갔다.

부인은 시체 위에 쓰러져 울부짖었다.

"아이고 애야! 네가 이게 어찌 된 일이냐? 누가 너를 이 지경으로 만들었단 말이냐!"

그녀는 이윽고 두 눈을 부릅뜨며 내뱉었다.

"옳지. 아까 그 두 녀석이 우리 애를 이렇게 죽였구나. 네 이놈들!"

부인이 곧 줄달음쳐서 산으로 내려왔더니 두 소년이 앞에서 걸어가고 있는 것이 보였다.

"어디로 도망을 가느냐, 이놈들아!"

부인은 두 소년의 덜미를 꽉 잡으며 소리쳤다.

그리하여 두 어린 형제는 살인 혐의로 관가에 끌려가게 되었다. 부인은 울먹이며 사또에게 호소했다.

"어제 우리집 아이가 없어져서 이곳 저곳을 두루 찾아보아도 없기에 오늘은 혹시나 하고 뒷산에 올라가 찾아보려고 산을 오르는데 저 두 아이가 숨가쁘게 뛰어오더니, 숲속에 시체가 있다는 것이었습니다. 그래서 가 보았더니 처참하게 죽어 있지 않겠습니까? 이건 분명히 저 두 녀석이 제 아이를 죽이고 오다가 저를 만난 게 틀림없습니다. 어떤 원한이 있어서 제 아이를 죽였는지 밝혀 주시면 죽은 제 자식도 저승으로 편히 갈 것이라고 생각됩니다."

관가에서는 도둑 잡는 일을 맡은 관원이 나서서 죽은 소년이 있던 곳을 조사했다. 하지만 그가 살펴보니 어린 아이들이 저지른 짓이라고 생각하기에는 그 수법이 너무나 잔인했다.

또 혐의를 받고 있는 두 소년을 보니 양반집 자제임을 금방 알겠고, 얼굴 생김새와 성품이 유순하게 느껴져 함부로 남을 해칠 아이 같아 보이지 않았다.

그러나 시체를 맨 먼저 발견한 사람이 두 소년이고, 고발이 들어왔으므로 일단 문초하지 않을 수는 없었다.

"너희들은 무슨 까닭으로 길에서 가깝지도 않은 숲까지 들어갔느냐? 그것부터 사실대로 말해라."

신현이 말했다.

"까마귀 우는 소리가 심상치 않게 느껴져서 의심을 품고, 까마귀가 우는 고목 아래로 가 보았던 것 뿐이옵니다."

"까마귀 우는 소리가 심상치 않았다니, 어떻게 심상치 않았단 말이냐?"

"'먹을 것이 있으니, 까마귀들아, 모여라.' 하는 소리였습니다."

"허어, 그럼 네가 까마귀의 소리를 알아듣는단 말이냐?"

"예, 저는 어려서부터 동물들의 소리를 연구해 왔는데 요즘에야 까마귀가 우는 소리의 뜻을 알아 낼 수 있게 되었습니다. 그런데 제 동생이 믿지 않아, 어디 한 번 가 보자고 하여 그 곳에 갔었던 것입니다."

관원은 그 어린 소년이 동물의 말을 안다는 것에 호기심이 생겼다.

관원은 두 소년을 남겨 둔 채 동헌으로 가서 처마에 있는 제비집 속에서 제비 새끼 두 마리를 몰래 끄집어 내어 자기 옷소매에 감추고는 형제를 동헌으로 불렀다.

새끼를 도둑맞은 어미 제비는 목이 찢어져라 울어 댔다.

"네가 짐승의 소리를 알아듣는다고 했겠다? 그러면 저 제비는 지금 무어라고 우는지 말해 보아라."

신현이 가만히 제비가 우는 소리에 귀를 기울이더니, 이렇게 대답했다.

"저 제비는 새끼를 잃었습니다. '먹을 것도 없고 힘없는 새끼를 뭣하러 훔쳐 갔소?' 하고 울고 있습니다."

관원은 무릎을 탁 치지 않을 수 없었다. 이들 소년이 처음부터 사람을 죽인 혐의가 없는 줄은 알았지만, 동물의 말을 이해한다는 것이 사실임이 증명되었으니 얼마나 속이 후련했을 것인가. 그래서 감탄한 나머지 무릎을 친 것이었으며 신현 형제는 그 자리에서 풀려나 절로 돌아왔다.

그로부터 얼마가 지나서였다. 신현 형제는 그 날도 절에서 글을 읽고 있었다. 중들은 모두 밖으로 나가고 넓은 절에는 두 소년만 남아 있었다.

날이 어두워지고 주위는 고요했다. 희미한 등잔불 앞에서 두 형제는 책을 보고 있었다. 주변이 절벽으로 둘러싸여 있는 절이었기에 그 곳은 다른 곳보다 더 어두웠다.

형제는 남보다 겁이 없고 용감했지만 사방이 어두워지고 고요했기에 무서웠다. 산속에서 짐승이 우는 소리가 들려 오고 있었다.

아우는 말없이 형의 곁으로 바싹 다가앉았다.

형이 물었다.

"무서우냐?"

"형은 안 무서워?"

"좀 무서워. 차라리 적군 앞에 서면 무섭지 않을 텐데, 대장부인데도 이렇게 고요하니 무서워지는구나."

형제가 그처럼 서로 의지하며 마음을 달래고 있는데 갑자기,

"시익 시익! 이히히히……"

하는 괴상한 소리가 들려 왔다. 누마루(다락처럼 높게 만든 마루) 건너편 난간에서 나는 소리였다.

"저게 무슨 소리야?"

아우는 형의 가슴에 머리를 파묻었다.

괴상한 소리는 점점 더 커졌다.

"이히히히…… 시익 새액 시익 ……"

하다가,

"쿵! 쾅! 후다닥, 뚜르르르……"

하고 무엇에 부딪치는 소리도 났다.

형은 다시 목청을 돋구어 책을 읽기 시작했고, 아우도 따라서 책을 읽었다.

두 소년의 글 읽는 소리가 한밤중의 적막을 깨뜨리고 울려 퍼지는가 했더니, 괴상한 소리는 그것에 지지 않겠다는 듯이 아까보다 더 크게 들려 왔다.

소년들은 무섭다기보다도 불쾌하고 괘씸하다는 생각이 들었다. 방문을 스윽 열고 소리나는 쪽으로 시선을 던졌더니, 난간 너머 마루 끝에 커다랗게 솟아오른 희미한 그림자가 어른거리는 것이 보였다.

처마 끝과 별빛을 가로막고 장승처럼 우뚝 선 그 괴물은 분명히 그들 쪽을 노려보고 있었다.

아우가 부들부들 떨면서 말했다.

"도둑놈일까?"

"내 눈에는 사람으로 보이진 않는다."

"그럼 도깨비?"

"그 괴상 망측한 소리는 저것이 냈나 봐."

신현은 비록 나이는 어리지만 웬만큼 담이 큰 소년이 아니었다.

"너는 누구냐?"

신현은 이윽고 그렇게 소리치고는 벌떡 일어나 등잔불을 들고 밖으로 뛰쳐나갔다.

아우도 형을 따라 나섰다. 괴물은 움직이지 않고 그대로 있었다. 발걸음을 천천히 옮기어 괴물 앞으로 다가가던 두 소년은,

"으악!"

하고 비명을 질렀다.

괴물은 놀랍게도 죽은 사람의 시체였습니다. 머리카락은 풀어
헤쳐지고, 살가죽은 부풀어 흐늘거렸으며, 크게 부릅뜬 두 눈은
그들을 노려보고 있었다.

그런데 이상하게도 시체의 입이 위아래로 움직이면서 '시익시
익! 이히히히히……' 하고 소리를 내고 있었다. 그러니 아무리
담이 큰 소년이라도 두려워하지 않을 수 없었다.

두 형제는 정신을 차리고 얼른 방으로 돌아왔다.

신현이 말했다.

"집아, 내가 아랫마을로 내려가서 사람들을 불러올 때까지 네
가 여기 남아서 저 송장을 지킬테냐, 아니면 내가 지킬 테니 네
가 마을에 내려갈 테냐?"

"그냥 우리 둘이 여기 있으면 안 될까?"

"아랫마을에 가면 시체가 없어져 난리가 난 집이 있을 거다.
그 사람들에게 알려 줘야겠는데……"

"날이 밝은 다음에 알리면 안 될까?"

"날이 새면 저 시체는 없어질거야."

"그럼 마을에는 내가 다녀올께."

아우는 용기를 내어 일어섰다.

아우를 보낸 형은 방문을 조금 열고 시체 쪽을 노려보며 밤을
지샐 작정을 했다.

신현은 다시 목청을 돋구어 책을 읽기 시작하였다.

얼마나 지났을까, 먼 곳으로부터 첫닭이 우는 소리가 났다. 그
러자 '시익 시익! 이히히히……' 하는 소리가 점점 약해지더니
마침내 뚝 그치고 말았다.

그러더니,

"쿵!"

하는 소리와 함께, 장승같이 버티고 섰던 시체가 쓰러지는 것이었다.

이 때 산 아래에서 사람들이 횃불을 들고 떠들며 올라오는 것이 보였다. 상주와 그 가족인 사람들이 달려와 시체를 불에 비추어 보더니, '맞다!' 하고 외치더니 울기 시작했다. 이야기를 들어보니 아버지가 돌아가셔서 초상을 치르려고 필요한 준비를 모두 해 놓고 밤중에 보니까 관의 뚜껑이 열리고 시체가 없어졌다는 것이었다. 놀라서 시체를 찾았지만 죽은 사람이 보이지 않아 큰 소동이 일어났다는 것이었다.

상주는 신현을 칭찬한 후 물었다.

"소년은 매우 지혜롭고 영리하니 이게 대체 어느 놈의 장난인가도 알 수 있을 것 같은데, 무슨 까닭인지 혹시 생각나는 게 없는가?"

신현은 그 말에는 대답을 않고,

"지금부터 이런 일이 다시는 일어나지 않도록 해 드릴테니, 나중에 이렇다 저렇다 뒷말이나 하지 마십시오."

하고 말했다.

두 형제는 시체를 거두어 내려가는 마을 사람들과 함께 산 아래로 내려갔다.

형제는 집에는 가지 않고 마을 변두리를 돌아다니며 무엇인가를 살피기 시작했다. 그랬더니 마을의 한 구석에 매우 무성한 가시 덤불이 있었다. 그 뒤에 자리잡고 있는 당집은 마을의 무당들이 때때로 굿을 하는 곳이었다.

형제는 호기심 때문에 따라온 마을 사람들이 지켜보는 가운데 덤불에다 불을 질렀다. 마른 풀이 활활 타기 시작했다. 삽시간에 불길이 하늘을 찌르며 당집으로 옮겨 붙었다.

신현이 마을 사람들에게 외쳤다.

"다 탈 때까지 당을 빙 둘러싸십시오."

사람들은 그의 말대로 당을 둘러쌌다.

그러자 갑자기,

"캑!"

하는 괴상한 비명이 들리면서 당 안에서 붉은 빛이 화살처럼 쭉 뻗더니 서북쪽 하늘로 금을 그으며 사라졌다.

마을 사람들은 깜짝 놀라 서로 얼굴만 바라볼 뿐이었다.

신현이 침착하게 말했다.

"지금까지 시체를 가지고 장난을 하고, 지난번에 산에서 어린 아이를 죽인 것은 이 당집 속에 숨어서 살고 있던 불여우의 짓이 었습니다. 암컷은 이 불에 타 죽었고 수놈은 보신 것과 같이 달 아나 버렸으니 훗날이 걱정되는군요."

사람들은 신현의 말에 감탄해 마지않았다.

그런 뒤부터 그 마을에서는 살인 사건이나 시체가 없어지는 일 이 다시 발생하지 않았다.

세월이 많이 지나갔다. 두 형제는 고려에서 손꼽는 역학자(易學者:점을 연구하는 학자) 우탁 선생의 제자가 되어, 역학 뿐 아 니라 이학(理學:물리생물천문 등의 자연 과학을 연구하는 학문) 을 배워서 이치에 통달한 젊은 학자들이 되었다. 아우 신집은 역 학에 있어서는 형에게 미치지 못했지만 의술에 정통하게 되었다.

그러던 어느 날, 신집은 중국 원나라에 사신으로 가게 되었다.

신현은 무슨 생각에서인지 시 한 수를 아우에게 읊어 주면서 일러주었다.

"남의 땅에 가서 혹시 액운을 당할지 모르니 그 때는 이 시를 읊어라."

한문으로 된 그 시의 내용은 다음과 같다.

눈송이가 읊조리는 입술을 후려치니
시는 얼고자 하고
매화꽃이 노래하는 부채에 나부끼매
곡조에선 향기가 난다.

이 시는 어느 겨울날에 눈이 오고 바람이 차고 매화가 향기를 피운다는 내용이다. 이 시가 어떻게 액을 면하게 해 준다는 것인지는 몰랐지만, 신집은 형이 말한 대로 이 시를 외웠다.

그리고 원나라에 들어가 객사에 묵게 되었다. 이튿날 뜰에 나가 보니 찬바람과 함께 눈이 흩날리고 있었으며, 겨울매화도 피어 있어 형이 지어 준 시의 내용과 정경이 비슷했다.

신집은 그 시를 읊으면서 객사 마당을 거닐었다. 그 때 한 노인이 객사 마당으로 들어섰는데, 그 모습이 보통 노인 같아 보이지 않았다.

노인은 신집에게 예를 취하더니,

"내가 지금 노형이 읊는 시를 들으니, 그것은 신(神)이 지은 시라고 생각됩니다. 그 시를 나한테 팔지 않겠습니까?"
라고 말했다.

"팔다니요? 그 시를 적어 드릴테니 마음대로 쓰십시오. 시를 판다는 것은 처음으로 듣는 말씀입니다."

"아닙니다. 그 시는 신이 붙은 시이기 때문에 그냥 가져가서는 안 됩니다. 반드시 값을 치뤄야 읊을 수 있는 것입니다."

그렇게 이상한 말을 한 그 노인은, 잠시 후 삽살개 한 마리를 안고 왔다. 개의 눈에서는 불이 반짝이는 것처럼 날카로운 빛을 발하고 있었다. 노인은 그 강아지를 글값이니 받으라고 하면서 말했다.

"이 강아지가 비록 몸이 작아 제 구실을 못할 것 같아 보이지만, 내가 노형의 관상을 보니 얼마 후에 억울하게 누명을 써 화를 입을 운명이오. 하지만 이 강아지를 항상 데리고 있으면 반드시 화를 면하게 될 것입니다."

신집은 놀라지 않을 수 없었다.

"수고스럽겠지만 나를 위해 좀 자세히 일러 주시지 않겠습니까? 그 억울하게 입게 될 화가 무엇인지……"

"나도 조상이 고려 사람이라 그대를 도와 주고 싶어서 그런 것이니 강아지를 항상 옷소매 속에 감추고 다니면 화를 당하지 않을 것이오."

노인은 대답 대신 그렇게만 말하고는 객사를 떠났다.

신집은 그 노인이 예사 노인으로 보이지 않았는데다가 형이 액막이 시까지 지어 준 데는 무슨 까닭이 있을 것이라 생각하고, 어디를 가든지 그 강아지를 도포 소매에 넣고 다니기로 했다.

며칠 뒤의 일이다.

원나라 궁궐에 걱정스런 일이 생겼는데, 황제의 딸인 공주가 나이 마흔이 다 되었는데 원인 모를 병에 걸린 것이었다. 뚜렷하게 아픈 데는 없지만, 얼굴빛이 좋지 않고 계속해서 기침을 했기에 기운이 없었다. 황제가 이름난 여러 의원을 불러 써 보았지만 아무런 효험이 없었다.

병세는 더욱 나빠졌고 마침내 공주는 정신까지 이상해져서 누구든지 가까이 오면 소리지르고 욕을 해댔으며, 혼자 틀어박혀 있으려고 했다. 그렇게 누워 있다가도 갑자기 일어나 깔깔 웃어대거나 울기도 했는데, 이따금 '캥!' 하고 지르는 소리는 영락없는 여우의 울음소리였다. 황제는 약으로는 안 되자 무당을 불러 굿을 하고 난리를 피웠지만 아무도 그 병을 고치지 못했다.

그러던 어느 날 공주가,

"사람의 간! 사람의 간을!"

하고 외쳤다. 산 사람의 간을 먹고 싶다는 것이었다.

황실에서는 사람의 간이 과연 효험이 있을지 모르지만, 하도 보채므로 한 번 먹여나 보기로 했다.

그러나 대체 어디서 산 사람의 간을 구할 수 있단 말인가? 궁중에서는 날마다 밤을 새며 의논을 하였으나 도무지 방법이 떠오르지 않았다.

그러던 어느 날 한 신하가 입을 열었다.

"현재 연경에 고려 사람 하나가 와 있습니다. 듣자니까 의술이 뛰어나다고 합니다. 그 사람을 불러다가 공주마마의 병환을 고쳐보도록 하되, 병을 고친다면 다행이지만, 만약에 고치지 못하는 경우에는 그 사람의 간을 꺼내겠다고 합시다."

모두들 좋은 꾀라면서 그의 의견에 찬성했다. 저희 나라 사람을 해치고 나서 만약 소문이 퍼지게 될 경우 일을 처리하기가 매우 곤란할테지만, 외국인이라면 어떻게 해서든지 평계를 댈 수 있을 것이며, 그들을 이해시키기도 쉬울 것이라고 생각했다.

신집은 황후가 지정한 내시와 시녀를 따라 공주의 침전으로 들어가게 되었다.

침전에는 공주의 모습을 보지 못하도록 천장에서부터 천이 드리워져 있었다. 공주가 사람만 보면 발광을 하므로, 몰래 그녀가 하는 행동을 엿듣고 진찰을 하라고 했다.

공주의 증세가 심하게 나타나는 시간은 한밤중이라고 했다. 때문에 신집은 조용히 앉아서 발작이 일어날 때를 기다렸다.

이윽고 날이 어두워졌다.

갑자기 안에서,

"히히히히…… 깔깔깔깔……"

하고 실성한 공주의 웃음소리가 들려 왔다. 얼마 동안 그러다가는,

"캐캥 캥 캥……"

하고 여우가 우는 소리를 냈다.

신집은 드리워진 천을 들치고 대담하게 공주의 침전으로 들어갔다. 매우 호화롭게 꾸며진 방이었다. 큰 거울과 꽃을 수놓은 병풍, 금은 보석으로 만든 구슬들이 여기저기에 주렁주렁 매달려 있었다.

방 한복판에 얼굴이 야위어 마치 귀신의 모습처럼 된 공주가 이불을 걷어차고 누워 있었다. 이따금 기침을 심하게 했는데, 그 기침 소리가 짐승의 울음소리 같았다.

그런데 이상하게도 공주가 몸을 뒤틀면서 기침을 할 때마다 괴로워하는 표정을 짓기는 커녕 얼굴에 화색이 돌았다.

그러한 병은 신집이 일찍이 들어 보지도 못한 병이어서, 신집

은 차츰 자신을 잃어갔다.

곁에 있던 내시는 신집이 공주의 병을 치료하기를 기다리기보다는 그를 어떻게 죽이느냐에 정신을 쓰고 있는 판이었다.

그 때 더 괴상한 일이 벌어졌다. 공주가 기침을 하고 그것이 개 소리와 똑같이 들렸을 때, 신집의 소매에서,

"그르르르……"

하고 성나서 울부짖는 소리가 나더니, 강아지가 뛰어나온 것이다.

그 삽살강아지는 털이 곤두섰기에 마치 작은 사자처럼 보였다.

강아지는 공주의 이불 속으로 날쌔게 파고들었다. 다음 순간 이불 속에서 '으르렁! 캑캑!' 하는 이상한 소리가 흘러나왔다.

신집의 강아지는 공주의 이불을 발기발기 찢었다. 침실 속은 수라장이 되고 말았다. 그 바람에 거울이 떨어져 깨지고, 병풍이 찢기고, 휘장이 끊어져 떨어지는 소동이 일어났다.

내시와 시녀들은 강아지의 움직임이 너무나 세차고 빨랐기에 어떻게 손을 대야 할지 몰라 그저 발만 동동 구르고 있을 뿐이었다.

다음 순간, 공주의 이불 속에서 짐승이 튀어나왔는데, 그 짐승의 눈에서는 이상한 광채가 번뜩였습니다.

"아, 불여우!"

누군가가 외쳤다. 그 때 삽살강아지의 눈에서는 더 날카롭고 센 광선이 튀어나와 불여우의 광선과 맞부딪혔으며 둘은 다시 한데 엉겼다.

공주는 그만 정신을 잃고 쓰러지고 말았다.

두 짐승은 서로 물어뜯고 할퀴고 했는데 결국 불여우가 삽살개를 당하지 못하고 피를 흘리며 쓰러지고 말았다. 그러자 삽살개

는 깡충 뛰어 신집의 옷소매 속으로 숨어 버렸다.

이상한 일이었다. 그같은 소동이 끝난 지 얼마 지나지 않아 공주는 정신을 차렸고 얼굴에는 화색이 돌기 시작했다. 뿐만 아니라 먹을 것도 잘 먹고 소화도 잘 시켜 건강이 날로 회복되어 갔다.

나중에 안 일이지만, 공주는 쓸쓸했던 나머지 뜰에서 얻은 불여우를 자기 침실에서 길렀던 것이다. 처음에는 강아지인 줄 알고 귀여워하며 길렀는데 차츰 커감에 따라 모습이 불여우로 변했다.

불여우는 처음부터 사람을 싫어해서, 누가 밖에서 들어오면 공주의 이불 속으로 숨어버렸기 때문에 아무도 그것을 본 사람이 없었다. 공주의 정조까지도 더럽힌 그 놈이 공주의 몸에 바짝 달라붙어서 공주의 입을 통해 짐승 소리도 나게 하고 정신을 이상하게 만들고는 했었던 것이다.

공주는 다른 약을 쓰지 않고도 예전처럼 건강해졌다.

신집의 옷소매에 숨어 살던 삽살개는, 비록 몸은 작았지만 성질이 사자 못지않게 사나운 독특한 종자였다.

원나라 황제는 신집을 해치려던 것을 깊이 뉘우치고, 그에게 사례하는 뜻으로 많은 보물과 돈을 주었다.

귀신이 쌓은 제방

　유선이라는 사람이 있었다. 어느 날, 아침부터 일찍 나와 냇가에서 낚시질을 하고 있었는데, 하루 종일 앉아 있어도 고기 하나 잡히지 않아, 서서히 신경질이 나기 시작했다.

　"오늘은 고기가 영 잡히질 않는군."

　그는 다시 한 번 낚싯줄을 던지며 수면을 바라보았다. 이번에도 잡히는 것이 없으면 돌아가야겠다고 생각했다. 그 때 찌가 움직이는 듯하여,

　"옳지!"

하며 낚싯대를 끌어올렸다.

　하지만 역시 고기는 잡히지 않았는데, 그 대신 작은 돌이 걸려 있었다. 그것도 한 개가 아니라 다섯 개나 되었다. 그 돌은 오색찬란한 빛을 발하고 있었는데, 그렇게 신기한 돌을 본 적이 없었기에 유선은 놀라서 입이 딱 벌어졌다. 그래서 낚시질을 계속한 것도 잊고 돌을 쳐다보았다.

　"이건 보통 돌이 아닐거야. 오색으로 빛나는 걸 보니 매우 귀한 구슬인지도 모르지? 아무튼 오늘은 뜻하지 않게 신기한 것을 얻었구나!"

하면서, 다섯 개의 돌을 품속에 간직하고 집으로 돌아왔다. 왜 그

런지 이유는 몰라도 그는 기분이 매우 좋아져 있었다.

그 날 밤, 그는 대청으로 나와 앉아서 뜰을 내려다보고 있었다. 넓은 뜰에는 달빛이 환히 쏟아지고 있었다. 담을 사이에 두고 풀벌레 소리가 은은하게 들려오고 있었다.

그는 문득 품에 있는 다섯 개의 돌을 만져보면서

"이게 어떤 보물일까?"

하고 혼자서 중얼거렸다.

그런데, 갑자기 키가 크고 이상하게 생긴 한 사나이가 어디선가 홀쩍 나타나서는 유선 앞에 무릎을 꿇고 엎드리는 것이었다.

그러나 사나이는 한 사람만이 아니었다. 이어서 다른 사나이들이 여기저기서 자꾸만 나타나 꿇어 엎드렸다. 유선은 속으로는 은근히 겁이 났지만, 태연한 척하며 물어 보았다.

"누구요? 내게 무슨 볼일이 있어서 이렇게들 왔습니까?"

"우리는 귀신들이오."

그 중의 하나가 대답했다.

순간 유선은 정신이 아찔해졌다. 이렇게 많은 귀신들이 우르르 몰려온 걸 보면, 보통 일은 아닌 것 같았다. 그리고 모두 엎드려 절을 하는 것 또한 이유를 알 수 없는 일이었다.

"무슨 일로 왔소?"

"제발 저희들을 살려 주십시오."

"예?"

"살려 주십시오."

귀신들이 계속 절을 하며 애걸하니 유선으로서는 더욱 모를 노릇이었다.

"날더러 살려 달라니 무슨 영문인지 모르겠소."

"귀왕부를 돌려주십시오."

"귀왕부라?"

"예. 저희들의 실수로 그것을 잃었던 것입니다. 오늘 낚시질을 하다가 얻으신 것이 바로 그것입니다."

"흠."

그 돌이 무엇인지를 알게 되자 돌려주고 싶지 않았다. 귀신들은 계속해서 입을 모아 간청했다.

"제발 돌려주십시오."

"……"

"돌려주시기만 한다면 무엇이든 하라는 대로 하겠습니다."

"……"

"명령만 내리십시오."

유선은 그렇게 간절히 부탁하는 것을 보자 돌려주지 않을 수가 없었다. 그래서 곰곰히 생각하다가 한 가지 부탁을 했다.

"그러면 오천에다 큰 제방을 만들어 줄 수 있나?"

"예, 그건 쉬운 일입니다."

"그러나 하룻밤 사이에 쌓아야 하네."

"잘 알겠습니다."

하고 귀신들은 절을 하더니 모두들 어디론지 사라져 버렸다.

유선은 너무나 놀랍고 신기했기에 그 날 밤 잠을 자지 못했다.

이튿날 이른 아침에 오천으로 나간 유선은 눈이 휘둥그레지도록 깜짝 놀랐다. 어제까지도 없었던 큰 제방이 만들어져 있었기 때문이었다. 그것도 큰 돌들로 견고하게 만든 것이었다.

"허어, 참으로 놀라운 일이로군! 이렇게 큰 것이 어찌 하룻밤 사이에 쌓아졌을까?"

유선이 너무 놀라 입을 쩌억 벌리고 있는데, 수많은 귀신들이 앞에 나타났다.

"어떻습니까?"

"놀랍소."

"마음에 드셨습니까?"

"음, 아주 훌륭해. 결국 이것을 돌려주는 도리 밖에는 없게 됐군."

유선은 품 속에서 그 다섯 개의 돌을 꺼내 주었다. 그랬더니 귀신들은 여러 번 절을 하고는 사라지려고 했다.

"잠깐!"

유선은 급히 손을 저으며 일어섰다.

"이렇게 큰 일을 해 주었는데, 이대로 그냥 있을 수야 있나. 그대들의 노고를 위로하기 위해 음식을 좀 마련할 것이니 들고 가도록 하시오."

"우리는 인간들같이 많은 음식을 먹지는 않습니다. 그러나 모처럼 주신다니 누런콩을 한 되쯤 삶아 주시면 감사하겠습니다."

"그러리다."

누런콩 한 되쯤이라면 매우 간단한 청이었다. 유선은 급히 누런콩 한 되를 삶아서 귀신들에게 내어 주었다.

"자아, 나누어 먹세."

귀신들은 모두 모여 오더니, 누런 콩을 한 알씩 먹었다. 유선은 그것도 또한 처음 보는 일이라 자세히 바라보았다. 그런데,

"어?"

누런콩 삶은 것 한 알씩을 다 먹었는데 마지막 한 귀신에게는 돌아갈 것이 없었다.

"저런, 그럼 다시 누런콩을 삶게 할 테니 잠시 기다리시오."

유선이 다급하게 말했으나, 그 귀신은 고개를 저었다.

"아니요. 이제 다시 또 삶는다니 시간이 걸릴 텐데 어찌 그것을 기다리겠습니까."

"하지만 서운해서……"

"그러면 내가 쌓은 것만큼 도로 허물어 놓겠습니다. 그러니 누런콩 한 알을 주지 못했다고 서운해하지 마시기 바랍니다."

여러 귀신들은 나타났을 때와 같이 어디로 갔는지 모두 사라져 버렸다. 나중에 살펴보니, 큰 제방의 한 곳에 돌이 빠져 있었다.

"허허, 이 곳을 고쳐야겠군."

유선은 사람을 시켜서 그 곳을 고쳤다. 이 제방 덕에 임실과 남원 땅의 논에는 넉넉히 물을 댈 수 있게 되어서 큰 이익을 보게 되었다. 임실현 오원 땅에 있는 제방이 바로 이것이라고 한다.

이후로 큰 장마가 져도 이 제방은 견고하게 만들어졌기에 끄떡도 하지 않았다. 다만, 돌이 빠져 사람을 시켜 고친 곳은 큰 홍수가 날 때마다 허물어졌다. 때문에 사람들은 그 때부터 사람의 재주와 귀신의 재주는 엄연히 다르다고들 말하게 되었다.

처절한 원한 때문에

선비 하나가 스적스적 산길을 더듬으며 올라가고 있었다.

울창한 숲 속의 풍경은 여기저기서 울어대는 새 소리와 너무나 잘 어울리는 것이 가히 선경이라고 해도 좋았다.

"허어, 저런 것이!"

선비는 갑자기 발걸음을 멈추며 길가에 있는 큰 서낭나무를 바라보았다.

본래 서낭나무에는 온갖 울긋불긋한 천 조각들이며 지승(紙繩)들이 매어져 있게 마련이지만 색다른 것이 하나 더 있었기에 선비가 두 눈을 크게 뜬 것이었다.

그것은 짚으로 만든 조그만 꼭두각시였다. 그런데 노랑저고리와 파랑 치마까지 해 입힌 그 꼭두각시가 가느다란 노끈으로 목이 감긴 채 얕은 서낭나무 가지에 매달려 있는 것이었다.

꼭두각시는 대롱대롱 매달려 있었다.

"어떤 놈이 저토록 무서운 저주를 하는 것인가?"

선비는 그 꼭두각시를 노려보다가 그쪽으로 걸어가 그것을 잡아 뜯으려고 했다. 하지만 이내 손을 그대로 끌어들이면서 중얼거렸다.

"하긴 저런 저주를 할 까닭이 있어서 저렇게 했겠지. 세상에는 별 음탕한 계집들이 다 있으니까. 주인을 꼬여 꼬리치는 종년이 없나, 시아비와 짝이 된 과부 며느리가 없나…… 계집들이란 정말로…… 아니, 하긴 사내녀석들도 마찬가지지."

선비는 저주를 할 테면 하라는 듯이 다시 오솔길로 빠지며 산 위를 향해 바윗길을 걸어가기 시작했다.

그 선비는 동고(東皐) 이준경(李俊慶)이었다. 서울 장안에서도 이름 있는 집안의 자손이었지만 그 때까지 벼슬을 하지 못하고 있었다.

지난밤 꿈자리가 너무도 사나워 성 밖으로 소풍이나 나간다는 것이 내친 걸음에 전부터 면식이 있는 중을 찾아가는 길이었다. 절간에서 하룻밤 쉬며 이야기나 실컷 나누면 울적해진 심사가 좀 풀어지지 않을까 해서였다.

"별안간 웬일이십니까?"

"음……자네에게서 설법을 들어 속세에서의 때를 씻어 버리려고 왔네."

"농담도 잘 하시는군요. 천하에서 첫손가락에 꼽히시는 대문장(大文章)께서 소승에게 설법을 들으시다니요. 자, 어서 이리로 올라오십시오."

중은 동고를 안내하여 법당 앞마루에 마주 앉았다.

"자네 불문에 귀의한 지 몇 해나 되는가?"

"네, 한 삼십여 년 됩지요."

"삼십여 년이라! 한 세대가 지났군 그래. 옛말에도 면벽 십 년(面壁十年)이면 도를 깨닫는다고 했는데, 삼십 년이 지났으니 이젠 깨우쳤겠구먼."

"저처럼 평범하고 천한 자가 삼십 년 아니라 삼백 년 있어 봐야 무슨 소용이 있겠습니까? 억만 겁(劫)의 윤회(輪廻)속에 빠져들 뿐입죠."

"여보게, 윤회라는 게 정말로 있단 말인가?

"그야 부처님의 말씀이니 추호인들 틀릴 리가 있습니까? 전생(前生)과 금생(今生)과 내생(來生)의 삼생(三生)뿐이 아니라 생생세세(生生世世)로 무궁한 윤회를 거쳐야 합죠."

"그럼 나쁜 인간이 죽으면 정녕 요귀 같은 것으로도 된단 말이지?"

"그야 그럴 수도 있습죠."

불가의 윤회에 대한 이야기를 몰라서 새삼스럽게 묻는 것이 아니었다. 지난밤 꿈 속에 찾아와 자기를 괴롭히던 여인은 필경 죽은 혼의 요귀인 것만 같아 다시금 그렇게 물어 본 것이었다. 중의 말을 듣고 보니 그 여자는 정말로 죽어서 요귀가 되었음이 틀림없는 것만 같았다.

"이 사람아! 색즉시공(色卽是空)이라는데 그따위 요귀가 있다고 해도 어찌 사람에게 범접할 수야 있겠는가?"

"그야 공불이색(供佛異色)이니 그럴 수도 있겠습죠."

"그럼 색과 공의 세계가 각각 구분되지 않는단 말인가?"

"구분한다는 그것부터가 색계에 떨어진 것입니다. 색이고, 공이고, 삼계유심(三界唯心)이오니 오직 마음에 달려 있는가 하옵니다."

"오직 마음이라……음!"

동고는 얼굴을 약간 찌푸리고는 무엇인가 깊은 생각에 잠기는 듯한 표정이 되었다.

"오늘은 심사가 좀 불편하신 모양이시군요. 무슨 일이라도 있으셨나요?"

"아니."

그러면서도 동고는 어지러운 속마음을 감추지 못해 자세를 바로잡지 못하고 몸을 일부러 좌우로 흔들어 댔다.

모든 게 오직 마음 하나에 달려 있다고는 하지만 그 마음이라는 게 도대체 종잡을 수 없었다. 풀밭에 내놓은 송아지처럼 멋대로 이리 뛰고 저리 뛰는 바람에 좀체로 한 군데에 붙잡아 매어 둘 수가 없었다.

더욱이 요즘 하나도 뜻대로 되지 않는 세상 일 때문에 우울증까지 생겼는데 표독스럽게 생긴 이상한 계집애가 꿈속에 나타나 욕지거리를 퍼붓고 간 다음부터는 도저히 마음을 안정시킬 수 없었다.

동고는 어려서부터 천재라는 소리를 들을 만큼 총명이 뛰어난 인물이었다. 경사자집(經史子集)에 통달하지 않은 게 없는 자질을 가졌고 붓끝이 떨어지는 곳마다 주옥같은 문장이 쏟아져 나와 시문(時文)으로서도 누가 감히 대적할 만한 사람이 없어 인물과 문장을 꼽게 되면 으레 동고가 그 중에서 으뜸이었다.

나이 이십 전에도 과거 따위는 우습게 여기며 언제고 응시만 하면 장원 급제는 문제없다는 자부심을 가지고 있었는데, 남들도 그렇게 생각했다. 하지만 그는 과거를 볼 생각도 하지 않으며 이십이 넘도록 앞날의 대성(大成)을 위해 책 속에 파묻혀 밤을 새워 공부만 열심히 했다.

그러다가, 이제는 공부도 할 만큼 했고 남들의 기대도 크고 하니 청운(靑雲)의 벼슬 자리에 올라서리라 마음먹고 첫 번 과거에 참여하였는데 뜻밖에도 그는 낙방거자(落榜擧子)가 되고 말았다. 남들도 저 사람은 당연히 되려니 했던 것인데 정작 떨어지고 보니 동고 자신도 어이가 없었다.

그렇지만 낙심하지 않고 다음 번에 다시 시험을 치렀는데 또 떨어졌다. 동고는 적이 초조롭고 불안하기 짝이 없게 되었다. 선비로 글만 읽고 있을 때엔 명성을 떨쳤는데 두 번씩 과거에 창피를 당하고 보니 사람들을 대하기가 스스로 부끄러웠다.

세 번째 과거에서도 그는 미끄러졌다.

때문에 맥이 탁 풀리고 정신이 아찔해졌다. 자기 딴에는 온 힘을 다하여 치른 시험이었는데 장원은커녕 급제권 내에도 들지 못하고 보니 다시는 과거에 참여할 용기가 나질 않았다.

선비로 태어나 수십 년 동안 공을 들여 글을 읽은 것도 하루 아침에 용문에 올라 품고 있던 생각대로 치국평천하(治國平天下)의 큰 뜻을 이루어 보기 위해서였는데 벼슬길에 처음으로 나서기도 전에 그처럼 가시밭에 딩굴고 돌뿌리에 채여 넘어지리라고는 전혀 생각지도 못했었던 것이다.

때문에 다시 책을 펼쳐 볼 마음도 없이 무료한 나날을 술과 벗하여 비분 속에서 지내오고 있었다. 전날밤에도 역시 술을 잔뜩 마시고 나서 책상을 두드려 가며

"하늘이 이준경일 이대로 망쳐 버린단 말이냐? 아니지! 하늘이 장차 큰 일을 이사람에게 맡기실 때가 올 거야……"
하고 웅얼거리다가 한바탕 웃었다가 한 줄기 울분의 눈물도 흘려 보고 하면서 술을 마시다가 책상에 엎드린 채 그대로 잠이 들어 버렸던 것이다. 그런데,

"이놈…… 준경아, 이리 나오너라!"

하는 소리에 깜짝 놀라 문 밖을 내다보니 머리를 헝클어 늘어뜨린 젊은 여인이 치마폭을 질질 끌면서 뜰 한복판에 우뚝 서 있다가 그를 보더니 눈에서 살기를 뿜으며 소리를 지르는 것이었다.

"네가 아무리 인물이 잘나고 문장이 뛰어나도 쓸데없어! 네까짓 게 무슨 사내 대장부냐? 죽으면서까지 애걸하는 한 계집의 원도 풀어 주지 못하는 것이…… 얼마나 못 되는지 두고 보겠다. 이놈아! 너 때문에 내가 죽었어! 내 목숨을 돌려 줘! 내 원한을 풀어 주지 않으려면 평생 동안 낙방거자 노릇이나 해라! 이놈아!"
하고는 팔을 허우적대는 것이 금방이라도 덮칠 것 같아 깜짝 놀라다 보니 어지러운 꿈이었다.

사나운 꿈에서 깨어나 보니 온몸에 진땀이 흐르고 있었다.

"에잇! 고약한 것! 분명히 그 아전놈 딸의 꿈이야. 꿈 속에까지 찾아와서 나를 괴롭혀……"

문득 지난 봄의 일이 머리에 떠오르자 그는 정신이 아찔해지는 것을 느끼며 입 속으로 중얼거렸다.

……봄이었다. 버들잎이 피어나고 아지랑이가 감돌던 어느 봄날, 동고는 친구를 만나러 성 밖에 나갔다가 저녁해가 뉘엿이 서산에 걸렸을 무렵 집으로 돌아오게 되었다. 그러다가 어떤 집 앞을 지나오면서 보니 반쯤 열린 창문에 드리워진 주렴 사이로 다홍빛 치맛자락이 너울거리고 있었다.

사람이 내다보는 것만 같아서 흘깃 쳐다보았더니 창문 안에서 그를 쳐다보는 처녀가 있었다. 그런데 동고와 눈이 딱 마주치자 고개를 폭 수그렸다가 다시 살짝 쳐들어 추파를 보내는 것이었다.

때문에, 도대체 어떤 집 처녀이길래 그처럼 대담하게 길 가는 사람에게 그런 표정을 지어 보일까하고 생각하며 발길을 돌렸다. 하지만 다홍치마를 입은 그녀의 요염한 얼굴은 한동안 계속해서 그의 머리 속에 떠오르고는 했다.

그런데 그로부터 열흘쯤 지나서였다. 어느 날 아침, 난데없이 광통교(廣通橋) 뒷골목에서 사는 아전 김 서방이라는 자가 찾아 왔다.

동고는 그런 자를 만나 본 기억이 없었으며, 그런 사람들과 평소에 왕래한 적도 없었다. 그런데도 이른 아침에 찾아와 꼭 뵈옵고 여쭐 말씀이 있노라고 간청하는 것을 보면 뭔가 심상치 않은 곡절이 있을 것이라고 생각되었다.

"무슨 일로 나를 찾아왔지?"

"네, 여쭙기 대단히 황송한 말씀이오나 저어 소인의…… 딸년이…… 딸년이……"

김 서방은 말을 꺼내기가 거북스럽다는 듯이 자꾸만 더듬거렸다.

"딸년이? 그래 자네의 딸년이 어쨌다는 거지?"

"예…… 다름이 아니옵고 소인의 딸년이…… 딸년이……"

"이 사람, 말을 해야 알 것이 아닌가? 그래, 어떻게 됐단 말인가?"

"예, 기탄없이 말씀드립죠. 실은 딸년이 얼마 전에 우연히 선생님께서 소인의 집 앞을 지나가시는 것을 한 번 뵌 후부터…… 철없는 어린 마음에 납덩어리처럼 생각이 맺혀 꼭 한 번 뵙게 해달라고 애걸하기에 몇 번이나 꾸짖으며 타일렀으나 끝내 듣지 않고 병석에 누워 일체 음식을 전폐하여 목숨이 경각에 달려 있게 되었습니다. 그래서 염치 불구하고 이렇게 찾아뵙게 된 것입니다. 예의에 어긋나는 줄 모르는 바 아니옵니다만 철없는 소인의 딸 하나 살려 주시는 인자하신 마음으로 어려우시겠지만 잠깐만 왕림해 주시어 단 한 마디의 위로의 말씀만이라도 하여 주옵시면 재생(再生)의 큰 은혜로 알겠사옵니다."

말을 듣고 난 동고는 잠시 동안 대답할 말을 찾지 못하며 당황했다.

그는 분명히 그 날 정다운 눈길로 자기를 바라보던 그 처녀의 아버지임에 틀림없었다. 그처럼 지나가던 자기와 눈길이 한 번 마주친 것만으로 정한(情恨)이 엉키게 되어 상사(想思)의 깊은 병에 걸렸다는 것은 도저히 이해할 수 없는 일이었다.

하지만 그녀의 아비가 이른 아침에 찾아와 애절하게 호소하는 것을 보아선 거짓으로 꾸며 대는 일이 아닐 거라고 생각되었다.

그 동안 일체의 세속적인 잡념에서 떠나 오로지 학문에만 열중하여 온 동고로서는 아무리 생각해도 알 수 없는 일이었다.

생면부지의 젊은 처녀가 자기 때문에 병석에 누워 생명이 급박하다는 말을 듣고나니 무슨 큰죄나 저지른 듯 머리끝이 오싹해지도록 정신이 켕겼다. 하지만 점잖은 선비의 몸으로 모르는 처녀를 찾아가 말을 던지는 것은 의리(義理)에 크게 어긋나는 불순한 짓으로만 생각되었다. 그는 결국,

"뭣이 어째? 어디서 감히 그런 상스러운 말을 지껄이느냐? 썩 물러가거라, 이놈!"

하고 고함을 지르며 두 눈을 부릅떴다. 때문에 그는 새까맣게 질려 다시는 입을 떼지도 못하며 허리를 꾸부리고 도망치듯이 물러가고 말았던 것이다.

그로부터 며칠 뒤 김 서방의 딸이 열여덟 꽃다운 청춘을 버리고 저세상으로 떠났다는 소문이 들려 왔다.

바로 어제 밤에 그 처녀가 꿈 속에 나타나 행패를 부렸던 것이다. 지나간 추억의 조각들이 머리 속에 되살아났다가 사라지자 동고의 울적한 심사는 더욱 무거워졌다.

"산중이어서 별달리 대접할 것도 없습니다만, 요즘 새로 따온 버섯이 향기롭습니다. 자, 저녁이나 드시고 천천히 좋은 말씀을 가르쳐 주십시오."

주지가 저녁상을 앞에 갖다 놓을 때까지 그는 어지러운 생각에 빠져 있다가 번쩍 정신을 차렸다.

"뭐, 별로 저녁 생각도 없는데……"

하면서 젓가락을 들긴 하였으나 입맛이 당기질 않아 이내 수저를 놓고 말았다.

"흐음. 무슨 깊은 근심거리라도 있으신가 보군요."

"여보게, 저녁은 그만 하고 내가 술을 한 병 차고 왔으니 마시자구. 오늘은 열 사흘이니 달이 무척이나 밝을 거야. 우리 절 뒤에 있는 상상봉에 올라가 달마중이나 하면서 하계(下界)를 굽어 보며 술을 마시고 이야기나 나누세. 그게 좋지 않은가?"

"좋은 말씀입니다만 소승은 술을 못 마시니 대작할 사람이 없어서 흥이 반은 줄어들겠습니다."

"이 사람아! 주계(酒戒)를 지킨다는 것도 소승으로 떨어지겠다는 이야기야. 마음이 곧 부처라면서…… 마음만 탄탄하면 그만이지, 까짓 술 한두 잔쯤 마시는 게 무슨 잘못이란 말인가?"

"아닙니다, 마음이 곧 부처님이기 때문에 술은 더욱 안 됩니다.

술은 마음을 좀먹고 더럽히는 독약과 다름없으니까요……"

"허 이 사람아! 옛날의 어떤 선사는 부처님을 도끼로 패서 장작으로 삼았고, 또 어떤 고승은 불경을 뜯어 뒤지로 삼았다더군. 옛날부터 주국(酒國)의 법열(法悅) 속에서 도를 깨달은 사람이 얼마나 많은지 아는가?"

"하하하…… 알고는 있습니다."

"하하핫!"

두 사람은 이윽고 절 뒤에 있는 깎아지른 듯한 절벽 위로 올라가 자리를 잡고 술병을 기울였다.

달은 벌써 솟아 엷은 구름 위에서 밝은 빛을 뿌리고 있었다. 동고는 술을 마시면서 기분 전환을 하려고 은근히 애썼지만 자꾸만 답답하고 슬퍼지기만 했다.

> 앞으로 옛사람도 보이지 않고,
> 뒤로 오는 사람도 보이지 않고,
> 하늘과 땅 아득하고 아득함이여,
> 호올로 구슬피 눈물만 흐르네.

라고 읊은 옛 시인의 감개가 그대로 마음 속에 서렸기 때문에 그는 목청을 돋구어 진자앙(陳子昻)의 시를 읊었다. 진자앙도 늦도록 불우한 세월을 보내며 신세를 한탄하다가 옛 성터인 유주대(幽州坮)에 올라 이 시를 읊었는데, 그 때부터 뒷날 불운에 우는 재자(才子)들이 즐겨 공감(共感)하는 좋은 글귀가 되어 전해지고 있었다.

동고의 심정도 마찬가지였다. 이미 지나가 버린 역사의 자취

속에 남겨져 있는 그 사람들을 오늘에 만나 볼 수가 없고 장차 다가올 세월 속에 어느 누가 있을 것인지도 알 수가 없고 오늘의 현실 속에는 붙잡고 가슴 속에 쌓인 회포를 풀어 볼 수 있는 사람이 아무도 없으니 그의 눈에서 한 줄기 비분의 눈물이 흐르지 않을 수 없었다.

"자, 한잔 들게!"

"원참, 술은 못 마신다니까요."

"허어, 고집 부리지 말고 성불하려거든 한잔 쭈욱 들이켜 봐!"

"파계를 하면 불문에서 쫓겨납니다."

"허허! 파계라. 눈에 보이는 계(戒)보다 마음 속의 계가 더 무서운거야."

"아니, 그게 무슨 말씀이십니까?"

동고가 술을 잔에 가득 따라 단번에 쭈욱 들이키고 나서 주승에게 잔을 내밀었더니 그는 합장을 하고 눈을 감으며 나무아미타불만을 중얼거릴 뿐 그것을 받으려고 하지 않았다.

"그만 두게. 자넨 도를 통할 수가 없어! 술 한잔쯤에 마음이 떨려서야 제천의 온갖 마장(魔障)을 어떻게 막아 낸단 말인가?"

환한 달빛이 쏟아지고 있었다.

바로 눈 아래에는 백 길도 넘을 것 같은 절벽이 있었고 뒤로는 높은 봉우리가 하늘을 찌를 듯이 솟아 있었다.

동고는 한 잔 두 잔 자꾸만 마시면서 고개를 기웃거리며 무릎도 툭툭 두드리기도 했다. 그러다가 몸을 좌우로 흔들며 무슨 소린가 중얼거리기도 하더니,

"으허어어"

하면서 통곡하기 시작했다.

마주 앉아 거동만 살펴보고 있던 주승은 깜짝 놀라는 얼굴이 되었다. 그가 다가앉아 동고의 어깨를 잡아 흔들며

"아니, 별안간 이게 웬일이십니까? 많이 취하신 모양이군요! 자 그만 일어나 내려가시지요."

하면서 부축하고자 했으나 동고는 듣지 않았다.

"우우우, 그 계집년이 내 신세를 망치고 있어! 하지만, 천하의 이준경이가 철없는 계집의 원혼 때문에…… 말이 되지 않는 일이야!"

그는 울음을 멈추며 성난 눈으로 허공을 잔뜩 노려보았다.

"철없는 계집이라니요? 그게 도대체 무슨 말씀이십니까? 뭔가 곡절이 있으신 거 같은데……"

"자네, 정말 한 잔도 안 들려나? 그러지 말고 자, 한 잔만 들게나……"

"술 대신에 숨겨 두었던 이야기나 들려 주십시오. 도대체 누굴 두고 하신 말씀이신요? 뭔가 말 못할 사연이라도 있으신지요?"

"허, 이 사람이 술은 싫다면서 색에는 마음이 잔뜩 당기는 모양이군 그래! 술보다는 색이 더 나쁜 게여……"

"아, 아닙니다. 그런 게 아니옵고 뭔가 생각나는 일이 있어서 그럽니다."

중은 고개를 번쩍 쳐들어 허공을 물끄러미 바라보다가 '후……' 하고 길게 한숨을 내뿜었다.

"아……니, 나보다도 자네가 더 이상하구만. 도대체 무슨 일이 생각나길래 그러는가?"

중의 거동이 심상치 않음을 보고 이번엔 동고 편에서 궁금해하며 물었다.

"평생 동안 감추어 두었던 이야기가 있습죠. 오늘 밤 울음까지 터뜨리시는 걸 보니 아무래도 저와 비슷한 일이 있는 것 같아서 저도 마음이 설레는군요."

"비슷한 일? 그럼 자네도 계집년 때문에 무슨 봉변을 당했단 말인가?"

"봉변만이 아닙지요. 신세를 아주 망쳐 버렸지요."

동고는 자기와 신세가 똑같은 동지를 만났다고 생각되자 당연히 중의 이야기를 듣고 싶어졌다.

"이 사람, 피차에 잘 됐네. 어디 그 얘기나 좀 들려 주게."

"저보다도 먼저 그 '계집년 계집년', 하고 욕하시는 이야기부터 해 주셔야지요."

"응, 그래, 그러며 나부터 하지!"

동고는 다시 술을 한 잔 따라 마시고 나서 천천히 입을 열어 어젯밤에 꾸었던 꿈 이야기와 길에서 만난 처녀가 죽기까지의 이야기를 주욱 들려 주었다.

"글쎄, 꿈 속에서까지 나를 못 살게 구는 걸 보면 그 년이 독기를 품어 나를 망치려는 거야! 한 여자가 원한을 품게 되면 오월 달에도 서리가 내린다는 말이 있지 않은가?"

"여자란 원체 요물이니까요."

중이 허공을 다시 쳐다보며 혼잣말처럼 중얼거렸다.

"자, 이젠 자네 차례일세. 여자 때문에 신세를 망치게 되었다는 얘기는 도대체 뭔가?"

중은 한참 동안 잠자코 있다가 이윽고 입을 열었다.

"이야길 합죠. 저도 어째 기분이 야릇해집니다."

"그렇겠지! 여자와 잘못 접촉하면 나처럼 될 수도 있는 거야."

동고가 얼마 남지 않은 술병을 기울여 다시 한 잔 들이키며 중 얼거렸다.

"오늘 밤만은 파계를 해야겠습니다. 저도 한 잔 주십쇼!"

"술? 그래! 진작 그랬어야지. 이 사람아, 이럴 땐 술이 제일이 야. 자, 아직도 몇 잔 남았으니 자네가 죄다 마시게."

동고는 술병을 들어 중이 잔을 비우고 나면 따르고 또 비우면 연거푸 또 따르고 하길 네댓 번이나 했다. 술병은 드디어 거꾸로 서고 말았다.

"어, 취하는데요. 하도 오랜만에 마셨더니 어지럽기만 하고 무 슨 맛인지 모르겠습니다."

"그래? 좀더 있었으면 좋았을 텐데…… 자, 어서 시작해 보 게."

"그러지요. 한데 말이지요, 듣고 나서 우리 두 사람만이 아는 비밀로 끝내 지켜 주셔야 합니다. 그렇지 않으면 제가 이젠 무명 지옥(無明地獄)으로 떨어져 버리게 됩니다."

"허어, 이 사람! 나만이 아는 이야길 자네에게 들려 주었는데 자네는 나를 못 믿는단 말인가?"

"아닙니다, 못 믿는 게 아니라 워낙 큰 죄를 저질러 놓았기에 입 밖에 내기가 떨려서 그럽니다."

"죄를 지었다…… 여자 때문에 죄를 지었다니 그것이 뭘까? 하긴 나 때문에 처녀가 죽었으니 나도 큰 죄를 진 것인지도 모르 지……."

"아니죠, 그거야 음탕한 계집이 저 혼자 놀아났다가 제 목숨을 스스로 버린 것이니 죄 될 것이 뭐가 있습니까? 소승은 그것과는 반대가 되는 경우입니다."

"그래? 그럼 자네가 어떤 여자 때문에 상사병에 걸리기라도 했었단 말인가?"

"후훗, 그랬다면 오죽이나 좋겠습니까, 그런 것도 아니면서 신세만 망쳤으니 답답하다는 거지요."

"그래?"

중은 이윽고 이야기하기 시작했는데 내용은 다음과 같은 것이었다.

그는 원래 장안에서 유명한 어느 재상집 종의 자식이었다. 그의 할아버지 적부터 그 집에서 종살이를 해 왔었기 때문에 다른 종들보다 크게 신임을 받아 온 식구가 재상집 안팎을 거침없이 드나들곤 했었기에 그는 열일곱 살 때 열 여섯 살 난 안마님의 몸종년과 눈이 맞아 어둠 컴컴한 밤만 되면 다른 사람들의 눈을 피해서 서로 부둥켜안고 회롱하기도 했다.

종년의 방이 내청에 있기 때문에 그는 살금살금 기어 들어가곤 했는데 하루는 밤이 이슥해졌을 때 술도 약간 취한 김에 종년의 방으로 다시 들어가게 되었다.

그러나 방에는 아무도 없었다. 때문에 그는 요것이 아마 안방 마나님의 어깨라도 주무르다가 그대로 잠이 들었을 것이라고 생각하며 그 곳으로 갔다.

술이 취한 데다가 정욕이 한껏 돋았던 참이었기에 이것저것 생각할 겨를도 없이 선뜻 안마루로 올라섰다.

술김이었기에 감히 넘보지 못할 주인 마나님 방이라고 해도 겁날 것이 없었다.

어둠 속에서 더듬더듬 기어가다가 보니 손에 부드러운 몸이 닿

왔다.

더운 여름철이라 윗옷은 완전히 벗어젖혔는지 옆구리의 말랑말랑하고도 탄력있는 살결이 닿는 순간 종놈은 이것저것 생각할 힘을 완전히 잃고 말았다.

온몸이 화끈 달아올라서 슬금슬금 배 위를 더듬었더니 젊은 마나님의 몽실한 젖가슴이 닿았다. 그 순간 눈이 뒤집힌 종놈은 그대로 달려들어 욕심을 채우기 시작했다.

깊이 잠들었던 마나님은 갑자기 온몸이 묵직한 것에 눌리는 듯 답답해서 잠에서 깨어났다 그제서야 어렴풋이 자기 몸이 침범당한 것을 알고

"밤중에 별안간 웬일이세요?"

하고 콧소리로 물었다. 그러나 종놈이 대답할 리가 없었다. 종놈은 그제서야 그녀가 마나님이라는 것을 술김에나마 알게 되며 놀랐지만 이미 엎질러진 물이었다.

'으응?'

부인은 그제서야 이상하다고 생각하며 정신을 차렸다. 어쩐지 몸에 닿는 살결의 감촉이 다르다고 생각하며 밀치려고 했으나 완강한 종놈의 힘을 당할 도리가 없었다.

때문에 소리를 지르려 했으나 생각을 바꾸었다. 소리를 쳐 보았자 이미 더럽혀진 몸이 깨끗해질 리가 없었고, 남편에게 가슴 아픈 상처만 줄 것 같았기에 이를 악물고 참으며 오욕의 시간을 견뎌 냈다.

종놈이 이왕 내친 걸음이었고 몸이 한창 달아올라 있었기에

'에라! 모르겠다!'

고 생각하며 끝까지 욕심을 채웠기 때문이었다.

일을 끝내고 난 종놈은 어차피 몸을 합친 것이요, 그렇다고 '잘못했습니다' 하고 말하며 물러난다고 해서 좋게 해결될 일도 아니라고 생각했기에 벌떡 일어나 밖으로 나와 자기 방으로 가서 누워 버렸다. 하지만, 내일 아침이면 모가지가 두 동강이로 잘리우거나, 그렇지 않고 부인이 남사스러워 그 일을 숨긴다고 해도 무슨 낯으로 얼굴을 들어 그녀를 대하랴 싶은 생각 때문에 잠지 오지 않았다.

그런데 사랑 대청이 갑자기 소란스러워졌다. 대감님을 부르는 소리와 함께 고함 소리가 들리더니 내청에서 울음소리가 들려 오기 시작했다. 종놈은 아찔해지는 현기증을 느끼며 두 눈을 크게 떴다.

안방 마님이 자결한 것이었다. 더할 수 없는 욕을 당하고 나자 더러운 몸으로 어찌 집안 사람들과 맑은 하늘을 대하랴 싶은 마음에 장 안에 있던 필목을 꺼내 대들보에 걸고 목을 매어 생명을 끊어 버린 것이다.

그녀가 자결한 까닭을 아는 사람은 아무도 없었다.

평소부터 부인은 말이 적고 정숙했기에 집안 사람들의 존경을 받아왔고 깊은 규중에 있는 몸이어서 바깥 사람들과의 왕래도 별반 없었다. 더욱이 며칠 동안 부인의 기색이 평상 때와 달랐던 점도 없었다.

하지만, 평민도 아닌 한 나라 재상가의 부인이 자살했다는 것은 심상한 일이 아니었다. 그러나 어째서 그렇게 되었는가를 알 도리가 없었다.

오직 종놈만이 새파랗게 질려 떨리는 몸을 잠시도 진정하지 못하며 자리에 누운 채 끙끙 앓고 있었다.

이야기를 듣고 있던 동고는 그 동안 몇 번이나 증오하는 눈으로 중을 노려보며 주먹을 불끈 쥐었다.

"그래서……어떻게 되었나?"

"도저히 그대로는 참아낼 수가 없더군요. 재상댁 집안은 온통 난리가 나서 뒤끓고…… 그래 할수없이 저의 애비에게 사실대로 고해 바쳤습죠."

"응, 그래."

"그랬더니만 소승의 애비가 몸을 부르르 떨며 방바닥의 목침을 들어 소승을 사정없이 후려갈겼습니다. 그리고는 저에게 당장 달아나 중이 되어 한평생 동안 부처님 앞에서 참회를 드리며 세상과는 인연을 끊고서 살라시더군요. 소승의 생각에도 일이 그쯤 되고 보니 다시 더 생각해 볼 여지도 없었기에 그 길로 이 산에 들어와 머리 깎고 중이 된 지 벌써 삼십여 년이 됩니다."

이야기를 끝낸 중은 또 한 번 길게 한숨을 뿜으며 동고를 유심히 쳐다보았다. 그런데 그의 눈에는 한 방울의 눈물도 없었고, 얼굴은 무거운 짐이라도 벗어 놓은 듯한 표정이 되어 있었다.

그런 일이 있은지 삼십년 만에 처음으로 사실을 입 밖에 내놓은 이 날 밤이었다.

동고는 어이없어하면서 한참 동안 뚫어지게 그를 노려보다가 물었다.

"그래, 그걸로 끝인가?"

"그럼 그걸로 끝이지 뭐가 또 있겠습니까? 고놈의 종년 때문에 신세를 망친 거지요."

"종년 때문이라……재상 부인의 몸을 더럽혀 해친 생각은 안

하고 종년 때문에 신세를 망쳤다는 원한만 남았군 그래?"

"그야 종년 때문입죠. 제가 처음부터 안방 마님인 줄 알구 그런 것인가요?"

중은 자기의 죄를 뉘우치지는 않고 변명하는 말만 계속하고 있었다.

그 때까지 꾹 참고 듣기만 하던 동고는 더 이상 듣고 앉았을 수가 없어서

"뭐가 어째?"

하고 소리를 지르며 벌떡 일어섰다. 이어서

"이놈, 부처님을 모시는 중으로만 알았더니 천하의 몹쓸 악귀였구나! 너 같은 놈이 오늘까지 살아왔다니 너무나 기가 막히다."

하고 내뱉으면서 그의 어깨를 덥썩 잡아 일으키고는 혼신의 힘을 다해서 발로 찼다.

"우아악"

중은 뒷걸음질치는 것처럼 움직이다가 어두운 벼랑 아래로 떨어졌다.

"……"

동고는 넋이 나간 얼굴이 되어 아무도 없는 절벽 위에 한동안 앉아 있었다. 그는 이윽고 정신을 차리며 웅얼거렸다.

"고약한 중놈!"

절벽 아래로 내려간 그는 비척거리고 걸으며 절간으로 돌아왔다. 그가 문을 열고 텅 빈 법당 안으로 들어가 여래상(如來像)을 쳐다보니 촛불 앞에서 졸고 있는 것처럼 가부좌를 하고 앉아 있는 부처님만 있었다. 한데 동고가 보기에 자기를 반기며 미소를 짓는 것 같았다. 때문에,

'부처님도 중보다 나를 좋아하실 게야. 악한 중놈 보다는 한 사람의 착한 속인이 오히려 부처님의 설법에 부합한 일일 테니까……'

하고 생각하면서 자기 자신을 위로하며 불상 앞에 몸을 꿇어앉았다. 그리고는 온갖 잡념을 잊으려고 언제나처럼 눈을 딱 감고 맹자(孟子)를 첫편에서부터 소리내어 읽기 시작했다.

얼마쯤 글을 읽던 그는 자기도 모르게 벽에 기댄 채 어렴풋이 잠이 들었는데 그의 눈 앞에 환한 불빛이 나타났다. 그가 눈을 들어서 보니 산밑에서 등불이 흔들리며 푸른옷을 입은 종년들에게 앞뒤로 호위를 받는 교자 하나가 절을 향해서 다가오고 있었다.

깊은 밤중에 절간을 찾아오는 귀인이 누구일까 하고 생각하면서 그가 마루 아래에 내려서서 머뭇거리고 있노라니 교자가 절 앞에 와서 멈추며 안으로부터 점잖은 중년 부인이 시비의 부축을 받아 가며 내렸다. 그리고는 동고를 향해 두 손을 모으고 절을 했다.

"아니…… 누구신지……?"

동고가 어리둥절해하며 묻자 부인이 몸을 일으키며 말했다.

"나리께선 저의 삼생(三生)의 은인이십니다. 저는 삼십 년 전 이 절의 중놈이 저의 집 종으로 있을 때 그놈에게 욕을 당한 모 재상의 아내이옵니다. 깨끗한 몸을 더럽혀 욕되고 부끄러운 마음에 앞뒤 일을 생각할 겨를도 없이 몸을 버렸기 때문에 원수놈의 이름을 밝히지 못해 오늘까지 원수를 못 갚고 있어 구천에 사무친 원한을 풀 길이 없었사옵니다. 그런데 뜻밖에도 오늘 밤 대감께서 그토록 저의 원수를 갚아 중놈의 육신이 가루가 되고 뼈가 산산조각이 나서 영겁의 윤회를 면치 못하는 지옥의 깊은 골짜기로 떨어졌사오니 어찌 통쾌하지 않겠사옵니까? 삼십 년 동안이나 맺혀 있던 원한이 이로써 맑게 개었사옵니다. 그리고 대감님께서는 광통교 옆에서 살다가 죽은 음탕한 계집 때문에 원독에 얽혀 지금까지 벼슬길이 막혀 있사온데 오늘 밤 안에 제가 그 계집년에게 다시는 그러지 못 하도록 타일러 멀리 쫓아 보내겠습니다. 그렇게 하여 제가 입은 은혜의 만 분의 일이라도 갚을까 하옵니다.”

동고는 뜻밖의 일이었기에 자기도 뭔가 한 마디 하고 싶었으나 교자는 벌써 등불과 함께 사라지고 있었다. 때문에 할수없이 발길을 돌리려다가 돌에 채여 넘어지면서 펄쩍 깨어나고 보니 한바탕 꿈이었다.

그로부터 동고는 대붕(大鵬)이 나래를 편 것처럼 벼슬길에 들어서는 것이 순탄해졌으며 후에 재상까지 되었다.

세 유기장수의 죽음

옛날에 으슥한 산기슭에 주막집을 차리고 사는 두 부부가 있었다.

그런데 슬하에 자식도 없이 근근히 가난한 살림을 꾸려가던 두 내외는, 어느 날 갑자기 논밭을 사고 큰 기와집도 사고 하여 마을에서 이름난 부자가 되었다.

두 내외는 부자가 된지 얼마 지나지 않아 이번에는 그 동안 없었던 자식을 해마다 낳아 슬하에 세 아들을 두게 되었다.

두 내외는 금이야 옥이야 귀엽게 키운 세 아들을 서당에 보내어 글공부도 시켰다.

천자문을 떼고 사자소학을 배우고 동몽선습, 명심보감을 외우고, 또 높은 글을 배우고 난 세 아들은 과거시험을 보기 위해 서울로 길을 떠났는데 그들은 과거에도 모두 한꺼번에 붙었다. 두 내외의 기쁨은 이루 다 말할 수가 없었다.

과거에 급제한 세 아들이 서울에서 돌아오는 날, 두 내외는 마당에 잔칫상을 차리고 풍악을 울리면서 세 아들을 기다렸다.

그런데 말을 탄 세 아들은 풍악이 울리고 잔치상이 차려진 마당에 들어서 내리려다 잘못하여 말에서 떨어져 그 자리에서 모두 다 죽고 말았다.

잔칫상이 차려지고 풍악이 울리던 마당은 통곡소리가 가득 찬 초상집으로 변하고 말았다.

갑작스레 세 아들의 장사를 치른 두 내외는 하도 억울하고 분해서 원님한테 찾아갔다.

"원님! 이 원수를 갚아 주십시오. 과거에 급제한 우리 세 아들의 목숨을 빼앗아 간 그 못된 귀신에게 원님께서 원수를 갚아 주십시오."

원님은 어처구니가 없는 얼굴로 두 내외의 얼굴을 내려다보았다.

"자네들 아들 셋을 한꺼번에 잃더니 실성을 한 것이 아닌가. 나는 이 고을 사람들을 다스리는 사람이지 염라 대왕이나 귀신을 다스리고 있는 것이 아니야!"

두 내외는 힘없이 원님 앞에서 물러나왔다.

두 내외가 울고불고 하며 나가는 것을 보니 원님은 측은한 생각이 들었다.

"어디 귀신을 한 번 불러서 물어 보기라도 해야겠다."

그리고는 이방을 불러들여,

"너는 오늘 쌀을 일곱 번 일고 일곱 번 씻어서 밥을 지어 밥상 셋을 방죽 옆 다리에다 차려 놓거라."

하고는 먹을 갈아 글발 하나를 써서 이번에는 담이 큰 사령에게 주면서 말했다.

"이 글을 오늘 밤 자정이 되면 방죽 옆 다리 위에서 밥상을 받고 있는 늙은이가 있을 테니 그에게 보여 드려라."

원님이 말한 대로 정성스레 밥을 지어 방죽 옆의 다리 위에다 갖다 놓은 다음 자정이 되자 담이 큰 사령이 원님이 쓴 글발을 가지고 다리로 갔다.

　다리에는 과연 원님이 말한 대로 밥상을 앞에 놓은 늙은이 셋
이 앉아 있었다.

　세 늙은이는 글발을 읽고 나더니,

　"시장하던 김에 대접도 잘 받았고, 우리가 아무리 염라 대왕이
지만 남의 마을에 왔으니 이 마을의 원님을 만나 보고 가는 것도
괜찮은 일이겠지!"

하고 중얼거리더니 사령의 뒤를 따라 원님에게로 왔다.

　원님은 한밤중에 염라대왕을 방 안에 모시게 되었다.

　그리고 다짜고짜 물었다.

　"아무리 사람의 목숨을 다루는 염라 대왕이지만 과거에 금방
급제한 젊은 목숨 셋을, 그것도 한꺼번에 빼앗는 것은 사람의 목
숨을 너무나 함부로 다루는 처사가 아닙니까?"

　"허허, 원님! 우리가 함부로 사람의 목숨을 다루는 것 같아 보
일지 모르지만 분명히 제 명이 된 사람만을 데리고 가는 것입니
다."

　"그렇다면 주막집 두 내외의 세 아들의 명도 다 되었다는 말씀
입니까?"

　"아무렴요!"

　"아니 어떻게 세 아들이 과거에 급제하고 나서 똑같이 명이 되
도록 되어 있습니까? 원 세상에 희한한 일도."

　"허허 원님! 아직 모르시는군! 주막집 내외의 죽은 세 아들은
사실은 주막집 내외에게 원수를 갚으려고 환생한 세 유기장수였
답니다.

　"전 무슨 말인지 모르겠습니다."

"자, 그럼 우리가 알려 드리지요. 20여 년 전에 있었던 일입니다. 유기장수 셋이 그 두 내외의 주막에 든 적이 있었습니다. 그때 두 내외는 밤중에 유기장수들을 죽이고 돈을 빼앗은 뒤에 그 시체를 마굿간에다 묻었지요. 원통하게 죽은 유기장수 셋은 원수를 갚기 위하여 주막집 내외의 아들로 태어나서 귀여운 자식으로서 기쁨을 주다가 갑자기 죽음으로써 두 내외의 가슴에 슬픔의 칼을 꽂은 것입니다."

그 말을 마치자마자 세 늙은이는 자취를 감추었다.

이튿날 원님은 사령들을 보내어 산 기슭 주막집의 마굿간 밑을 파헤쳐 보게 했다. 그랬더니 과연 염라대왕이 말한 대로 유기장수 셋의 시신이 썩지도 않은 채 그대로 있었다.

원님은 곧 주막집 두 내외를 잡아들여 벌을 내렸다.

뱀의 보은

옛날에 착한 소년이 살고 있었습니다. 소년은 마을에서 가까운 글방에 다니면서 공부를 했다.

하루는 소년이 글방에 가는데 동네 아이들이 모여서 뱀을 잡아 막대기로 때리고 있었다. 막대기에 맞아 꿈틀거리는 뱀을 보니 불쌍한 생각이 들어 아이들에게서 뱀을 뺏아 부근의 도랑에 놓아 주었다.

몇 해 뒤 소년이 장가를 가게 되었는데, 혼인 전날 밤 꿈에 뱀이 나타나 전에 살려 준 보답을 하겠다고 하면서 '내일 밤 머리에 기름이 묻는 일이 생기더라도 닦지 말라'고 당부하고는 사라졌다.

다음 날 혼례가 끝나고 손님들이 모두 돌아간 다음 신방으로 들어갔다. 신랑은 옷을 벗다가 잘못하여 등잔이 엎어져 머리에 기름이 흠뻑 묻게 되었다.

신랑은 꿈 속에서 뱀이 한 말이 생각나 닦지 않고 그냥 두었다.

밤이 깊어 잠이 들었다. 그런데, 잠결에 어렴풋이 방문이 살며시 열리더니 키가 무척 큰 사람이 들어오는 것이 보였다. 먼저 신랑의 머리를 만져 보더니 기름이 묻어 있으니까 신부인 줄 알

고 옆 자리에 누운 신부에게,

"내 마누라를 네가 빼앗아 가고도 무사하길 바랐느냐?"

고 외치면서 칼로 찌르고 뛰어 달아났다.

신부의 갑작스러운 죽음으로 신랑의 입장은 매우 곤란해졌다. 사람들은 신랑의 짓이라고 의심을 했으며 마침내 관가로 붙잡혀 갔다. 그리고 며칠 동안 갇혀 있다가 처형을 당하게 되었다.

사형을 집행하는 날 아침에 원님이 세수를 하는데 버드나무잎 하나가 바람에 날려 세수대야 안으로 떨어졌다. 그 버들잎의 가운데 구멍이 뚫려져 있어 이상한 생각이 들었다.

다음 날 이름 있는 점장이들을 모두 불러 구멍 뚫린 버들잎이 떨어진 점괘를 풀게 하였는데, 한 점장이가 나서서 하는 말이,

"버들잎에 구멍이니 유엽환(柳葉丸)이며 따라서 성은 유(柳)요, 이름은 엽환(葉丸)이니 이 자가 바로 범인입니다."

라고 했다.

원님은 사람을 시켜 유엽환이란 자를 찾게 하였는데, 정말로 그 동네에 하인 일을 하는 사람 가운데 유엽환이라는 이름의 사람이 있었다. 그를 끌어다가 사실을 추궁하니 오래도록 사모하다가 뜻을 이루지 못하게 되자 신랑을 죽인다는 것이 신부를 잘못 살해했다고 자백을 하기에 이르렀다

사람이 아닌 뱀도 은혜를 잊지 않고 갚은 것이다.

은혜 갚은 구렁이

옛날, 아주 오래 된 옛날에 평안 남도에 있는 대동강에 홍수가 나서, 그 근처가 모두 물에 잠겨 집도 떠내려가고, 짐승들도 사람도 모두 떠내려가는 큰 난리가 있었다.

그러데, 이 대동강 부근에 장씨라고 하는 할아버지가 살았다. 장씨 할아버지는 마음이 어질고 남에게 베풀기를 좋아하는 할아버지였다.

장씨 할아버지는 홍수가 나 떠내려가는 사람들과 짐승을 구하기 위해 조그마한 배를 가지고 강으로 갔다.

살려 달라고 소리치는 곳으로 노를 저어 가 위험을 무릅쓰고 사람을 먼저, 그 다음에 소, 돼지, 토끼 등 가축들을 구해 주었다. 장씨 할아버지는 지치고 힘이 들었지만 열심히 사람을 구하고 가축들을 구해 냈다.

어느덧 해가 저물었다.

'한 번만 더 갔다 오자.'

장씨 할아버지는 위험한 줄 알면서도 강으로 갔다.

노루 한 마리가 떠내려와 건져 주고 물살을 헤쳐 강 바깥쪽으로 나가려 하는데 큰 구렁이 한 마리가 떠내려오고 있었다. 장씨 할아버지는 징그럽다는 생각도 잊은 채 구렁이를 불쌍하게 생각하고 건져 올렸다. 또 이번에는 어린이가 통나무를 타고 떠내려 오고 있어, 있는 힘을 다해 구출해 냈다.

어린아이를 구해 가지고 강가로 나왔을 때는 사방이 캄캄한 밤이었다.

장씨 할아버지는 배를 강가에 매어 놓고, 노루와 구렁이는 그대로 놓아 주고, 어린아이는 날도 어둡고 해서 집으로 데리고 왔다.

통나무를 타고 떠내려오던 아이의 이름은 병진이라고 하는데 이번 홍수에 부모 형제가 모두 물에 떠내려가 죽어, 의지할 곳 없게 된 불쌍한 아이였다.

장씨 할아버지는 마침 자식도 없었으므로 그 아이를 아들로 삼고자 하였다.

"애야, 너는 이제 나보고 아버지라고 불러라. 좀 늦긴 했지만 내가 너를 너의 부모 못지 않게 해 줄 테니……"

"고맙습니다, 할아버지. 아니, 아버님."

이렇게 하여 오갈 데 없는 병진이를 아들로 삼아 키웠다.

그러던 어느 날 장씨 할아버지가 배에서 내려 퍼덕거리는 고기를 그물에 담아 가지고 집으로 갈 때였다.

웬 노루가 할아버지의 발길을 가로막으며 그물을 입으로 잡아당기는 것이었다.

"이놈의 노루, 별꼴을 다 보겠네."

장씨 할아버지는 처음엔 귀찮게 생각했지만 자꾸 그물을 잡아 끄는 바람에 노루를 따라갔다.

따라가면서 그 노루를 자세히 보니 홍수 때 할아버지가 구해 준 바로 그 노루였다.

노루는 힐끔힐끔 뒤를 돌아보며 앞장서서 산을 올라갔다. 노루는 소나무숲 사이를 지나 얼마만큼 가더니 앞발로 땅을 파기 시작했다. 흙을 파헤치다가는 할아버지의 얼굴을 쳐다보고, 파다가는 할아버지의 얼굴을 또 물끄러미 쳐다보곤 했다.

'옳아, 나보고 파 보라는 모양이로구나.'

장씨 할아버지는 솔가지를 꺾어다가 노루가 파던 곳을 팠다.

한참 파 본즉 그 속에서 항아리가 하나 나왔는데 뚜껑을 열어 보니 그 속에는 눈이 부시는 금은 보물이 가득 들어 있었다.

장씨 할아버지는 깜짝 놀랐다. 그러나 이것은 하늘이 주신 것이리라 생각하고 노루에게 고맙다 고개를 끄덕이고는 항아리를 가지고 집으로 왔다.

고기를 낚아 근근히 살아 오던 장씨 할아버지는 그 후로 남부럽지 않게 잘 살게 되었다. 그러나 세월이 흘러감에 따라 장씨 할아버지에게는 큰 걱정거리가 하나 생겼다.

다름 아닌, 홍수 때 아들로 삼은 병진이가 하라는 공부는 않고 돈을 물 쓰듯 쓰며 품행이 방탕하게 되었던 것이다.

장씨 할아버지는 병진이의 마음을 고쳐 좋은 사람으로 만들려고 노력했으나 말을 듣지 않고 오히려 마구 대들었다.

"아버지가 무슨 아버지야. 우리 아버진 할아버지처럼 그러지 않았단 말이에요. 할아버지가 정말 내 아버지 같이 잘해 주신다면 내가 하자는 대로 해 주셔야 될 게 아니에요?"

병진이가 마구 대드는 바람에 장씨 할아버지는 그저 멍하니 병진이를 쳐다볼 따름이었다.

"자식이 잘못된 길을 가고 있는데 어떤 아버지가 말리지 않겠니."

장씨 할아버지는 잠자코 있다가 겨우 한 마디 했다.

"이제 다 필요 없습니다. 진정 저를 친자식처럼 생각하신다면 재산을 똑 같이 반으로 나누어 따로따로 살아요. 저도 그 돈을 가지고 열심히 장사를 해서 돈을 많이 벌어 꼭 아버님을 떳떳이 모시겠어요."

병진이는 제법 어른스럽게 말했다. 그러나 병진이의 얘기는 새빨간 거짓말이라는 걸 장씨 할아버지는 너무도 잘 알았다. 한두 번 그렇게 속인 것이 아니었다. 그러나, 재산을 따로 나누어 살자고 한 것은 이번이 처음이었다.

장씨 할아버지는 걱정걱정 끝에 말했다.

"난, 그렇게 할 수 없다. 이 재산은 내 재산이고, 넌 아직도 어리다. 좀더 나와 함께 있어야 한다."

병진이는 자기가 마음먹은 대로 일이 되지 않자 못된 흉계를 꾸며 가지고는 관가로 갔다.

"원님 어른, 소인의 아버지가 전에 다른 사람의 돈을 훔쳐 산에 감춰 두었다가 요즈음 그 돈을 파내 쓰고 있습니다."

병진이는 사또께 거짓 밀고를 했다. 관가에서는 정직하게 살아온 장씨 할아버지가 그럴 리가 없다고 했으나, 병진이가 하도 그렇지 않다고 우기는 바람에 장씨 할아버지를 불러다 조사해 보기로 했다.

관가에 끌려온 장씨 할아버지는 보물 항아리를 가져온 유래를 몇 번이고 자세히 설명했으나, 관가에서는 그 말을 믿을 리가 없었다. 결국 장씨 할아버지는 옥에 갇히고 말았다.

'내가 남에게 털끝만치도 그른 일을 하지 않았으니 언제고 결백함이 밝혀지겠지.'

장씨 할아버지가 옥에 갇혀 이 때나 누명이 벗겨질까, 저 때나 벗겨질까 하고 가슴 태우며 지내던 어느 날 밤, 구렁이 한 마리가 옥으로 들어왔다.

'이 감옥 안에 웬 구렁이람.'

본즉, 그 구렁이는 예전에 큰물이 났을 때 구해 준 그 구렁이었다.

'아니 그 구렁이가 여기엔 왜 나타났담.'

하고 생각하는 순간 구렁이는 덤벼들어 장씨 할아버지의 배를 물었다.

장씨 할아버지는 아파서 펄쩍 뛰었다. 구렁이에게 물린 상처는 금방 퉁퉁 부어올랐다.

'세상에 이럴 수가! 어떻게 된 게 은혜를 모두 원수로 갚으려 하는가. 이놈의 세상 차라리 이대로 죽어 버리자.'

장씨 할아버지가 모든 것을 체념하고 천장을 보고 반듯이 누워 있을 때였다.

부스럭거리는 소리가 나 고개를 돌려 보니 아까 그 구렁이가 웬 풀을 잔뜩 물고 와선 고개를 마구 흔들었다. 그 몸짓이 꼭 그것을 상처에 붙여 보라는 것 같아서 할아버지는 그 풀을 받아 물린 상처에다 붙였다.

아, 그런데 이게 웬일인가, 아프던 게 싹 가시고 퉁퉁 부어오른 것도 언제 그랬냐는 듯이 가라앉았다. 아주 말끔히 상처가 나은 것이다. 장씨 할아버지는 한때나마 구렁이에게 욕했던 것을 뉘우쳤다.

그 때였다. 바깥에서 왁자지껄하는 소리가 나 무슨 소리인가 하고 귀 기울여 들으니 원님의 어머니가 웬 구렁이에게 물려 독이 온몸에 퍼져 다 죽게 되었다는 것이다. 유명하다는 의원은 모두 불렀으나 아무도 고치는 이가 없다는 얘기였다.

'옳거니! 그 구렁이가 한 일이구나. 그놈이 날 살리려고 하는 짓이다.'

"여보슈, 밖에 아무도 없수?"

장씨 할아버지가 소리쳤다.

옥지기가 무슨 일인가 하고 달려왔다.

장씨 할아버지가 원님 어머니의 병을 고치겠다고 얘기하자, 옥지기는 코방귀만 뀌다가 원님 어머니를 못 고치면 죽여도 좋다는 말을 듣고 장씨 할아버지를 원님 앞으로 데려갔다.

장씨 할아버지는 모두 밖으로 나가 있게 하고 품안에 간직했던 구렁이가 물고 온 풀을 한 잎 꺼내 원님 어머니의 상처에 붙였다. 원님의 어머니는 아프다고 소리치다가 깊은 잠에 빠졌다.

밖에서 지켜보고 있던 관원들은 이놈의 늙은이가 원님의 어머니를 아주 죽인 것이 아닌가 하고 을러댔다. 그러나 장씨 할아버지는 침착한 목소리로 기다리라고 했다.

정말 조금 있다가 부어오른 게 가라앉으면서 원님의 어머니는 눈을 떴다.

원님이 물었다.

"어머님, 괜찮으셔요?"

"그래 이젠 아무렇지도 않다."

원님의 어머니는 완전히 나은 것이다.

원님은 장씨 할아버지를 석방시킴은 물론 큰 상을 내리고 의붓아들 병진이를 옥에 가두었다.

그러나, 장씨 할아버지는 큰 상도 받지 않고 의붓 자식 병식이를 옥에 가두지도 못하게 원님께 간절히 부탁을 드렸다.

의붓 아버지의 참마음을 안 병진이는 잘못을 뉘우치고, 열심히 공부해 과거에 급제하고, 장씨 할아버지는 마을 사람들에게 더욱 더 존경받으며 잘 살았다고 한다.

신기한 왕골부채

옛날 황해도의 어느 마을에 심한 가뭄이 들었다. 어찌나 가물었던지 우물은 밑바닥이 드러났고 논이란 논은 모두 다 말라 버려 개구리 울음소리도 들리지 않게 되었다. 밭은 피해가 더욱 심했다. 곡식들이 익어 누렇게 황이 들어 척척 늘어져 땅바닥에 말라붙었다.

분이네가 부치는 콩밭도 예외일 수는 없었다. 워낙 모래와 자갈투성이 밭이었기에 다른 밭보다도 가뭄을 더 탔다.

하지만 분이는 콩포기를 조금이라도 살려 보려고 모진 애를 다 썼다. 하지만 그의 노력은 허사가 되고 말았다.

"아, 이렇게 다 말라 죽으면 앞으로 어떻게 살아가나……"

분이의 눈에서 주르르 흘러내린 눈물이 먼지가 이는 땅에 떨어졌다.

분이는 가엾은 아이였다. 그의 아버지는 일찍이 마을의 부자한테 매를 맞다가 죽었고 집에는 앓는 어머니가 계셨다. 그래서 얼마 안 되긴 해도 콩농사를 한 번 잘 지어 어머니에게 약도 사다 드리고 순두부도 만들어서 잡숫게 하려고 그처럼 애를 썼지만 무심한 하늘은 분이의 마음을 너무도 몰라 주었다.

분이는 물초롱을 들고 일어났다. 다음 날도 그 다음 날도 그는 계속해서 물을 져 날랐지만 이랑에 척척 늘어진 콩포기들은 좀처럼 일어서지 않았다.

그러던 어느 날이었다.

그 날도 분이는 물지게를 지고 콩밭으로 가다가 너무 힘이 들어서 잠시 앉아 쉬고 있는데 웬 노인이 다가와서 물었다.

"얘야, 넌 무엇 때문에 그렇게 매일 힘들게 물지게를 지고 다니느냐?"

분이는 공손히 대답했다.

"콩밭에 물을 주려고 그러는 거예요. 콩을 살려야 앓고 계신 어머니한테 순두부라도 한 번 만들어 드리겠는데……"

분이의 입에서 자기도 모르게 긴 한숨이 새어나왔다.

"넌 정말로 효성이 지극한 아이로구나. 하지만 그렇게 해서 어떻게 이 불볕 속의 콩을 살리겠느냐."

노인은 긴 채수염을 내리쓸며 잠시 뭔가 생각하는 표정을 짓더니 이윽고 두루마기 자락 속에서 왕골부채 하나를 꺼냈다.

"얘야, 이걸 받아라. 이걸로 부채질을 하면서 '콩아 콩아 어서 자라라' 하고 말해라. 그러면 좋은 일이 생길 것이다."

노인은 왕골부채를 분이에게 내밀었다. 그러나 분이는 그걸 선뜻 받을 수가 없었다.

"어서 받으라니까."

노인이 몇 번 재촉을 하자 음전이는 부채를 받아 쥐었다.

"할아버지, 고마워요!"

분이는 노인에게 인사를 하고 콩밭으로 달려갔다.

콩밭에 이른 분이는 그 노인이 하라던 대로 부채질을 하면서 속삭이듯 말했다.

"콩아 콩아 어서어서 자라라!"

그랬더니 정말로 이랑에 척척 늘어졌던 콩포기들이 움직이면서 일어나기 시작했다. 뿐만 아니라 콩포기는 어느 샌가 푸른 잎새를 싱싱하게 펼치고 있었다.

"야, 콩들이 살았네!"

분이는 너무 좋아서 눈물이 막 나왔다.

분이네 콩은 그렇게 되어 하루 만에 모두 다 살아나게 되었다.

그런데 이 소문이 아랫마을에서 사는 욕심쟁이 박 부자의 귀에까지 들어가게 되었다.

반벙어리인 박 부자는 그 소리를 듣자 밤잠을 제대로 자지 못하게 되었다.

'세상에 그런 신기한 부채가 다 있었다니……'

박 부자는 못 미덥기도 하고 또 타고난 욕심이 꿈틀거려 가만 있을 수가 없었다.

뜬눈으로 밤을 새운 박 부자는 날이 밝자마자 아침밥도 먹지 않고 분이네 콩밭이 있는 곳으로 갔다.

그가 밭머리에 서서 살펴보니 아닌게아니라 작은 여자애가 한 손에 부채를 들고 밭 가운데에 앉아 있었다. 그 애는 파란 콩 잎사귀들을 쓸어 만지면서 노래를 부르는 것처럼 중얼거렸다.

"콩아 콩아 어서어서 자라라!"

그러면서 왕골부채로 콩포기들에게 슬슬 부채질을 해 주었더니 한 뼘만 하던 콩포기들이 키를 쭉쭉 솟구며 자라나기 시작하는 것이었다.

탐욕스러운 눈으로 그 신기한 부채를 바라보던 박 부자는 무슨 생각이 들었던지 자기 부채를 괴춤에 찔러 넣고는 스적스적 걸어

밭 가운데로 들어갔다. 그리고 땀을 씻는 시늉을 하면서 부채를 좀 빌려 달라고 말했다.

하지만 분이는 박 부자에게 그 귀중한 부채를 선뜻 내줄 수가 없었다. 그의 눈길을 보니 좋은 사람 같지 않았기 때문이었다.

분이는 부채를 꼭 잡고 뒷걸음질쳤다.

박 부자는 분이가 부채를 빌려 줄 생각이 없다는 것을 알았다. 빌려만 주면 자기 부채와 슬쩍 바꾸려고 했던 계획이 깨지자 그는 분이한테 와락 달려들어 부채를 억지로 빼앗았다.

"아, 안 돼요! 내 부채를 줘요……"

갑자기 부채를 뺏긴 분이는 발을 동동 구르며 박 부자의 옷자락에 매달렸다. 하지만 그의 힘을 당할 수가 없었다.

박 부자는 눈물까지 쏟으면서 매달리는 분이를 뿌리치고 냅다 뛰기 시작했다.

자기 콩밭에 이른 박 부자는 서둘러 그 애가 말하던 것처럼 '콩아 콩아 어서어서 자라라' 하고 말하려고 했다.

하지만 반벙어리인 그의 입에서는 엉뚱하게도

"코아 코아 어서어서 자라거라."

하는 소리가 나왔다.

그러자 이상하게도 코가 갑자기 가려워지기 시작했다. 코끝이 너무나 가렵기에 한 손으로 슬그머니 만져 보았더니 코가 스윽스 윽 자라고 있는 게 아닌가.

"으응?"

박 부자는 소스라치게 놀라며 두 눈이 커졌다.

순식간에 한 자도 넘게 길어진 코는 눈을 내려뜨지 않아도 잘 보였다.

"이 이게, 어 어떻게 된 일이야?"

그는 흉측하게 변한 그 코를 누가 볼까 봐 갓을 벗어 그것을 가리고 집으로 뛰어갔다.

집에서 남편의 갓을 받아 들던 마누라는 턱 밑까지 늘어진 길다란 코를 보더니 "으악!" 하고 소리를 지르며 까무라쳤다.

그런데 철없는 손자녀석들이 방 안으로 몰려들어

"우리 할아버진 코끼리 코가 됐어."

하고 떠들어 댔다.

박 부자는 벌컥 화를 냈다. 그리고 '싹 나가거라!' 하고 소리를 지른다는 것이 반벙어리라 "싸리 나가거라!"하고 소리치게 되었다.

그랬더니 곳간마다 가득하게 쌓여 있던 옥백미가 온데간데없이 사라지고 말았다.

"아이구 나는 이제 망했구나!"

박 부자는 뒤늦게 후회하며 가슴을 쳤다. 그러던 그는 갑자기 무슨 생각이 들었던지 부채를 들고 대문 밖으로 뛰어나갔다. 그는 곧장 자기 논밭으로 달려가 부채질을 해대기 시작했다. 그리고,

'벼야 벼야 어서어서 자라라.'

하고 말하려 했으나 입에서는,

"배야 배야 어서어서 자라라."

하는 소리가 나왔다.

그 말이 채 끝나기도 전에 가뜩이나 뚱뚱한 그의 배가 갑자기 더 크게 불어나기 시작했다.

박 부자는 엄청나게 커진 배 때문에 제대로 몸을 가누지 못하

고 논에 쓰러졌다. 아무리 일어나려고 애써 보아도 좀처럼 일어설 수가 없었다. 그는 결국 분통이 터져 부채를 잡은 손으로 논두렁을 탕탕 치며 '아이구 불이 인다! 불이 일어!' 하고 넋두리를 했는데 그 소리는 "아이구 부리 인다! 부리 이어!" 하는 소리가 되어 입 밖으로 나왔다.

그러자 어디선가 갑자기 뜨거운 불길이 쏴 하고 밀려 오더니 넓고 넓은 논이 불타기 시작했다. 잠깐 동안에 벼포기들이 모두 다 타 버리고 새뽀얀 재만이 바람에 흩날렸다.

박 부자는 너무나 기가 "헉! 헉!" 하고 숨 넘어가는 소리를 내질렀다. 그는 무거운 배 때문에 불타는 논밭에서 영영 일어나지 못하고 죽고 말았다.

그 후 분이는 불탄 논밭에서 자기의 왕골부채를 찾게 되었다.

신기하게도 다른 것들은 다 탔어도 그 부채만은 조금도 상하지 않은 모습 그대로 있었다.

분이는 그 신기한 부채 덕분에 콩농사를 잘 지어 어머니의 병을 고쳐 드렸으며 마을 사람들도 도와 주면서 잘 살았다고 한다.

어진 원님

사냥꾼들이 사냥을 하러 산으로 갔다.

그들이 풀어 놓은 매가 꿩을 보고 뒤쫓기 시작했다.

매를 보고 다급해진 꿩은 정신없이 도망치다가 마을로 내려와 닭을 많이 키우는 집으로 날아들었다.

꿩을 쫓아온 매는 아무리 찾아도 꿩이 보이지 않자, 꿩 대신 닭이라고 그만 닭 한 마리를 덥석 물었다.

커다란 닭은 꽤 먹음직스러워 보였다.

뒤를 돌아다보니 주인은 아직 보이지 않았기에 매는, 닭을 주인에게 줄 생각은 않고 구석진 곳으로 가서 맛있게 먹어치웠다.

이것을 본 닭집 주인이 빗자루를 들어 내리치자 매는 그 자리에서 그만 죽고 말았다.

바로 그 때, 매를 날렸던 사냥꾼들이 들이닥쳤다.

"아니, 매를 죽였잖아!"

사냥꾼은 얼굴이 붉으락푸르락해지며 소리쳤다.

이에 깜짝 놀란 닭집 주인은 크게 당황하며,

"사냥하는 매인 줄 모르고 우리 닭을 잡아먹기에 그만."
하고 변명했다.

"매가 닭을 잡아먹으면 닭값을 물어주면 될 것인데 애써 길들인 매를 죽이면 어떻게 해. 어서 물어내시오."

사냥꾼은 닭집 주인을 윽박질렀다.

하지만 알을 받아서 팔아 근근히 살아가는 닭집 주인에겐 그만한 돈이 있을 리가 없었다.

주인이 매값을 물어 주지 못 하자 사냥꾼은 그의 멱살을 움켜쥐고 관가로 갔다.

고을의 원님이 잡혀 온 닭집 주인을 보니, 가난한 사람인 것을 금방 알 수 있었다.

원님은 이런저런 생각 끝에 좋은 꾀를 생각해 냈다.

원님은 매의 주인인 사냥꾼에게 물었다.

"네가 사냥할 때 부리는 매는 무엇을 잡는 새냐?"

"꿩을 잡는 새입니다."

"그래? 그 매의 값은 얼마나 나가느냐?"

사냥꾼은 원님의 질문을 받고는, 매값을 물어 주려는 것으로 여겨 그 값을 매우 비싸게 불렀다.

"그래? 그럼 솔개는 무엇을 잡느냐?"

원님은 이번에는 사냥꾼에게 엉뚱한 질문을 던졌다.

"솔개는 닭도 잡아먹고, 개구리 같은 것도 먹죠."

사냥꾼은 별다른 생각 없이 그대로 대답했다.

"그러면 솔개의 값은 얼마나 나가느냐?"

"솔개는 값이 없습니다. 혹시 약에 쓴다는 사람이 있으면 몇 푼 받을는지 모르겠지만요."

사냥꾼은 머리를 조아리고 말했다.

원님은 입가에 웃음을 지으면서 다시,

"솔개는 닭을 잡아먹고, 매는 꿩을 먹는단 말이지?"

하고 사냥꾼에게 물었다.

"예."

사냥꾼은 공손히 대답했다.

"그러면 너의 매는 닭을 잡아먹었으니까 매가 아니고 솔개가 아니냐? 그런데 솔개는 값이 없다고 그랬지?"

원님의 말에 사냥꾼은 어이가 없었지만 아무런 대꾸도 하지 못했다.

원님은 결국 이렇게 판정했다.

"그러니까, 솔개값은 없다고 했으니, 네가 닭집 주인에게 닭값을 물어주도록 하라."

사냥꾼은 매 값을 받기는커녕, 닭값만 물어주고 말았다.

닭값까지 받은 닭집 주인은 크게 기뻐하면서 원님께 어떤 방법으로 고마움을 갚을까 생각하다가 한 되밖에 없었던 수수를 박박 긁어 수수떡을 만들어다가 원님께 바쳤다.

원님은 그 정성이 매우 갸륵하게 생각되어 수수떡을 하나만 먹고는 닭집 주인에게 다시 주며,

"잘 먹었으니, 남은 것은 집에 가지고 가서 네가 먹어라."

하고 말했다.

그러자 닭집 주인은 수수떡을 가지고 나가다가 사령들에게 몇 개씩 나눠 주었다.

원님은 먼발치에서 그것을 보고는 새삼스럽게,

'참으로 착한 사람이구나.'

하고 생각했다.

며칠이 지난 뒤 원님은 닭집 주인에게서 수수떡을 받아 먹은 사령들을 불렀다.

"너희들 며칠 전에 어떤 사람에게서 수수떡을 받아 먹은 적이 있지?"

"예."

"몇 개씩이나 먹었느냐?"

사령들은 별 생각 없이 두 개에서부터 다섯 개까지 먹었다고 그대로 대답했다.

그랬더니 원님이 말했다.

"그 가난한 사람의 떡을 그냥 먹어서야 되겠느냐? 나는 한 개를 먹고 오십 전을 주었다. 너희들은 나처럼 오십 전씩 내지는 말고 삼십 전씩만 주거라."

사령들은 깜짝 놀라지 않을 수 없었다.

떡 하나에 삼십 전이면 상당히 비싼 값이기 때문이었다.

사령들은 원님의 말을 거역할 수도 없고, 또 갚자니 제법 많고 해 돈을 구하느라고 애를 썼다.

얼마 후에 사령들은 수수떡값을 만들어 가지고 왔다.

원님은 그 돈으로 값이 싼 땅을 사서 닭집 주인에게 주었다.

덕분에 닭집 주인은 농사를 지으며 잘 살게 되었다.

하늘도 알아본 두 충신

나라가 망하려면 간신들이 들끓는 법이라고 한다.

고려 공민왕 때에도 날만 새면 간신들이 충신들을 역적으로 몰아대는 일이 벌어졌다. 이색(李穡)과 이숭인(李崇仁)은 백성들의 존경을 받는 충신으로 널리 알려져 있었는데, 그들도 어느 날 곤경에 처하게 되었다.

간신들이 임금에게 상소를 했다.

"상감마마, 이색과 이숭인을 무거운 벌로 다스리옵소서."

"이색과 이숭인을? 왜?"

"역적 모의를 하고 있었던 것으로 아뢰오."

"무엇이? 그런 고얀 것들이 있나. 그들을 당장 하옥시켜라!"

공민왕은 이것저것 헤아려 보지도 않고, 역적 모의를 한다는 간신들의 말을 듣자 크게 노했다. 나라 일은 돌보지 않고 편안함과 놀이만 좇는 임금이었기에 냉정하게 옳고 그름을 판단할 능력이 없었다.

그 틈을 타서 날뛰는 것은 간신들뿐이요, 고생하는 것은 충신들과 백성들뿐이었다.

이색과 이숭인이 옥에 갇히자, 간신들은 저희들끼리 수군거렸다.

"이색과 이숭인이 서울에 있으면, 그들의 파와 손이 닿기 쉽소. 그러니, 한 번 더 일을 꾸밉시다."

그리하여 간신들은 또다시 임금에게 상소를 올렸다.

"상감마마, 이색과 이숭인을 귀양 보내심이 마땅한 줄로 아뢰오."

"그렇습니다. 이 곳에 놔 두면 역적들과 내통할 우려가 있사옵니다."

"에이, 모든 게 귀찮구나! 경들이 알아서 하오."

그리하여 이색과 이숭인은 충청도 청주로 귀양을 가게 되었다.

두 사람이 억울하게 잡혀서 시골로 떠난다는 소문이 퍼지자, 백성들은 길가에 나와서 눈물을 흘리며 한탄했다.

"나라가 망하려니까, 충신들이 하나 둘 조정을 떠나는군."

"상감마마도 무심하시지."

두 충신을 우리에 가두어서 달구지에 태운 귀양 행렬은 남쪽을 향해 걸어갔다. 달구지를 감시하며 걷던 군관들이 이따금 두 눈을 부라리며 호령했다.

"시간이 급하다. 빨리 움직여라!"

일행은 드디어 청주 관아에 도착했다. 이색과 이숭인은 옥에 갇히게 되었다.

그런데 그 날 밤, 별안간 천둥과 번개가 요란하게 일더니 비가 억수같이 퍼붓기 시작했다. 마치 천지개벽이라도 하는 것처럼 장대비가 쉬지 않고 좍좍 쏟아졌다.

청주 고을은 단번에 아수라장으로 변하고 말았다.

"홍수가 났다!"

"집이 몽땅 물에 잠겼어!"

사람들은 세간을 꺼내려다가 물에 빠져 허우적거리고, 소·돼지 등의 가축들이 세찬 물살에 휘말리며 떠내려갔다.

"사람 살류!"

청주 관아도 역시 물에 잠기기 시작했는데, 벼슬아치들은 저 살 궁리만 하면서 도망치기에 바빴다.

이색과 이숭인이 갇힌 옥도 물에 잠겼다.

"밖으로 나갑시다."

두 사람은 간신히 옥문을 부수고 나가 다른 감방 문도 열어 주었다.

그리고 밖으로 나오기는 했지만 어디로 가야 좋을지 몰랐다. 청주 고을은 이미 물에 잠겨 있었다.

"저희들을 좀 살려 주십시오."

옥에 갇혀 있던 사람들은 두 사람의 뒤만 졸졸 따라다니며 아우성을 쳤다.

"이거 도무지 앞이 보여야 무슨 방법을 찾든가 말든가 하지."

사방은 마치 먹물을 뿌려 놓은 것처럼 캄캄했다.

"이게 뭐야? 음,"

두 사람은 이윽고 커다란 나무를 발견하며 안도의 한숨을 내쉬었다. 그것은 커다란 은행나무였다.

"우선 이 나무 위로 올라갑시다."

이색과 이숭인은 사람들을 먼저 나무 위로 올라가게 한 뒤에 그들도 그 위로 올라가 홍수의 위험에서 벗어났다.

엄청나게 큰 그 은행나무는 가지들이 튼실하게 뻗어 있었기에 많은 사람들이 올라가 앉을 수 있었다.

빗줄기가 점점 약해지기 시작했다.

날이 밝자 비가 완전히 그치면서 물이 빠져나갔다.

가지마다 다닥다닥 열린 것처럼 은행나무에 의지하고 있던 사람들은 그제서야 마음을 놓을 수 있었다. 어느 사람은 긴장이 풀려 꾸벅꾸벅 졸다가 아래로 뚝 떨어져 주위 사람들의 웃음을 자아내기도 했다.

"나리, 고맙습니다."

"나리들이 계시지 않았다면 저희들은 모두 죽었을 것입니다."

은행나무에서 내려온 사람들은 모두 이색과 이숭인에게 고맙다고 인사를 했다.

한편, 임금은 이색과 이숭인이 귀양을 떠나자마자 청주에서 큰 홍수가 났다는 소식을 듣게 되자 이렇게 생각했다.

'내가 충신들을 귀양 보냈기 때문에 하늘이 노하셨나 보다.'

임금은 신하들에게 명하여 이색과 이숭인을 귀양살이에서 풀어주었다.

두 충신과 많은 사람을 구해 준 그 은행나무는 지금도 청주 시내에 있는데 수령(나무의 나이)이 6백여 살이나 된다고 한다.

방 문 객

'젠장, 상놈에다 돈마저 없으니 어디 사람 행세를 하겠나. 십년 잡고 죽을 고생을 하면 돈을 좀 모으겠지. 돈만 있으면 양반들도 고분고분한 세상이니……'

기호(基浩)는 이런 생각을 하고 매봉산(梅峯山) 깊숙한 골짜기로 들어갔던 것이다. 골짜기 어귀에는 몇 채인가 집이 있었고 골짜기 바깥 황수내(黃水川) 벌판에는 부농(富農)들이 많았다.

'옛날부터 매봉산에는 금이 파묻혀 있다는 소문이 자자하다. 찾아 보면 금광맥이 있겠지. 우선 금광에 가서 금을 파는 법을 좀 배워 가지고, 매봉산에 있다는 금줄기를 찾아야겠다.'

기호는 단단히 결심을 하고 가리산(伽里山)으로 들어가 금광의 광부 노릇을 했다.

광맥 줄기를 찾는 방법부터 시작하며 바윗굴을 파는 법, 또 바위를 가루로 부숴서 걸른 뒤에 금을 찾아 내는 법, 또 금을 다지는 법 등을 배웠다. 그리고는 가산을 정리한 후에 매봉의 서쪽에 있는 온통 바위 벼랑으로 된 계곡으로 들어갔던 것이다.

낮에 일이 있을 때는 마을에 내려가서 품팔이를 하여 자본을 마련해 가며 몇 년 동안이라도 바위를 파서 누런 금덩이를 얻어 내고야 말겠다는 결심 아래 두 부부는 밤낮으로 죽을 고생을 했다.

언년이라는 이름을 가진 그의 새 아내는 시집 와서 두 해째가 되었는데도 아직도 아이를 낳지 못하고 있었다. 그녀는 어떻게 해서라도 남편의 뜻을 이루어 주려고 낮이면 마을로 내려가서 밭일이고 큰 농부의 집안 일이고를 가리지 않고 품팔이를 해서 돈을 벌어 왔다.

한 해가 지났다. 바윗굴을 상당히 깊이 파여져 들어갔다. 그러나 거기에서는 금은 커녕 누런 바위 비늘도 나오지 않았다. 봄철에서 여름철까지는 일도 있었고, 또 한 해 동안은 정리한 가산으로 생활을 할 수 있었으나 두 번째 겨울이 되자 큰 문제가 생기고 말았다. 품팔이거리도 돈도 모두 떨어지고 만 것이다. 날마다 먹을 양식 걱정을 하게 되었다.

기호는 본래 장사라 식성도 대단했는데 하루에 한 끼니를 먹고 곡괭이질을 했다. 품앗이로 마을에서 온 사람들은 보다 못해,

"그만 두게. 파 봐도, 파 봐도 나오는 것이라곤 돌덩어리 뿐이니……"

하고 권했다. 언년이도,

"괜히 재산만 다 없애 버렸어요. 벌써 굴을 몇 개나 팠어요? 아무래도 금이 나올 것 같지가 않아요. 우리 내려가요."

하고 권했다. 하루에 한 끼니씩만 배를 채운다고 해도 앞으로 스무날 양식밖에는 없었기 때문이었다.

"그나마 있던 재산을 다 털어넣고 여기서 맨손으로 내려가잔 말이야? 못해. 내려가고 싶으면 당신이나 내려가."

기호는 어느덧 반 미치광이가 되어 있었다. 누가 봐도 제 정신이 아니었다. 어느 추운 날 오후였다. 연장이 부러져 새 연장을

장만해야만 했는데 끼니가 없을 정도니 연장을 새로 장만할 돈이
있을 리가 없었다.

"가서 돈을 좀 꿔 봐. 끼니야 어떻게든 때워 가겠지만 연장이
없으면 일을 할 수 없지 않은가. 좀 꿔 봐. 김 진사 댁에 가서 사
정을 해 보라구. 내년 봄에 품으로 갚는다구."

"차라리 그 동안 약초를 캤어도 돈을 좀 모았을 거예요."

언년이는 돈을 꾸러 가기가 싫었다. 그러나 화를 내면서 재촉
하는 기호의 요구를 거절하지 못하고 할 수 없이 눈보라길을 더
듬어 마을까지 내려갔다.

김 진사는 동네에서 돈을 가장 많이 가지고 있는 사람이었다.
이백 석지기 논을 가지고 있는 동네의 어른이었는데 인심이 박하
고 욕심 많은 사람으로 소문이 나 있었다. 그러나 행랑채에 마름,
머슴 등을 다섯 식구나 두고 있기 때문에 아무도 그를 헐뜯지 못
했다.

마을 사람들은 대개 김 진사에게 뭔가 신세를 져야만 했으므
로, 되도록 김 진사에 대한 말을 조심하고 있었다.

언년이가 김 진사 댁 대문 앞에 이르자 마름 녀석이,

"이거 웬일로 산에서 내려왔어?"

하고 물으면서 거만스럽게 아래 위를 훑어보았다. 언년이는 그
때 나이가 스물 두 살이었지만 몸집이 작달막해서 열 아홉 정도
로 밖에는 안 보였다. 얼굴도 별로 잘 생긴 곳은 없었으나 그런
대로 반반했다.

"저어 연장이 부러져서 돈을 좀 빌리러……"

하고 언년이는 머뭇머뭇 말했다.

"연장 값이 몇 푼이나 된다고, 이 댁까지 와?"

"그래도 그 이가 진사님 댁에 가 보라고 해서……"

"자아, 이리로 들어오라구. 그 정도의 돈은 나라도 장만해 줄 수 있어."

마름은 언년이를 방 안으로 끌어들였다. 언년이는,

"고마워요. 하지만 전 여기서……"

하면서 방문 앞에서 머뭇거렸다.

"들어오라니까. 겨울철 산 얘기도 듣고 싶으니……"

"어서 가 봐야 해요. 돈은 내년 봄에 품으로라도 꼭 갚는다고……"

"글쎄 들어오라니까. 돈이 어떤 건데 그리 선뜻 줄 수 있나. 여러 가지 얘기를 들어 보아야지. 자아, 날씨도 춥구……"

마름은 자기 방이 아닌 머슴방에 들어가서 불러들이려 하는 것이었다. 한쪽에서는 들어오라느니 한쪽에서는 들어가지 않겠다느니 한참 동안 말이 오고 갔는데, 언년이는 결국 귓부리가 떨어져 나갈 것같이 시려서 방 안으로 들어갔다.

방 한 구석에 얌전히 도사리고 앉아 있으려니 마름은 음흉한 눈으로 반히 바라다보면서,

"산골댁은 참 곱군……"

하고 은근히 말을 던져 왔다. 언년이는 얼굴이 화끈화끈 붉어지면서 가슴이 철렁했다. 자꾸 방 안으로 들어오라고 하던 뜻을 그제서야 알았기 때문이었다.

"연장 값 쯤이야…… 자아, 이리 와 봐. 그 손 정말로 곱게도 생겼는데 거친 산골 일에 그만……"

하며 은근히 다가앉으며 그녀의 손을 잡아당겼다. 언년이는 화들짝 놀라 손을 빼어내면서,

"아이, 안돼요."

하고 숨가쁜 소리로 말했다. 눈이 퀭해 가지고 방 안에서 기다리고 있을 기호의 얼굴이 반사적으로 머리 속에 떠올랐기 때문이다. 마름은 다시,

"누가 아나. 연장값은 어쩔 테야……"

하고 중얼거리면서 그녀의 손목을 와락 잡아당겼다.

"아이, 안돼요."

언년이는 다시 손을 잡아 빼고는 문 밖으로 휑하니 달려 나갔다. 그 길로 뒤도 돌아보지 않고 눈길을 달려 매봉산 골짜기로 들어갔다.

"빌려 왔어?"

방안에 드러누워 있던 기호가 상체를 벌떡 일으키면서 물었다.

"진사님이 안 계셔서……"

언년이는 자기도 모르게 거짓말이 입 밖으로 나왔다.

"그럼 내일 다시 가 봐. 일하기는 다 틀렸으니 굶고 자자구…… 아니 덫을 놓은 곳에나 가 볼까. 산토끼라도 한 마리 걸렸을지 모르니……"

기호는 어슬렁 어슬렁 눈길을 밟으며 산비탈로 올라갔다. 그러나 맨손으로 돌아왔다. 돌아올 때까지 언년이는 방 안에서 누워 있었는데 가슴이 뛰고 있었다. 그냥 가슴이 뛰었다. 마름이 손을 잡아끌던 그 순간의 느낌이 왜 그런지 자꾸 머리 속에 떠올랐기 때문이었다.

이튿날 기호는 해가 뜨자마자,

"어서 가봐!"

하고 독촉을 했다.

"당신이 가 봐요."

"난 부러진 놈으로라도 단 한 덩어리나마 더 떼어내야 하겠어. 어제 하루 쉬었더니 발광이라도 하게 될 것 같아. 제기랄, 연장만 망가지지 않았더라면 조금이라도 더 팠을 텐데……"

갱목(坑木)을 할 때만 품앗이 꾼을 부를 뿐, 파 들어가는 것은 어디까지나 혼자서 해야만 했다.

"당신이 가 봐요."

"글세 갔다 오라면 갔다 와! 하루가 얼마나 아깝다는 것을 당신도 잘 알잖아."

"아이, 나는 싫어요."

"갔다 오라니까!"

기호는 크게 소리쳤다. 그의 눈에 핏발 같은 것이 선 것을 본 언년이는 할 수 없이 집을 나섰다. 김 진사 댁을 향해서 걷는 그녀의 가슴은 콩볶는 것처럼 뛰고 있었다. 어제 있었던 일이 다시 생각났기 때문이었다.

'제발 김 진사님이 계시고 마름은 없어 주었으면……'
싶었다.

그러나 마름은 마치 언년이가 오기를 기다리고 있었기나 한 것처럼 행랑채 들창문으로 밖을 내다보고 있었다. 언년이는 가슴이 철렁했다.

대문 께로 갔더니 마름은 방에서 나와 그녀를 맞고 있었다. 그는 있다가 고개를 푹 숙인 채 말도 못하고 있는 언년이에게,

"올 줄 알았어. 자아, 날씨가 차니 어서 들어와."
하고 말하더니 조금도 망설이지 않고 그녀의 손을 잡고서 안으로 끌어들였다. 언년이는 맥없이 끌려 들어가고 말았다. 오늘마저 그

냥 갈 수는 없었다. 눈에 핏발이 선 기호의 얼굴이 다시 그녀의 머리 속에 떠올랐다.

마름은 그녀를 방 안으로 끌어들여다가 앉혀 놓고는,

"글쎄 돈은 돈이고 정은 정이지, 안 그래? 정말 산골댁은 예뻐."

하고 말하더니 그녀를 자기의 품으로 끌어들였다.

"아이, 몰라요. 안돼요."

언년이는 전 날처럼 손을 빼며 방 구석으로 피했다. 하지만 마름은 대담하게 앉은 채 다가왔다.

방 구석에 등이 닿아 더 이상 물러설 수 없게 되자 언년이는 오들오들 떨기만 했다. 그런데, 그렇게 떨리는 몸 속에서 무엇인가 오늘은 그냥 가면 안 된다고 자꾸만 말하고 있었다.

"연장값즘은 내가 줄테니, 조금도 걱정하지 말고……"

마름은 징그러운 웃음을 입가에 흘리며 와락 언년이의 양 어깨를 끌어 잡아당겨 안았다. 안자마자 오른손을 저고리 섶 사이로 들여 밀었다. 떨리던 언년이의 몸은 갑작스럽게 굳어졌다.

마름은 몽실몽실한 그녀의 유방을 손아귀에 가득 쥐더니,

"아직 시집을 안 간 처녀의 몸 같군."

하면서 자꾸만 주물러 댔다.

언년이도 사나이를 아는 몸이었다. 밤에 기호의 품에서 탈대로 타올라 보기도 한 언년이었고 또 평생을 남편 하나만을 위해서 살아야 한다고 속으로 단단히 맹세를 한 그런 여인도 아니었다.

그러나 기호의 얼굴이 자꾸 떠오르는 것만은 사실이어서 몸이 굳어지는 것만은 어쩔 수가 없었던 것이다.

대낮이었다. 마음이 바빠서 그런지 마름은 오랫동안 유방만 희

롱하고 있을 수는 없었다. 급한 마음에 언년이를 쓰러뜨렸다

"누가 아나…… 잠깐이면 될텐데!"

이렇게 속삭이면서 오른손을 재빨리 하체에서 움직였다. 언년이는 노을이 짙게 물든 서녘 하늘처럼 양 볼과 눈 가장자리를 물들인 채 가만히 누워 그의 몸을 받아들였다.

떼밀고 뛰어나가면 피할 수 있는 일이었는지도 모르지만 그렇게 되면 돈을 빌릴 수가 없을 것이고 오늘도 그냥 갔다가는 남편의 손에 죽을지도 모른다는 무서운 예감이 들어 가만히 있었다.

기호의 손길 밖에는 닿지 않던 곳에 통통하게 살이 찐 마름의 손길이 닿자 언년이는 전신을 파르르 경련시키면서 신음을 토했다.

"윽!"

다음 순간 언년이는 돼지처럼 살찐 마름의 얼굴이 자기의 눈앞으로 확 쏠려 내려오는 것을 보았다. 이어서 아랫배 위에 무거운 것이 척 걸쳐지는 것을 느꼈다.

"으으……"

언년이의 입에서 야릇한 소리가 난 것은 모든 것이 깨어져 버리는 순간이었다. 언년이는 기호 외의 사나이를 처음으로 알았다. 마음 속으로는 연신.

'당신 탓이에요. 용서해 주세요,'

하고 빌면서도 그녀는 사나이를 아는 몸인지라 그러한 죄의식과는 달리 자꾸만 몸이 뜨거워졌다.

"역시 대단하구먼, 이런 몸은 천에 하나 있을까, 만에 하나 있을까 한 몸이야."

"……"

언년이는 그의 말이 귀에 들리지 않았다. 그러지 않으려고 해도 어쩔 수 없이 달아오르는 몸과, 또한 기호가 알면 살인이라도 날 것이라는 생각 때문에 정신이 엇갈려 아무런 소리도 귀에 들어오지 않았다. 그러는 사이에 언년이는 자기도 모르게 온 몸이 짜르르해지며 물처럼 녹아 가는 것을 느끼며 신음을 연발하고 있었다.

"당신은 정말 천에 하나 있을까 말까 한 여자야."

마름은 바지춤을 고치면서 두덕두덕 찐 살에 만족스러워 하는 기색이 잔뜩 어린 얼굴로 말했다.

"돈이 필요하면 언제든지 와, 푼돈쯤은 줄 테니까. 알겠지?"

마름은 고개를 푹 숙인 언년이의 손에 연장값을 쥐어 주면서 말했다.

"예에……"

언년이는 자기도 모르게 나직한 소리로 대답했다. 언년이의 몸에는 그 때까지도 흥분기가 남아 있었다.

그 즈음 기호는 일 년째 바위를 파들어가는 일에 지쳐 밤에 저녁 밥상을 치우기가 무섭게 코를 골아댔으므로 자기를 변변히 안아 주지도 않았다. 한 달에 한두 번 안으면 잘 안아 줄 정도였다.

그것은 언년이에게 있어서 허전하기 짝이 없는 일이었다. 그러던 참에, 기호의 야윈 몸도 아닌 뚱뚱한, 그리고 한가하여 어쩔 줄 모르던 마름의 강한 압박을 받고 보니 결국 몸이 불길처럼 타올랐고 그 감각이 그 때까지도 몸에 서려 있었던 것이다.

눈길을 걸어오면서 그녀는 몇 번인가 아랫배께를 어루만졌다.

"돈 꾸어 왔어?"

"예……"

대답하는 언년이의 목소리는 기어들어가는 것처럼 작았다. 그러나 기호는 이상하게 생각하지 않았다.

연장을 새로 장만하여 일을 시작한 것 까지는 좋았는데 이번에는 양식이 문제였다. 노루를 잡으려고 파 놓은 함정에는 토끼 한 마리 걸려들지 않았고, 또 토끼 덫에는 며칠에 한 마리씩 병신 같은 토끼가 걸려들기는 했는데, 그것 가지고는 양식이 될 턱이 없었다.

"김 진사 댁에 다시 가 봐. 연장값을 꾸어 주셨으니 양식값도 좀 대 주실 거야. 내년에 품으로 갚고 그것으로도 안 되면 금덩이가 나온 다음에 푹 떼어 드린다고 그래."

"금은 무슨 금이에요."

그런데 언년이는 왜 그런지 심부름길이 기쁘게 생각되는 것을 어쩔 수 없었다.

'내가 이러면 안 되는데, 안 되는데……'

하면서도 마을로 내려가는 그녀의 발걸음은 가벼웠고 야릇한 기대감으로 인해 가슴은 벌써부터 두방망이질치고 있었다.

"오 또 왔군."

댓새 만에 내려온 언년이를 보자 마름은 반가워서 어쩔 줄 몰랐다.

"한 댓새밖에 안 되지만 언년이 생각이 어찌나 나는지 견딜 수가 있어야지. 잘 왔어."

서른 살이 넘은 여편네의 축 쳐진 배 보다는 언년이의 처녀 같은 배가 얼마나 탐스러운지 몰랐다. 마름의 말은 언년이가 듣기 좋으라고 하는 것이 아니었다.

언년이는 그가 끄는 대로 끌려가 그의 품에 안겼고 다시 자기의 아랫도리로 부끄러워 하면서 마름을 받아들였다. 두 사람은 한동안 몸을 태우다가 떨어졌다.

"실은, 양식값 때문에……"

"알았어. 겨울철이니 양식이 걱정일테지. 내 몫으로 변리를 놓은 쌀이 한 쉰 가마는 넘으니까, 그까짓 두 사람 양식쯤이야 언년이만 자주 와 주면……"

언년이는 그가 준 쌀 자루를 이고 산으로 돌아갔다. 그리고 그 쌀이 떨어질 때쯤 다시 내려왔다. 그렇게 서너 번 다녔을까, 갱목을 할 때가 되었고 마을 사람들이 농번기의 품앗이 약속으로 일을 해 주러 올라왔다. 그 중에 한 놈이 기호에게 귀뜸을 해 주었다.

"산골댁하고 박 진사 집의 마름하고 아주 친하더군. 수상해. 내가 보았거든."

그 소리를 듣자 기호는 못마땅해 하면서 말했다.

"멋대로 허튼소리 말아. 내가 쌀을 꾸러 보낸 거야. 생사람 잡을 소리를 했다가는 주둥아리를 찢어 버릴 테니깐."

"생사람 잡을 소리가 아냐. 쌀을 꾸어 주면 꾸어 주었지 왜 손을 꼭 잡았다가 놓고 헤어지느냐 이거야. 산골댁은 뺨을 빨갛게 물들이고서 말이야."

그제서야 기호의 눈에서 '번쩍'하고 불이 튀었다. 이튿날이 되자 그는 쌀이 남았는데도 쌀을 꾸어다 놓으라고 말해 언년이를 마을로 내려보낸 후 몸을 숨기며 그녀의 뒤를 따라갔다.

아내가 진사댁 대문에 이르자 마름 놈이 반갑게 맞으며 손을 잡더니 그녀를 안으로 끌어들였다. 앞집 담장 너머로 그 꼴을 보던 기호는 더 이상 참지 못하고 횡하니 달려갔다.

대문 안으로 들어가서 대뜸 언년이의 신이 놓인 행랑채 방으로 갔다.

방문을 와락 열고 보니, 마름 놈이 언년이의 손을 잡아끌어 품에 안고 있는 참이었다.

대뜸 달려들어가면서 마름 놈을 한 주먹으로 때려눕히고 언년이의 머리채를 감아 쥔 기호는 어지럽게 흩어진 그녀의 앞가슴을 주먹으로 후려갈겼다.

"죽일 년, 화냥년!"

언년이의 코에서는 피가 터지고 머리카락은 한 웅큼이나 빠져나왔다. 마름 놈은 어느 사이에 피했는지 그 자리에 없었다.

이튿날부터 기호는 손수 밥을 끓여 먹고, 굴을 파러 나갔다. 목구멍이 포도청이라 우선 먹어야 살겠으므로, 그 더러운 밥이나마 먹어야 했다.

어떤 일이 있어도 금은 파내야만 했던 것이다.

그런데 언년이가 조금 기동을 하게 되었을 때 굴에서 돌아온 기호는 집 안이 텅 빈 것을 보았다.

"나쁜 년, 결국 도망치고 말았구나. 도망갈 테면 도망가라. 혼자서라도 금덩어리는 파내고야 만다."

모진 마음을 먹은 기호는 정말로 발광한 사람처럼 낮에도 어두운 밤에도 굴을 파는 일에만 온 힘을 쏟았다.

"학골 주막집에 새 아낙이 들어왔다. 몸집이 조그마한 여자인데 아주 예쁘장하더라. 그런데 그 여자 불쌍하기도 하지. 그 나이에 쉰 살 먹은 사람하고 살아야 하다니. 올 때엔 온 몸이 멍 투성이였다더군."

이런 소문이 학골에 퍼지자 모두들 안 마실 수도 한 잔씩 마시러 학골로 찾아갔다. 주막 주인인 유 서방의 새댁을 보기 위해서였는데, 그 새댁이 직접 나와서 술을 따라 준다는 것이었다. 유 서방이 첩 겸 술 치는 계집으로 두었다는 소문이 난 터라, 모두들 그 새댁에게 은근한 눈짓을 보내기도 했고 유 서방이 없는 틈에는 살짝 손까지도 만져 보았다.

한 해가 되어, 새댁은 온 마을 사람들과 친해졌다. 두 해째가 된 여름 날, 그 유 서방네 주막집에 나타난 사나이가 있었다.

마침 손님이 없어 방 안의 그늘에 앉아 있던 새댁은 그 사나이를 보자 얼굴이 파랗게 질려 버렸다.

앉은 몸 그대로 돌부처처럼 굳어 버렸다.

사나이는 기호였고 새댁은 매봉산에서 백 오십 리 길을 도망쳐 와, 유 서방에게 몸을 의탁했던 언년이었던 것이다.

그 때 마침 술 손님들이 한 패 왔으므로 언년이는 겨우 일어나 떨리는 다리로 술상을 보아 왔다.

"아니 새댁, 어디가 편찮우? 왜 그렇게 얼굴이 하얗지!"

"글쎄…… 아주 몹시 아픈 사람 같은데……"

제각기 한 마디씩 했다.

"여기도 좀 주시우."

기호는 언년이가 술상을 놓고 돌아가려 하자 자기도 청했다. 그 날 기호는 술만 마시고 그냥 돌아갔다. 언년이는 그것이 몹시 불안해서 잠도 제대로 자지 못했다. 도망친 여편네를 찾았으니 그 성질에 무슨 짓을 저지를지도 모른다. 죽이지 말란 법도 없었다. 그렇다고 유 서방에게 그 이야기를 할 수도 없는 노릇이었다.

기호는 이튿날에도 찾아와서 술만 퍼마시고 돌아갔다. 언년이에게는 술을 달라는 것하고 술값을 셈하는 것 외에는 아무 말도 걸지 않는 것이 그녀를 더욱 괴롭혔다. 그 속에는 무슨 생각이 들어앉아 있기에 그러는 것일까. 다음 날도 다음 날도 기호는 매일처럼 찾아왔지만, 언제나 마찬가지였다.

어떤 때는 동네 사람들에게 술을 사는 선심을 쓸 때도 있었다. 돈이 어디서 났는지 물쓰듯 했다. 언년이는 번민 때문에 나날이 야위어 갔다. 그 속에 어떤 보복의 양심이 들어앉아 있는 것일까? 언년이는 당장이라도 미칠 것만 같았다. 소문에 들어 보니 기호는 김 서방네 사랑방에 아예 자리를 청하고 들어 앉았다는 것이었다. 금덩이를 가지고 있는 것을 보았다는 사람도 있었다.

'오라! 결국 나온 모양이로구나!'

하는 생각이 들면서도 여전히 무서운 불안은 쌓이기만 할 뿐, 가시지 않았다.

한 달이 지났다. 언년이는 누구의 눈에도 염병을 두어 달 앓고 난 사람처럼 보였다.

그러던 중 술손님들에게서 이상한 소문을 듣게 되었다.

"아, 그 살구나무집 과부하고 기호를 짝지어 주자고들 그러는데 어떤가?"

"좋은 짝이 되겠군."

"그럼 중신을 들어 볼까. 기호도 뜨내기로 다니는 것이 좋을 리는 없지. 돈도 어지간히 있는 모양인데, 과부도 남편이 죽으면서 남긴 논밭 마지기나 있으니까 살림 걱정은 없을 거야."

기호에게 늘 술을 얻어 먹는 손님들은 이런 말을 하게끔 됐다. 왜 그런지 그 말을 들은 언년이의 마음은 이상하게 떨렸다.

그러나 며칠 뒤 기호가 거절하더라는 소문이 들려 왔다.

자기는 뜨내기라서 언제 훌쩍 철새처럼 날아가 버릴지 모른다. 그러니까 자리잡을 마음은 없다는 것이었다. 언년이는 마음이 약간 놓이기는 했지만 그래도 매일처럼 와서 술만 마시고 돌아가 버리는 기호가 불안해서 견딜 수가 없었다.

어느 날 기호는 냇가로 목욕을 하러 갔다가 깜짝 놀라 몸을 돌렸다. 버드나무 가지가 물 위로 축 늘어진 웅덩이에 들어앉은 하얀 여자의 나체가 보였기 때문이다. 옆모습으로 보았는데, 늘어진 젖이며 어깨의 살이며 약간 앞으로 솟은 아랫배의 하얀 살결이 기호의 숨을 멎게 했다. 냇물이 맑아서 물 안에 담근 하체가 완연히 보였고 기호가 보는 줄 모르는 여인은 앞도 가리지 않은 채 두 손으로 물을 끼얹어 대고 있었다.

기호가 놀라 몸을 돌리고 무서운 것에서 도망치기라도 하듯 달려갈 때 비로소 이상한 기척을 느낀 여자가 고개를 돌렸다. 버드나무 가지 사이로 뒷모습을 본 그녀는,

"에구머니나!"

하면서 온 몸을 시뻘겋게 물들였다. 더구나 그 사나이가 자기와 중신 말이 있던 기호라는 것을 알고서는 더욱 가슴이 콩볶듯이 뛰었다. 중신 아비는 기호가 거절하더라는 말을 차마 하지 못하고서는 두고 생각해 보자고 했다고 전해 두었기 때문이었다.

"이를 어째, 이를⋯⋯"

하고 더욱 얼굴을 붉혀 간 것은 바로 살구나무집 과부였다. 그 뒤로 기호도 살구나무집 과부도 왜 그런지 자꾸만 상대방의 모습이 떠올라서 밤에 제대로 잠을 이루지 못했다.

어느 날 밤 살구나무집 과부의 딸이 기호를 찾아와 조그만 보따리를 놓고 갔다.

"어머니가 갔다 드리랬어요."

하고는 뒤도 돌아다보지 않고 횡하니 달아나 버렸다. 간 다음에 펴 보니 그것은 옷이었다. 새로 지은 깨끗한 명주옷 한 벌이었다. 이튿날 기호는 그 옷보따리를,

'옷은 있으니 염려 말라. 뜻만은 고맙게 받았다.'

는 말과 함께 살구나무집으로 돌려 보냈다.

"아니, 받아 두면 어때서 그런가? 과부가 정성들여 만든 것인데……"

"내가 뭔데 남의 과부 옷을 받아 입어. 난 곧 철새처럼 떠날 사람이니까."

그러면서도 기호는 떠나지 않고 그냥 머물렀다. 여름이 끝나가던 어느 날이었다.

장마가 진 후에 과부의 딸이 냇가에 나갔다가 격류에 휘말려 들어가서 순식간에 깊은 바위소까지 떠내려가고 말았다. 마침 냇가에서 몇 사람이 천렵을 하고 있었는데, 아무도 누렇고 급히 흐르는 물결 속으로 들어갈 생각을 하지 못했다. 그러나 마침 그 자리에 있던 기호는 매끄러운 돌이 냇바닥에 온통 깔린 물 속으로 뛰어 들어갔다. 미끄러져 쓰러지면서 헤엄치면서 정신을 잃은 계집아이를 끌어안고, 소까지 떠내려갔다가 헤엄쳐서 그 아이를 구해 냈다.

그런 일이 있은 후, 과부집에서 닭을 두 마리 잡고 술을 담가 보내왔다. 기호는 그것을 거절하지는 않았다. 곧 떠난다, 떠난다, 하면서도 기호는 늘 유 서방네 주막집에 들렀고, 언제나 똑같이 술을 달라는 것과 셈하는 것 이외에는 아무 말도 하지 않았다.

가을철이 되었다.

사방에서 추수가 시작됐다. 일손이 모자라게 되어 살구나무집은 콩을 뽑아야 할 때가 됐는데도 뽑지 못했다. 콩 말고도 할 일이 얼마든지 있었기 때문이다. 바람이 사늘해지고 첫서리가 내려도 콩밭에 손을 못 댔다. 장정 하루 품이면 될 일인데도…… 두 번째의 서리가 내린 날, 근심이 되어 산굽이 하나를 돌아 저쪽에 있는 콩밭을 보러 간 과부는 깜짝 놀랐다. 콩들이 깨끗이 뽑혀 다발 다발로 묶여서 낟가리 세 개로 쌓여 있었기 때문이었다.

단번에 기호가 해 준 일이라는 생각이 들었고 가슴이 뭉클해지며 눈에서는 눈물이 핑그르르 돌았다. 바쁜 틈에도 다시 닭을 잡아 추수 농주로 담아 놓은 술과 함께 그에게 보냈다. 과부의 마음은 기호에게로 확 쏠려 버렸다. 기호가 대답을 미루면서도 자기에게 뜻을 두었다고 생각한 것이다. 가슴 설레이는 밤들이 계속됐다. 그러나 가을이 깊어가는 데도 아무런 대답이 없었다. 마음이 달아오른 그녀는 급기야 사람을 놓아 어서 같이 살게 되도록 해 달라고 빌게끔까지 됐다.

그런 무렵의 어느 날, 기호가 괴나리봇짐을 지고 유 서방네 술집에 나타났다.

'오늘은 무슨 결판을 내려나보다.'

가슴이 철렁해진 언년이는 방에 앉아 있었는데 마침, 함께 있던 유 서방의 등 뒤로 숨으며 오들오들 떨었다.

유 서방은 영문을 몰라 하면서 이 뜨내기 놈이 과부와의 혼담을 마다하는 이유가 이제 보니 자기 소실(少室)에게 마음을 두어 그랬었구나 싶어,

"무슨 일이야? 엉? 무슨 일이야?"

하고 눈에 핏발을 세웠다. 그러자 기호가 착 가라앉은 목소리로

말했다.

"이제 알게 되오. 언년이 좀 이리 나오지."

그러나 언년이는 더 등 뒤에 바싹 붙어 버렸다.

"그러면 그대로 들어도 좋아. 다 내 탓이었어. 내가 그 밥을 먹고 그 연장을 쓰면서도…… 금이 나왔을 때 나는 뒤늦게 그제서야 당신이 왜 마을에 안 가려고 했는지 알게 되었어. 나 때문에 당신이 죽을 고생을 했던 것이라고 생각하니 가슴이 미어질 것 같았어. 그 때는 굴 파기에만 환장을 해서 아무 것도 몰랐지만…… 여기 당신 몫의 금덩어리가 있어. 이건 당신 몫이니까 아무 말 말고 받아 둬. 나는 평생 이 동네에서 살면서 당신이 행복해지는 것을 보며 살아가려고 했는데 살구나무집 과부 때문에 안 되겠어. 어디를 가더라도 돈이 될 게 좀 있으니 나는 여생을 걱정 없이 살겠지. 당신이 있는 동네에서 과부하고는 살 수가 없어. 그래서 떠나는 거야. 공연히 생사람 마음만 달게 할 수도 없구."

기호는 품에서 커다란 주머니에 넣은 돌같이 묵직한 것을 방 안으로 던져 넣었다.

유 서방은 입을 멍하니 벌렸고 언년이는 '흑' 하고 흐느끼면서 유 서방의 등에 얼굴을 묻었다. 기호를 위해서는 죽어도 좋다는 정이 비로소 왈칵 솟아올랐다.

기호는 몸을 돌리더니 터벅터벅 걸어갔다. 유 서방은 그를 불러서 무슨 말을 해야 되겠다고 생각하면서도 그저 입만 멍하니 벌린 채 아무 말도 하지 못했다.

언년이는 언제까지나 흐느끼면서 울기만 했고 금덩어리 주머니는 방 안에 나뒹굴고 있었다.

"당신과 사고 싶은 마음은 태산보다 더하오. 그러나 주막집의 소실이 내 아내였소. 내 아내의 가슴이 아파질 일은 못하겠소. 마음이 괴로워 멀리 떠나니 용서해 주오."

이런 말을 전하고 걸어가는 기호의 눈에는 언젠가 냇물에서 본 과부의 그 하얀 몸이 밟혀서 견딜 수 없었다.

그리고 자기에게 옷을 지어 보내던 과부의 마음씨가 가슴으로 파고들어 무엇인가 귀중한 것을 뒤에 두고 가는 심정이어서 발길이 자연 더뎌졌다.

이십 리를 갔을까 말았을까. 마악 언리재를 넘을 때 뒤에서 누군가가 할딱거리면서 쫓아왔다. 돌아다보니 얼굴이 빨갛게 물든 살구나무집 과부였다.

"아니!"

반가움이 왈칵 치솟았다. 앞에까지 다가온 과부는 고개를 푹 숙인 채 한동안 아무 말도 못 하다가,

"말씀하신 것은 잘 알아 들었어요. 그러면, 그러면 우리 가대를 팔아 이사하여 살면 되잖아요."

하고 모기 소리 같은 목소리로 말했다.

"그래 주겠소? 그러나 남편의 무덤이 있는 동네를 떠난다는 것은…… 나도 그런 생각은 해 보았지만, 그래서 말 못 한 거요."

"그야 무슨 날에 오기만 하면……"

"그렇군. 어디 가까운 동네에서 살면 되겠군. 우리 함께 여생을 보냅시다. 내게 어지간한 밑천은 있소. 남에게 과히 괄세 안 받고 살 만한 밑천 말이오."

기호는 과부의 손을 쥐었다. 과부의 손은 불길처럼 뜨거워지고 있었다.

뒤바뀐 운명

"머슴 자리 하나 없겠습니까? 그저 뼈가 부러지도록 일하겠습니다. 사경은 주셔도 *좋고 안 주셔도 좋으니……"

곡식이 누렇게 익은 가을철, 신도(神道) 마을의 박 참판(朴參判)댁 대문 앞에 나타난 일을 하게 해 달라고 사정하는 총각이 있었다. 마름은 그의 아래 위를 훑어보았다. 헌 누더기 같은 옷을 걸치고 얼굴과 손에는 때가 묻어 영락없는 거지 꼴이었지만 눈동자가 까맣게 빛나는 것이 웬만큼 영리해 보이지 않았다.

"아니 사경은 안 받아도 좋다니, 그러면 그냥 수고를 해 주겠다는 거냐?"

"그저 입 하나 얻어먹고 잠자리만 얻으면 됩니다."

박 참판은 마름으로부터 그 얘기를 듣자 즉시 그를 불러들였다. 호조(戶曹)참판까지 지내다가 낙향하여 여생을 보내고 있는 박 참판은 마음이 부드럽기 짝이 없어, 동네에서도 조정에 신사(臣仕)할 때에도 원수를 진 사람이 없을 정도였다.

불러들여 놓고 보니 마름의 말처럼 얼굴의 생김새며 눈이며 장부다운 것이, 만약 씨만 좋았더라면 한 자리 단단하게 할 것 같아 보이는 녀석이었다.

"내 집에 있도록 해라. 무슨 사정이 있어서 그러는지는 모르겠다만, 사경도 줄 것은 주어야지. 내 알아서 할 테니 염려하지 말아라."

그래서 복쇠(福釗)는 그 집의 머슴이 되었다.

그 날부터 그는 정말로 뼈가 부러지도록 일했다.

박 참판에게는 딸이 둘 있었다. 큰 딸은 일랑, 둘째 딸은 이랑이었다. 나이는 열 아홉 살과 열 일곱 살. 그런데 어머니가 달랐다. 이랑은 지금의 후처(後妻)인 국씨 부인(鞠氏 夫人)의 몸에서 태어난 딸이었다.

"언니, 이번에 새로 들어온 머슴 놈, 아주 못 돼먹었어. 나를 힐끗힐끗 쳐다보는데, 그 눈이 마치 독수리의 눈깔 같았어. 한 번 혼을 내줘야겠어."

이랑은 일랑에게 입을 삐죽거리면서 말했다. 일랑은 공연한 트집을 잡아 생사람 잡지 말라고 타일렀다.

하지만 어째서 그러는 것인지 이랑은 복쇠를 잡아먹지 못해 야단이었다. 그녀는 결국,

"어머니, 복쇠 녀석이 사람을 음흉한 눈으로 쳐다보아요."
하고 헛고자질을 했다. 국씨 부인은 영악하기로 소문이 난 여자였다. 때문에 마을 사람들이, 그리고 하인배들까지,

'박 참판같이 착한 양반이 어쩌다가 저런 영악한 여자를 만났누. 하늘도 무심하지.'
하고 수군대고는 했다. 그런 여자였으니 자기 배에서 태어난 딸이 그런 말을 하니 가만 있을 리가 없었다. 박 참판이 나들이를 나간 날 그녀는 즉시 하인들을 불렀다.

"복쇠녀석이 세상에 몹쓸 죄를 지었다. 그 녀석이 감히 우리 이랑의 얼굴을 음흉한 눈으로 훔쳐 보았다니……"

하고 내뱉더니 당장 그놈을 잡아다가 곤장 찜질을 하라고 추상같은 명령을 내렸다.

안마당 대청 앞에 붙잡혀 온 복쇠는 임시로 급히 만든 형틀에 엎어진 채, 국씨 부인의 호령을 들으면서 볼기의 뼈가 부러지도록 얻어맞았다. 쉰 대를 맞을 때가 되자 엉덩이는 걸레쪽처럼 되었고 거기에서 흘러나온 피는 마당에 개울을 이루었다.

복쇠가 행랑채 머슴방에 엎어져 생각하니 기가 막혔다. 이랑을 음흉한 눈으로 본 적은 없었다. 해명해 보았자 핑계로 인정되고 통하지 않으리라는 것을 알고서 말없이 그 같은 곤욕을 당했지만 이랑이 그렇게 자기를 잡아먹지 못해 하는 까닭을 아무리 생각해도 알 수 없었다.

겨우 생각해낸 것은 올 봄에 산에 일하러 갔다가 이름 모를 붉은 꽃이 하도 탐스럽게 피어 있어서 꺾어다가 안채의 비녀인 유월이를 시켜, 큰 아씨 방에 꽂아 드리라고 들여 보낸 일 뿐이었다.

'옳지, 어쩌면 그 일 때문인지도 모른다.'

유월이 년이 어쩌다가 이랑에게 들켰을지도 모른다. 그렇다면 이랑이 화를 내서 모함할만도 한 일이라는 생각이 들었다.

'아니면 언니인 일랑이 말했을까?'

그러나 일랑은 그런 말을 할 아씨가 아니었다. 어디까지나 듬직하고 그리고 어머니를 잃고 계모 밑에서 자란 탓인지 늘 우수가 깃든 표정을 하고 있었다. 몇 번 보지는 못했지만, 입이 가벼운 여자는 아니었다. 아름다운 꽃을 보았을 때 이것을 꺾어다 드리면 얼마나 좋아할까 싶어서 그만 앞뒤 생각 없이 한 노릇이었는데 그것이 자기를 이 꼴로 만든 원인이 되었던 것이다.

복쇠의 추측은 맞았다. 이랑은 우선 그렇게 모함해서 복쇠를 반죽임시켜 놓은 후에 어머니 국씨 앞에서 그 사실을 털어놓았다.

"유월이 년이 예쁜 꽃을 가지고 언니 방으로 가길래, 달라고 했더니 언니에게 드릴 것이라면서 말을 듣지 않았어요. 그런데 그년이 언제 산에 갈 틈이 있었나요? 어쩐지 이상해서 캐물었더니 복쇠녀석이 꼭 언니에게 갖다 드리라고 했다잖아요. 꽃을 뺏어서 팽개치긴 했지만 분해서 견딜 수가 있어야죠. 어디 감히 머슴 주제에, 어디라고 함부로……"

유월은 복쇠의 멀끔한 주제에 반해 공연히 마음을 태우던 참이라, 그의 부탁을 충실히 이행하려고 했었던 것인데, 그것이 그만, 그런 화를 갖다 안겨 주고 만 것이다.

"저런 괘씸한 놈! 곧장 쉰 대로는 당치도 않구나. 당장에 물고를 내야지."

당장에 무슨 요절이라도 내고 말 것같이 부르르 떨던 국씨 부인은 무슨 마음을 먹었는지,

"옳지! 옳지! 옳다꾸나!"

하고 말하면서 무릎을 쳤다.

그녀는 복쇠가 겨우 일어나서 걷게 되자, 어느 날 그를 불러들여,

"후원을 좀 쓸어라."

하고 명령했다.

복쇠가 후원을 반쯤인가 쓸었을 때였다.

갑자기 후원에서 국씨 부인의 찢어지는 것 같은 목소리가 들려왔다.

"게 누구 없느냐? 없느냐?"

그 소리에 놀란 안채의 계집 비녀들이 쪼르르 달려가 보니 부인은 서슬이 퍼래진 얼굴로,

"빨리 행랑채 놈들을 불러와라!"

하고 재차 명령을 내렸다. 마당을 쓸던 복쇠는 갑자기 안채에서 부인이 후원으로 돌아와 그렇게 소리를 질러 대는 바람에, 웬일인가 싶어, 하던 비질을 멈추고서 바라보았다.

하인들이 우르르 몰려오자 국씨 부인이 소리쳤다.

"당장 저 복쇠놈을 잡아 묶어라!"

복쇠는 어안이 벙벙해진 채, 몸으로 묶여 버렸다.

"왜 이러십니까? 마님, 쉰네는 아무 죄도 없습니다."

부인 앞에 끌려온 복쇠가 말하자 그녀가 내뱉었다.

"이런 뻔뻔스러운 녀석 같으니, 겁도 없이 일랑에게 꽃을 바치지 않나, 이번에는 후원을 쓸라고 했더니, 글쎄 일랑의 방에 들어가지를 않나……"

"마님, 그게 무슨 억울한 말씀이십니까. 쉰네가 감히 어디라고 일랑 아씨의 방에……"

복쇠는 어이가 없었다.

그 소리에 놀라 별당채에 기거하던 일랑이 밖으로 나왔다.

우수에 깃든 그 고운 얼굴로 조용히 걸어와서,

"어머님, 복쇠는 그런 무엄한 짓을 한 일이 없사옵니다."

하고 고개를 푹 숙인 채 아뢰었다.

"아니, 이 발칙한 년 같으니! 어느 앞이라고 네가 나를 속여 넘기려느냐. 네 방에서 저놈이 바지춤을 사리면서 나와 신을 신는 것을 보았는데 그래도 거짓말이라고 하느냐?"

그제서야 일랑은 항상 자기를 눈의 가시처럼 알아 오던 어머니

가 모함하려는 것임을 알게 되었다. 그녀는 하늘이 무너져 버리는 것만 같아 더 이상 말을 하지 못하고 푹 엎어지며 흐느껴 울었다.

"가문의 지체를 생각하지 않고 화냥년들이나 할 짓을 하다니! 용서할 수 없다!"

국씨 부인은 비녀들을 시켜 우선 일랑을 연금시켜 놓았다.

'이제야 뜻대로 되는구나. 영감마님이 늘 우리 일랑은 훌륭한 사윗감을 골라서 시집을 보내야 한다고 하는 말이 귀에 거슬려 짜증이 났었는데…… 제 년이 신랑을 잘 만나면 신랑 힘을 믿고 자기를 괄시한 이 애미에게 무슨 행패를 부릴지 모른단 말이야. 그래서 늘 걱정이었는데 잘 됐지.'

참판이 돌아오자, 국씨 부인은 사랑방으로 가서는 대뜸 통곡을 터뜨리며 땅바닥을 쳤다.

"영감마님, 이 일을 어쩌면 좋사옵니까. 이 하늘이 무너질 것 같은 일을 말이옵니다."

"아니 무슨 일인데 그러오? 응?"

"글쎄…… 망칙스럽기 짝이 없게도……"

그녀는 너무나 천연덕스럽게 복쇠가 일랑의 방에 들어가 세상에 몹쓸 짓을 했다는 거짓말과 꽃을 꺾어 바쳤다는 이야기를 아뢰었다. 마음씨 고운 참판도 그 말에는 새파랗게 질리며 온 몸을 후들후들 떨지 않을 수 없었다.

그는 당장 일랑과 복쇠를 잡아오게 했다.

앞에 꿇어앉힌 그는, 억울해 말도 못하는 일랑에게 먼저 물었다.

"이 고얀 년! 네가, 네가……"

더듬거리면서 입을 연 그는 이윽고,

"에이 보기도 싫다. 당장 나가거라. 저 물고를 낼 머슴놈과 집을 나가서 강물에 빠져 죽든지, 아니면 산에 가서 목을 매달든지 네 마음대로 해라."

하고 말하더니 당장에 쫓아내라고 한 마디 명령하고서는 훌쩍 사랑방으로 들어가 버렸다.

참판의 가슴은 미어지는 것 같았다.

에미를 어릴 때 여의어, 늘 불쌍하다고 여겨 오며 좋은 신랑감을 골라서 의탁시키려 했는데 그런 창녀 같은 짓을 했다니 가슴이 안 아플 수가 없었다.

낮에는 동네가 창피하다고 하여 밤에 쫓아내기로 했다. 쫓아낼망정 그래도 딸은 딸이었다. 참판은 아무도 몰래 마름을 시켜서 금 열 냥을 주었다.

두 사람은 캄캄한 밤길을 걸었다.

"아씨, 쇤네가 죽을 죄를 졌습니다. 쇤네가 공연히……"

밤바람이 불고 있었다. 복쇠는 아직 몸이 완쾌되지 않아 걸음걸이가 완전치 않았다.

"무슨 말을…… 우리 어머님이, 어머님이 나를 밉게 보셔서 그러신 거예요. 그러나 저러나 이제 우리들은 서로 의지해서 살 수밖에 없어요. 양반이고 상놈이고가 어디 있겠어요. 내외가 되면 일심동체(一心同體)라고 배웠어요."

복쇠의 가슴은 이상하게 뛰었다. 일랑도 마찬가지였다. 상민(常民)이긴 하지만 생김새가 양반집 귀공자처럼 생긴 그가 싫지는 않았다. 더구나 꽃을 꺾어 보냈다는 얘기를 들었을 때 일랑의 가슴 속은 왜 그런지 훈훈하게 달아 올랐다.

복쇠는 속으로 무슨 생각을 하다가,

"소저, 쇤네 같은 자에게 평생을 맡겨 주시겠습니까? 하늘이 무심치만은 않으실 것입니다."

하고 떨리는 목소리로 청혼을 했다.

"다 하늘의 뜻이겠죠. 우리가 이렇게 된 것도, 하늘의 뜻이니 따르겠어요. 아버님이 금덩어리를 주신 것도 있고 하니 논밭이라도 장만해서 먹고 살아갈 수는 있을 거예요."

"소저, 고맙습니다."

아씨라는 말이 어느새 소저가 되어 있었고, 복쇠는 일랑의 손을 잡았다. 파르르 떨리고 뜨겁게 달아오르고 있었다. 복쇠는 밤의 어둠에 힘을 입은 듯이 일랑을 안으면서 풀밭 위에 쓰러졌다.

"소저, 실은 감히 쳐다봐도 죄가 될 신세였지만 우수가 깃든 소저의 모습을 힐끗 힐끗 볼 때마다 내 가슴 속에 뜨거운 불길이 일었습니다."

그런 말과 함께 숨조차 제대로 쉬지 못 하고 떨고 있는 일랑의 입술 위에 자기의 입술을 덮어 갔다.

소저의 몸은 불덩이 같았다. 복쇠는 그녀의 치마께에 손을 댔다. 그러자 일랑의 몸이 꼿꼿이 굳어 버렸다. 상민과 양반의 몸이 한 몸이 되는 순간, 일랑은 아픔과 함께 온 어둠이 빙글빙글 도는 것 같은 것을 느꼈다.

이튿날,

임진강을 향해 가는 두 사람은 요란한 말발굽 소리를 들으며 길 한쪽 가로 비켜섰다. 한 떼의 군사가 맨 앞에 채홍사(埰紅使)라는 깃발을 세우고 달려왔다.

두 사람을 본 무리는 말고삐를 잡아 채면서 멈추었는데 그들

중의 장(長)인 듯 싶은 자가,

"이거 아주 잘 생겼군, 그러나 처녀군 그래. 우리는 채홍사니 다행이지만 채청사(埰靑使)에게 걸리면 영락없겠는걸."

하고 중얼거리더니 빠르게 달려가 버렸다.

당시는 이조(李祖)의 연산군(燕山君) 시대였다. 연산군은 황음한 탕군으로서 여승만이 있는 절에 가서 여승들 앞에서 남녀의 비사(秘事)를 즐기는가 하면, 정승.판서의 여자들일지라도 마음에 드는 사람이 있으면 범했다. 그러다가 그것도 신통치 않았는지 전국에 채홍사, 채청사를 파견하여 채홍사는 정조를 잃은 미인을, 채청사는 처녀 미인을 잡아들이도록 했다. 사화(士禍)를 일으켜서 숙청해 버린 현관(顯官)들도 한둘이 아니었다.

"흠, 세상은 말세요. 이러고도 일이 안 난다면 하늘이 정말 무심한 것이지 채홍사 채청사라니!"

복쇠가 주먹을 쥐고 부르르 더는 모습을 보고, 일랑은 그에게서 의젓한 장부의 기상을 느꼈다.

복쇠의 말대로 드디어 중종반정(中宗反正)이 일어나 연산군은 조정에서 쫓겨나고 새 임금이 용좌에 앉으셨다.

박 참판은 하야한지 오래 되었기에 이런 조정의 일과는 무관해서 무사했다. 그러나 가슴이 아픈 것은 아무래도 일랑의 일이었다. 이것이 어디 가서 잘 살고 있는 것일까? 아니면 모진 마음을 먹고 강물에 뛰어들지나 않았을까 하고 걱정을 하다가 그만 심화병이 생겨 항상 누워 지냈다.

하지만 이랑은 어디 가서 죽어 버렸던지, 아니면 거지 꼴이 되어 헤맬 언니를 생각할 때마다 고소해서 죽을 지경이었다. 자기가 훌륭한 낭군에게 시집 가서 사는 모습을 보이며 자랑하고 싶었다.

그런데, 그 즈음 그러니까 중종 반정이 일어난 직후에 그녀는 서울 서문 밖에서 사는 공조(工曹)의 참판을 지내던 윤씨댁(尹氏宅)과 혼담이 성립되어 성대한 예식을 갖추게 되었다.

그런데 이랑이 가슴을 두근거리면서 시집을 와 보니 신랑이라는 자가 첫날밤에 신부를 어떻게 다루는지도 몰라 쩔쩔매는 것이었다.

때문에 자기가 이렇게 이렇게 하라고 어머니로부터 들은 대로 일러 주면서 밤마다 꿈에 그리던 사나이를 몸에 느꼈을 정도다. 그리고 이랑은 신혼 첫날밤을 치르고 불과 며칠이 지났을 때, 비로소 신랑이 어딘가 좀 모자라는 것 같다고 느끼게 되었다.

실은 윤 참판이 자기 아들에게 모자라는 구석이 있기 때문에 옛날에 신도(神道) 마을로 낙향한 집의 후처의 몸에서 태어난 이랑을 맞아들인 것이었다. 그런 것을 알 까닭이 없는 이랑은 바보에게 시집 온 것이 못 견딜 만큼 분했다. 그것 뿐이라면 좋았다. 신혼 한 달만에, 조정에서 조사가 진행되어, 비록 반정이 있기 전에 벼슬 자리를 내놓았다고는 하나, 연산군의 사화에 가학자(加虐者)로서 가담한 혐의로 금부(禁府)의 군사들이 밀어닥친 것이다.

윤 참판이 어명이라는 금부도사의 말을 듣고 마당에 내려가 꿇어앉았을 때, 이랑은 눈 앞이 아찔해 지며, 살아 있는 기분도 아니었다. 죄에 따라서는 삼족(三族)이 몰살당할 수도 있었다. 그런 앞길이 떠오르니 눈 앞이 아찔하지 않을 수가 없었다. 윤참판이 이끌려가고 일가(一家)는 다행이 연금 상태에 놓였는데 시어머니

가 기지를 발휘하여,

"너희들은 무슨 화를 만날지 모르니 친정에 좀 가 있거라."

하고 따돌렸다.

이랑이 바보 신랑과 함께 돌아가노라니 저쪽에서 구종 별배들을 거느린 행차가 서문 쪽을 향해서 오고 있었다. 단 둘이 잠행하다시피 하는 이랑이었는지라, 부러운 마음으로 바라보면서 길 한 편으로 비켜섰는데 뜻밖에 말을 탄 사람이,

"아니, 이랑 아가씨가 아니요!"

하고 놀란 목소리로 말했다. 얼떨떨해하며 고개를 들어 쳐다보니 그는 머슴이었던 복쇠가 아닌가. 이것이 어쩐 일인가 싶어서 뒤를 보니 가마를 타고 있는 것은 분명 언니인 일랑이었다.

"아니, 이랑아!"

그녀는 소리치며 가마에서 내리더니 이랑의 손을 잡았다. 그녀는 분하고 부끄러워서 숨조차 제대로 못 쉬는 이랑에게,

"집에 갔다가 오는 길이다. 네가 서문 밖 윤 참판 댁에 시집갔다고 해서 그리로 가는 길이란다."

하고 말하고 나서 고개를 숙이고 있는 이랑에게 설명해 주었다.

"이 분은 글쎄 연산군에게 억울한 누명을 쓴 김 대감댁 자제분이셨지 뭐니? 삼족(三族)이 몰상당하는 화에서 벗어나 다행히 도망치셔서 숨어 다니신 분이다. 반정이 꾀해지고 있다는 소식을 들으시고 평안도 은신처에서 서울 주변으로 올라와 우리 집에 의탁하셨던 거다."

"반정이고 뭐고 내가 알게 뭐야. 어서 가요. 어서 가!"

이랑은 이성을 잃으며 미친 듯이 외쳐댔다. 나중에는 울음을 터뜨리며 그 자리에 주저앉아 자기의 가슴을 세차게 쥐어뜯었다.

■편 저 대한고전문화연구회 저서

▌큰글 삼국지
▌큰글 초한지
▌쉬운 목민심서
▌고전역사서를 쉽게 풀어쓴 총서 삼국유사
▌고전역사서를 쉽게 풀어쓴 총서 삼국사기

이야기식으로 구성한
한국의 전설·해학·야사·기담전서

인쇄 2024년 1월 5일 2판
발행 2024년 1월 10일 2판

편 저 대한고전문화연구회
발행인 김현호
발행처 법문북스(일문관)
공급처 법률미디어

주소 서울 구로구 경인로 54길4(구로동 636-62)
전화 02)2636-2911~2, 팩스 02)2636-3012
홈페이지 www.lawb.co.kr

등록일자 1979년 8월 27일
등록번호 제5-22호

ISBN 978-89-7535-848-7 (03810)

정가 19,000원

이 도서의 국립중앙도서관 출판예정도서목록(CIP)은 서지정보유통지원시스템 홈페이지(http://seoji.nl.go.kr)와 국가자
료종합목록 구축시스템(http://kolis-net.nl.go.kr)에서 이용하실 수 있습니다. (CIP제어번호 : CIP2020026471)